HOW FAR WOULD
YOU GO
TO FIND THE ONE?

命定之人

THE ONE

JOHN MARRS

約翰・馬爾斯——著　陳岳辰——譯

去愛，也愛過，已然足夠、莫再強求。
別妄想從生命層層疊疊的晦暗中挖掘到下顆珍珠。

——維克多．雨果《悲慘世界》

1

曼蒂

曼蒂屏息凝視電腦螢幕上的相片。

半裸男子淺褐色頭髮剃得很短，雙腿大大打開站在海灘，防寒泳衣下拉至腰際，湛藍眼珠清澈至極，燦爛笑容下兩排牙齒整齊潔白。海水沿著男人厚實胸膛滾落、滴在腳邊衝浪板，鹹味彷彿傳到她嘴裡。

「我的天！」曼蒂低語之後用力喘息，根本沒察覺自己忘記呼吸。指尖發麻，兩頰微熱，她不禁暗忖：看照片就這麼大反應，面對本人怎麼辦才好？

塑膠杯裡的咖啡涼了。她趕快喝完，截圖存檔在電腦桌面新建立的「里察・泰勒」資料夾內，接著環顧四周擔心同事發現自己剛才幹的好事，不過辦公室裡沒人注意她這隔間。

曼蒂繼續捲動畫面欣賞對方Facebook「環遊世界」相簿裡其餘照片，暗忖這人去了好多地方，其中不少自己只在電視或電影見過。有些背景在酒吧、山徑、寺廟，也有和地標合照或享受陽光沙灘滔滔白浪。很少獨照，融入人群這點同樣加分。

好奇使然，曼蒂將時間軸捲到最前面，發現他在第六學級❶那年啟用社交平台，大學三年內動態很活躍。即使青少年時代樣子有點呆，但還是很可愛。

痴痴爬完陌生帥哥大半輩子動態，曼蒂轉移陣地到Twitter看看他對世界抱持什麼觀點，沒想到幾乎都是兵工廠隊在英格蘭足球超級聯賽表現如何，偶爾轉貼小動物摔倒撞東西的趣味影片。

兩人興趣南轅北轍，她開始質疑彼此有何共通點、配對成功是什麼原因。可是曼蒂隨即意識到不該套用以前交友網站或軟體的邏輯——DNA配對奠基在生物學、化學，也就是科學，她確實都不懂，但是全心相信，就像世界上幾百萬幾千萬人那樣。

下一站是里察的LinkedIn個人檔案。兩年前自伍斯特大學❷畢業，之後一直在四十英里外鎮上當健身教練。難怪身材那麼棒，曼蒂不禁開始想像他壓在身上的感覺。

上回踏進健身房是一年前了。妹妹們不准她為婚姻失敗自怨自艾，要她重新振作，拖著曼蒂到附近酒店的芳療SPA連番做了全身按摩、去角質、蜜蠟除毛、熱石紓壓、日曬機，最後再油壓一次，號稱淤積在肩頸、背部與毛孔裡關於前夫種種雜念已經排出體外。大功告成，她被帶進健身房，還答應大家照表操課，可惜即使會費從未停繳仍舊提不起勁每週運動。

念頭一轉，曼蒂想像自己和里察生孩子會長什麼樣，眼珠像爸爸是藍色或像她是褐色、如媽媽髮色膚色都較深又或是金髮白皮膚。她意識得到自己忍不住傻笑。

「這誰？」

「哎呀！」她發出驚呼，身子幾乎彈起，「嚇死人了。」

---

❶英國制度下，中學教育前五年完成以後根據成績決定是否升級至預科，然後再就讀兩年才進入大學。

❷位於英格蘭西側。

「誰叫妳上班看色情圖片？」奧莉薇笑著遞出一袋哈瑞寶[3]零嘴，曼蒂輕輕搖頭婉拒。

「什麼色情圖片，只是以前的朋友。」

「嗯哼，隨便，反正妳自己小心，查理在盯妳銷售報告喔。」

曼蒂翻個白眼，瞟了下螢幕角落的時鐘。再不上工就得回家加班，她趕緊點了視窗邊緣紅色叉叉，內心咒罵Hotmail真是爛，居然把DNA配對確認信當作廣告郵件處理，擱在垃圾郵件匣整整一個半月，幸虧今天下午碰巧看見。

「曼蒂．泰勒．里察．泰勒的妻子，幸會。」自言自語以後她發現自己下意識試著轉動並不存在於手指的婚戒。

[3] 德國品牌Haribo，小熊軟糖為其知名商品之一。

2

克里斯多弗

克里斯多弗在椅子上扭了半天才找到舒服角度，手肘擱在扶手上呈九十度之後深呼吸。皮革味道很好，她沒為了省錢妥協品質，就香氣與柔軟觸感而言不是路邊隨便找間店能買到的貨。

她在隔壁廚房，克里斯多弗掃視四周。公寓位在一樓，建築物外觀是維多利亞風格，整修得一絲不苟。正門門楣上有彩繪玻璃，可見以前是棟女修道院。至於屋內擺設，他很欣賞女主人對陶瓷裝飾的品味，收藏品陳列架沿著開放式壁爐煙囪嵌入壁面。但文學方面太俗氣，詹姆斯・派特森、賈姬・考琳絲、J・K・羅琳，而且只買平裝本，難以苟同。

另一個角落，厚實咖啡桌正中央軟羔皮面方形碟盛著兩只遙控器，四張桌墊包圍得不偏不倚。她很講究對稱，克里斯多弗看得頗為舒坦。

舌頭滑過牙齒，舔到一塊開心果碎片卡在側門牙與犬齒間。舌尖刮不出來只好動用指甲，沒想到還是失敗，只好記著離開前得去浴室櫃拿牙線。食物渣留在牙縫最令人惱火，有回約會用餐半途他就悻悻離席，因為女方牙齒夾了一片甘藍菜。

褲子口袋一陣振動彷彿給鼠蹊搔癢，感覺倒也挺舒服。他對手機何時該靜音很挑剔，厭惡擅自來電的人，今天難得破例。

取出一看，螢幕顯示郵件來自DNA配對，這才想起幾個月前一時興起送了口腔抹片樣本過去遲遲沒回音，居然拖了這麼久。郵件內容詢問是否要付費取得對方的聯絡資訊。要嗎？他也問自己，真的要嗎？放下手機，他腦海閃過疑問：不知是跟什麼樣的人配對成功？一回神，他暗忖身邊還有伴，分心想別的女人真失禮。

克里斯多弗起身回到廚房，女伴位置與幾分鐘前一模一樣：躺在冰冷石磚上、鋼絲緊緊扎入頸部。出血停了，最後幾滴落在上衣領口邊。

他從外套口袋掏出數位拍立得，朝女人面孔同個角度拍下兩張，耐著性子等影像浮現，照片塞進A5大小紙板信封再放回外套口袋。

克里斯多弗將工具收進背包離開公寓，穿過昏暗花園才摘下塑膠鞋套、面具與巴拉克拉瓦頭套❹。

❹ 詞彙來源是一八五四年克里米亞戰爭巴拉克拉瓦戰役，依據穿戴方式變化可以只露出眼睛隱藏容貌特徵。

3

婕德

手機螢幕跳出凱文傳來的訊息，婕德立刻嘴角上揚。

訊息說：「晚安，美女，今天如何？」總是同一句開頭，但婕德就是喜歡。

「還可以嘍，謝謝。」她在句尾補上黃色笑臉符號。「只是好累呀。」

「抱歉沒早點傳訊過去，今天比較忙。不會生氣吧？」

「會喔，生氣了，你知道我很小心眼的。在忙什麼？」

接著是張照片：大太陽底下有木造農舍與農業拖拉機。她勉強能看到農舍裡面金屬柵欄關著幾頭牛，身子下方連接擠奶設備。

「忙著修理牛舍屋頂。其實好像不會下雨，但總得未雨綢繆。妳呢，在做什麼？」

「穿好睡衣在床上，看《孤獨星球》網站你說過的那些奇怪旅館。」婕德將筆電放在地面，抬頭望向軟木板，上面釘著想去的地點清單。

「很厲害對不對？得找一天一起環遊世界過去親眼見識。」

「我也好希望大學畢業那時候能花一年和室友當背包客。」

「怎麼不去？」

「別說傻話了——錢又不會從天上掉下來。」會的話該有多好，婕德不禁心想。父母沒積蓄，學費靠貸款，畢業以後大學室友開始追逐夢想或遍歷美國，她卻得設法償還如泰恩河[5]那般漫長的債務。也因此看別人Facebook動態就會滿腹苦水，大家玩得好開心，但照片總是缺了她。

「寶貝，我也不想斷在這兒，但老爸要我幫忙餵牛，晚點聊？」

「真的假的？」這下子婕德真的不太開心，等了一晚上就想和他聊，才這麼幾句就沒了。

「愛妳，Xxx[6]。」

「唉，隨你吧。」她回應之後放下手機，但幾秒以後又拿起來補上一句：「我也愛你，Xxx。」

婕德鑽出厚羽絨被，手機放在床邊桌充電座，轉頭時視線停留在全身鏡，鏡框貼滿昔日好友相片，可是大家都不在身邊。她提醒自己：睡眠飲水要充足，否則消不了黑眼圈，週末該去修剪紅色大鬈髮、上沙龍做個全身噴霧仿曬。給一身蒼白皮膚補色之後心情總會好很多。婕德鑽回被子，想像要是能和朋友放空一年不知人生會如何轉彎，或許就能鼓起勇氣拒絕父母吧。家裡沒別人上過大學，但也因此家人不理解畢業了怎麼沒公司排隊求她去上班，所以希望婕德乾脆回去老家巽德蘭。待在拉夫堡市三年，信用卡帳單和貸款利息越堆越高，婕德最後確實只有兩個選擇：二十一歲就宣告破產，或者搬回透天厝與爸媽同居。當初她以為自己不必再回去。

即使討厭自己挫折無奈的窩囊樣，婕德不知如何改變。她厭惡父母嘮叨便開始疏遠，自己租了小套房以後雙方很少講話。

婕德也覺得自己沒能在觀光旅遊業往上爬都是父母害的，否則她何必去郊區旅館櫃檯打工。

一開始以為只是過渡期，結果卡著走不了了。她並不想怨天尤人，只求回到原本想像的人生軌道。

日復一日煎熬裡，唯一慰藉是DNA配對為她找到的男朋友：凱文。瞥向書架相框裡凱文最新的照片，婕德臉上終於浮現一絲笑意。他頭髮與眉毛是金色，但色澤淺得發白，笑起來嘴咧得很大，體型精瘦結實，一身黝黑皮膚。完全不是婕德以前能想像的類型。

聊了七個月，他只傳過幾張照片。不過頭一回通電話婕德就體會雜誌說的怦然心動是怎麼回事，能肯定世上沒人比他適合自己。

但對她而言，命運真是王八蛋：真命天子居然在地球另一邊的澳洲大陸。不知何年何月才籌得出旅費去見面。

---

❺ 位於英格蘭東北，長度約兩百英里。

❻ 英語表達中X在信件或訊息結尾代表親吻，連續的X更加親密。

4

尼克

「嗯，你們兩個趕快試試看啊。」蘇梅拉催促起來笑得很開心，眼神染上一抹淘氣。

「幹嘛試？我已經找到靈魂伴侶啦。」莎莉與尼克五指交纏。

尼克探身，另一手從餐桌對面取來義大利果香氣泡酒，最後幾滴倒進自己杯子。「還有人要喝嗎？」他問。三個客人齊聲說要，他放開未婚妻的手走入廚房。

「妳也希望更肯定才對吧？」蘇梅拉進逼，「你們兩個相處愉快是沒錯，但怎麼知道世界上沒有其他人更……」

尼克走出廚房，手裡是今天第五瓶。他正要給蘇梅拉斟一杯，迪帕克伸手為妻子掩住杯口。「別了、別了，大嘴巴太太今天喝太多。」

「你這人真掃興。」蘇梅拉板著臉嘟噥，轉頭對莎莉繼續說：「我是說妳總得確定自己找到命定之人再上教堂結婚啊。」

「講得很浪漫似地，」迪帕克翻個白眼，「妳幹嘛管人家要不要做啊？人家過得好好的何苦找麻煩呢。」

「我們測試就成功了不是嗎？雖然一開始就知道，但還是會覺得更踏實，心裡更確信兩個人就是註定在一起。」

「別結了婚就道貌岸然開始和人家說教呀。」

「親愛的，你沒結婚的時候也道貌岸然愛說教啊。」蘇梅拉也翻個白眼，在丈夫注視下一大口吞下杯裡剩的酒。

尼克頭靠上未婚妻肩膀，目光飄向窗外，家庭酒吧外面是馬路，車燈與行人來來回回。他們住在改建公寓，原本是工廠，所以有面落地窗，想不看見外頭熙來攘往也不行。他之前的生活其實差不多：不久之前每天晚上尼克泡在伯明罕市郊或新開發地段的酒吧，喝完才上夜班公車，要是一不小心睡著就會坐過頭好幾站才醒來。

遇見莎莉之後生活重心一夕改變。她三十出頭，比尼克年長五歲，兩人從希區考克老電影聊起，這時就感覺得到她不同。相處才不久，莎莉帶著尼克接觸新的旅遊景點、美食、音樂與藝術，他開始從全新角度欣賞世界。此刻望向未婚妻極其出色的顴骨輪廓、栗子色俐落短髮與灰色瞳孔，他不禁期盼母親的容貌與心靈視野都能遺傳給孩子。

至於自己帶給她什麼？尼克不很確定。交往三週年紀念日在聖托里尼求婚時，莎莉哭得太激動，一開始他竟無法判斷那是接受或拒絕。

「既然你們兩個這樣都叫做配對成功，我和小莎現在這樣沒什麼問題。」尼克打趣之後放下酒杯揉揉酸澀雙眼，拿起電子菸呼了幾口。「在一起四年，現在她都答應願意敬愛、尊榮、服從我[7]了，我百分之百肯定我們是天生一對。」

「等等，『服從』？」蘇梅拉挑眉插嘴：「你想得美。」

「妳也聽我的啊。」迪帕克一派自信道：「大家都知道是我當家做主。」

「親愛的，那是因為家務都讓我打理完了好嗎。」

「假如不是呢？」莎莉忽然開口：「假如我們並非天造地設的一對？」

之前尼克對DNA配對這話題都當玩笑看。認識蘇梅拉兩年，她並非第一次提起，也肯定不是最後一次。莎莉這朋友執著又囉唆，不過連莎莉也附和就叫尼克訝異，之前她明明和自己同樣對DNA配對很感冒。「妳說什麼？」

「你知道我是真心愛你，也打算和你白頭偕老，可是……會不會我們其實不是什麼靈魂伴侶？」

尼克蹙眉，「怎麼忽然這樣說？」

「唔，沒事啦，你別多心，我沒要悔婚之類。」莎莉在他臂膀拍了拍安撫，「只是我也在想，彼此適不適合是單純自己認定就好，還是應該想辦法確定？」

「寶貝，妳是不是喝多啦。」尼克不想繼續這話題，搔搔下巴鬍碴說：「自己知道自己在做什麼就好，不需要靠檢驗結果確認。」

「我在網路看到：DNA配對造成三百多萬對配偶離婚，不過下個世代就幾乎再也不會有離婚這件事。」蘇梅拉說。

「也可以說以後根本沒有『婚姻』這回事啊，」迪帕克反駁，「到時候結婚就變成過氣習俗了，妳等著看。反正又不需要對誰證明什麼，大家都和命中註定那個人在一起就好。」

「你好像不是站在我這邊的喔。」尼克叉子插在莎莉剩下的一小塊覆盆子乳酪蛋糕上。

「哎呀，抱歉，你說得對。偶然邂逅才是美，大家乾杯祝緣分！」

「祝緣分！」眾人同聲舉杯，一片叮咚聲裡只有莎莉與尼克的酒杯沒交碰。

❼ 此處是基督教結婚誓詞，一般而言僅為形式，現代也有女性會更改內容。

5 艾黎

艾黎伸手在平板電腦上刷來刷去，暗忖怎還這麼多事情得忙完才能下班。助理烏菈效率超高，每天更新工作排程五次。並非艾黎要求，她也沒覺得助理幫大忙，反而總覺得平板電腦和烏菈奪命連環叩，時時刻刻提醒自己進度落後，偶爾有股衝動想拿平板往烏菈嘴裡塞。

創業之後大把時間過去，原本以為遲早會請到能信賴的下屬分擔工作。一天一天過去，艾黎開始接受某任前男友給自己貼的標籤：「超級控制狂」。

她瞥向時鐘，晚間十點十分，這才想起錯過執行長喜獲麟兒慶祝酒會。反正艾黎也是明白人，大家根本沒期待她露臉——即便鼓勵員工社交、撥預算在公司成立俱樂部，艾黎自己就沒空交際應酬，再怎麼想參與也是枉然。

打了大大呵欠以後她眼睛飄向落地窗外。這間辦公室低調得很不低調，位在倫敦碎片塔❽七十一樓，清楚瞭望底下泰晤士河，遠眺染上市區五光十色的夜空直到視線盡頭。

她甩下 Miu Miu 名牌高跟鞋，赤腳踏過厚重白地毯走向角落飲料櫃，裡面裝了許多香檳、紅酒、威士忌、伏特加，可惜艾黎需要的不是這些。冷藏庫放了一打能量飲料，她取出一罐倒進玻璃杯、加幾顆冰塊啜飲，忽然意識到這辦公室與自己住處很像：空空蕩蕩，幾乎沒有個人元素。懶得做決定的話，花錢叫室內設計師全權處理最方便省事。

艾黎心思放在事業，在乎的並非寢具是不是埃及棉、掛畫牆上有幾幅大衛．霍克尼❾、門廳大燈吊著多少顆施華洛世奇水晶。

回到辦公桌，心不甘情不願瞟了烏菈剛彙整好的明日待辦事項，接著等保全主任兼司機安德雷開車送她回家，回家後讀公關部門提案書，裡面會針對如何向媒體介紹手機應用更新的公開演講提出建議。這次更新對整個產業可謂革命，一定要慎重。

翌日清晨五點三十分，髮型師化妝師先到貝爾格萊維亞區❿艾黎家裡為她打點，之後接受CNN、BBC、News 24、福斯新聞、半島電視臺等單位採訪錄影，再來與《經濟學人》記者會晤，也得接受英國新聞協會拍照。運氣好的話十點前再回到家。她很清楚，就週六而言不是很棒的開場。

公關和媒體打過招呼：她只談公事，私生活一概不回答。前陣子《Vogue》雜誌邀約，請來傳奇攝影師安妮．萊柏維茲助陣，但因為艾黎不想聊私事還是回絕。即使宣傳效益極佳、能觸及世界各地，也無法打動她出賣隱私作交換，之前幾年付出的代價夠大了。

❽倫敦橋站西南側的摩天大樓，英國最高、歐洲第二高的建築物。
❾英國知名藝術家，領域包括繪畫、版畫、攝影、景區設計等。
❿倫敦市內豪華酒店、使館等設施集中的高級地段。

除了只討論公事，艾黎也想避免針對公司受到的批評做回應——她相信公關團隊能代表自己處理負面輿論，畢竟當年 iPhone 四代天線問題賈伯斯親上火線成了經典教材，品牌和個人形象都一時重挫。

桌子上行動電話忽然亮了。很少人有她私用號碼或信箱，全球四千員工裡才十幾人、再加上幾乎沒時間見面的親屬而已。不是不想和家族往來，艾黎每一年都花了不少錢彌補無法露面的遺憾，問題在於每天就是二十四小時，別人實在無法體會她的難處。艾黎沒兒女，人家有，但人家沒有好幾十億英鎊的跨國企業要經營，艾黎卻有。

拿起一看，螢幕上的郵件地址太眼熟了。真詭異。她開啟信件，果然顯示了「DNA配對結果確認」這條訊息。艾黎皺起眉頭，她的確很久以前也在網站註冊過，但第一反應依舊是不可置信、懷疑員工惡作劇。

「艾黎．埃林，您的配對對象是提摩西，男性，目前居住於英格蘭萊頓巴札德。請參考以下步驟以取得對方完整檔案。」

她放下手機，閉上眼睛。「現在哪有空。」咕噥以後艾黎切掉手機電源。

6

曼蒂

「他聯絡妳了沒？」

「有沒有傳訊息還是寫信過來？」

「哪裡人？」

「做什麼的？」

「聲音好聽嗎？低沉性感那種，還是腔調很重那種？」

家人連番提問，炮火猛烈。三個妹妹和母親圍在餐桌邊迫不及待想認識與曼蒂配對的里察，同時也急著打開四盒外帶披薩，大蒜麵包和沾醬都已分好了。

「沒聯絡、沒傳訊。他在彼得伯勒長大，現在當健身教練。我沒聽過他聲音。」曼蒂一條條答覆。

「那給我們看看照片啊！」克絲汀說：「好想知道他長什麼樣！」

「只有從他Facebook下載幾張而已。」其實曼蒂收藏至少五十張，但總不好意思讓人知道自己多瘋狂。

「天吶，不敢給我們看是不是因為他傳了小雞雞照片給妳？」母親叫道。

「媽！」曼蒂跟著驚呼，「我都說了根本沒聯絡，怎麼可能會有他那邊的照片！」

「妳們繼續聊小雞雞，我要開動了。」寶菈說完拿了一片披薩遞過來，曼蒂搖頭婉拒。在她看來，妹妹們都有伴，愛怎麼吃就怎麼吃，但自己絕對要小心。就算欺騙日⓫也一樣，她在《Grazia》雜誌上讀到過：縱使只吃一口，衣服尺碼也可能從十四變成十六⓬。

曼蒂挑出一張衝浪時打赤膊的里察，家人們拿著她的iPhone輪流看。

「哇噢，身材也太棒了！」寶菈尖叫，「可是看起來比妳小十歲，會變成玩具吧。沒想到妳居然成了肉食系？」

「你們什麼時候見一見？」克絲汀問。

「還不知道，聊都沒聊過。」

「她還在等小雞雞照片，擔心不夠用。」凱倫說完哄堂大笑。

「妳們一個個腦袋真齷齪。」曼蒂說，「早知道不說了。」

但她其實很慶幸終於有感情方面的好消息能分享。三個妹妹都有對象，還都經過DNA配對認可——曼蒂十分不安，彷彿就她乏人問津。後來妹妹們有了小孩感觸更深，自己三十七歲又離過婚，感覺毫無指望。但里察闖入生命——雖然還沒見面，她心情已經無比雀躍，滿腦子玫瑰色未來。

DNA配對發送的確認信提到一點：里察勾選了資訊互換，也就是配對成功時系統會送出他的聯絡資訊，同時他也會收到曼蒂的個人資料。問題在於里察遲遲沒聯繫，她等得心焦如焚。曼蒂觀念傳統，認為該由男方主動。

「嗯，那妳要採取行動。」克絲汀建議，「首先傳個訊息過去，由妳開口約時間地點，找個餐廳之類見一面……卡路奇歐或傑米．奧利佛開的那種比較好。約會幾次以後才能親嘴喔，其餘就更別著急。」

「妳別聽她瞎說，」寶菈呼了一口電子菸插嘴道，「DNA配對的好處就是不必玩那種迂迴曲折的遊戲啊。你們是命中註定，見面之後什麼也別想趕快瘋狂做愛。」

曼蒂覺得臉頰紅了。

母親搖頭翻個白眼，凱倫也摻一腳進來。「寶菈，曼蒂跟妳不一樣，她習慣按部就班。」

「按部就班還不是搞成現在這樣？」寶菈轉頭過來朝曼蒂說：「別生氣啊，意思是說別再拖下去。老媽還想含飴弄孫，凱倫和我花了大把鈔票做陰道回春，再生小孩太虧了。至於克絲汀嘛，我知道女同志也能生小孩，但她忙著拈花惹草根本沒定下來的意思吧。所以說呢，曼蒂，四號孫這個重責大任只能託付給妳。想像一下，明年這時候妳應該已經結婚，還懷孕了呢。」

幾雙眼睛忽然瞪過去。寶菈趕緊改口：「啊，抱歉，不是故意的。」

「沒關係啦。」曼蒂盯著桌子。

她本來就很想生小孩。與尚恩在一起那些年懷過幾胎，最後卻都流產。曼蒂和前夫學生時代就認識，畢業後立刻結婚、儲蓄，一起買了房子成家，然而胎死腹中幾度後感覺世界變了個樣，

⓫ 許多飲食控制模式中每週會有一天作為「欺騙日」（cheat day）避免代謝降低也滿足口腹之慾。
⓬ 此處為英國慣用尺碼，十四號的腰圍是七十八公分，十六號的腰圍是八十二公分。

也是婚姻走不下去的原因之一。有時候夜深人靜獨自躺在臥室，曼蒂真的能聽見身體裡的時鐘滴答滴答不停前進。能夠自然生產的時間恐怕剩下不到十年，而且高齡產婦要注意的問題很多。以前她幫忙照顧外甥子女的時候就覺得心痛，多希望也能有個對象讓自己無條件付出母愛。妹妹的孩子她當然也愛，但感受畢竟不同。曼蒂渴望經由自己誕生、塑造，依賴她、需要她，遇上困難總會來求助，直至生命終結都喚她一聲「媽」的親生骨肉。

想像自己變成膝下無子的孤單老女人很可怕，而且一年一年過去，對曼蒂而言不僅僅是可能性，而是迫在眉睫的事實。

「我覺得妳們都想太多。」她回答，「還是等他自己主動，再看看究竟能發展到什麼程度吧？」

其他人雖然無奈也只能點頭附和。曼蒂見狀忽然想起：自己直到不久前都無意登記DNA配對，上段婚姻因為幾次流產搖搖欲墜，但壓垮駱駝最後一根稻草是前夫忽然棄她而去。尚恩悶不吭聲偷偷參加DNA配對，找到的對象比曼蒂年長足足十一歲，即便如此他仍舊立刻離婚，賣掉房子搬到波爾多和那法國人同居，曼蒂只能孤伶伶收拾碎了滿地的心搬進便宜過渡房⑬。

隨時間過去，曼蒂逐漸走出陰影，不再敵視DNA配對，單身三年到現在終於做好心理建設，準備迎接下個男人進入生命。這次不是碰運氣，是為自己量身打造的人，總不會再出差錯吧？

希望對方也是同樣想法。他可真從容，遲遲不肯先開口。曼蒂默默祈禱別是個已婚男、幸福家庭被拆散，否則自己與那個叫芮琴的法國女人豈不成了同類？她想要的不過是專屬自己的丈夫和兒女罷了。

⓭ 英國與香港用語，指設施簡單、售價便宜的住宅，客群通常是財力不高的年輕人或新婚夫婦。

7

克里斯多弗

回到自己的兩層樓公寓，克里斯多弗走進後面小儲藏室坐在古董書桌邊。

他打開兩個電腦螢幕與無線藍牙鍵盤，調整位置直到完美契合，接著在第一個螢幕開啟郵箱、用第二個螢幕掃視幾個軟體之後點選幾個月前下載的「尋找手機」程式。畫面顯示二十四支不同電話號碼，但其中只有兩個呈現亮綠色閃耀，代表正在移動。他知道就晚上這時間而言是常態。

引起克里斯多弗好奇的是倒數第二個號碼。他從工具列打開地圖，點選紅圈標示電話使用者當前位置。對方手機GPS系統回傳地點是她居住的街道。

根據七號的行為模式，夜間十一點左右剛從蘇荷集團雞料理連鎖專賣店下班，搭二十九號公車回家。克里斯多弗預測一小時內她會就寢，因為清晨六點鐘有另一份辦公室清潔工作。適合他行動的就是中間幾小時。

篩選目標標準之一是接觸途徑，因此克里斯多弗清楚掌握自己與這些女子住處距離多遠。同類人犯過諸多錯誤，所以他明白絕對不能讓目標分布有跡可循——表面上毫無規則，只在自己心裡井然有序才不會被發現。花時間研究之後他早已決定何處要開車前往、何處適合騎單車、剩下的步行即可。

七號目標住的地方距離克里斯多弗這兒走路過去只要二十分鐘。「完美。」他自言自語十分得意。

然而注意力自然而然飄向另一片螢幕，上面顯示克里斯多弗擁有的數十個電子郵箱。來自DNA配對的郵件在信箱閒置四天，收到當下他心思都在六號身上。此刻再次看見，他終究開始好奇自己的生理結構究竟與什麼女子契合。希望至少是女人——克里斯多弗讀過新聞，知道有人赫然發現配對對象是同性、或者比自己年長好幾十歲。他對同志或老人家的愛沒興趣，或者應該說他對任何人的愛都沒興趣。之前三十三年人生中許許多多短暫關係已經讓克里斯多弗充分理解：滿足另一個人太辛苦，自己做不來。

順著這邏輯思考，配對似乎不具太大意義，但他仍舊想知道對方身分。視線從視窗挪向花園那片黑暗，如果繼續現在計劃同時偽裝成再平凡不過的人、成為另一個女子的男伴又是怎樣一番滋味？他不禁開始想像。

打開郵件，內容寫著：「艾宓．布魯克班克斯，女性，三十歲，居住於英格蘭倫敦。」後面附有信箱，克里斯多弗欣賞對方沒透露電話號碼，代表性格謹慎。他名單上從過去以至於現在未來，很多女子就是缺了這份先見之明才露出可乘之機。克里斯多弗暗忖晚點回家以後給艾宓寫封自我介紹信好了，看看會得到什麼回應。

不出所料，另一側螢幕上七號目標手機靜止不動。得意洋洋的克里斯多弗關掉兩臺螢幕，直直走進廚房開啟櫥櫃，工具都整理好了藏在裡面，包內有經過消毒的木柄乳酪鋼線刀[14]、背面貼有目標電話號碼的預付卡手機、手套與拍立得。

他戴上手套、披上外套之後檢查相機。相機不是七〇年代原始機種，否則小眾使用的底片一下子就會被警方查到流向。克里斯多弗採用現代拍立得，底片仍在市面大量流通，數位系統內建顏色濾鏡之類最新功能，方便為每個目標拍攝封面照並上傳Instagram。關上家門，調整背包肩帶，沿著靜謐街道邁開步伐，他的堅持依舊不變：為每個目標拍下最美一瞬間，即便已經失去生命。

[14] 以鋼線切割軟質乳酪的工具，有多種造型，基本款即為類似繩索的鋼線圈，兩端有木製握柄。

8

婕德

婕德望向旅館兩名芳療師。蕭娜與露西打開奧樂齊超市塑膠袋，取出令人萌生同情的午餐。蕭娜的是六根細細長長西芹棒裹在薄薄塑膠套內，加上一小盅鷹嘴豆泥蔬菜湯。露西吃無麩質雜糧麵包與雞肉風味杯湯，剛從店裡微波爐取出來還在冒煙。

婕德也從手提袋拿出自己的餐盒：一包醃洋蔥口味的怪物餅乾[15]、門擋大小的火腿肉、酸黃瓜三明治加上一罐百事可樂。就飲食模式而言她懶得效法這些三十好幾的同事，誰要穿比基尼？

婕德邊想邊大口咬下三明治。

「妳和在夜店遇上的那男的怎麼樣？」蕭娜問露西，然後舔了舔滴在人工美甲上的湯汁。

「大白癡一個。」露西悶哼，「昨天說約我出去晚餐——結果帶我去南多斯[16]，一晚上盯著個臭臉的櫃檯小姐打收銀機。哪有人這樣子約會？太沒禮貌了吧。」

「這樣啊，但是他條件不錯呢？」

---

[15] 以烤玉米製作的零嘴，類似多力多滋。

[16] Nando's，源自南非的知名平價烤雞店。

「是啦，而且他今天要到我家，我說我煮菜。妳呢？不是在Tinder[17]上認識一個有刺青的小夥子？」

「丹佐嗎？說什麼真的喜歡我，可是後來就無聲無息，已經四天了吧。怎麼啦？」

婕德搖搖頭，又咬了一口三明治。「真麻煩，搞不懂妳們怎麼受得了。真慶幸我不用再尋尋覓覓。」她邊吃邊說，聊到這種話題一方面覺得自己幸運，早早便透過DNA配對找到凱文，但另一方面則持續為彼此身處天涯兩端所苦。配對結果出來之前婕德和同事過著類似生活，差別是她自認為眼光比較好。事實上她約會過的魯蛇或《柯夢波丹》取名為「過渡男」的人沒有比較少。

「對呀，妳可省事了，」露西說，「一下就找到好對象。」

「只是對方可不住隔壁，」婕德回答，「沒辦法天天共進晚餐抱一抱什麼的。妳們至少是跟活生生的男人互動，人品好不好是一回事啦。」

「男人不就那死德性？」蕭娜搭腔，「如果沒辦法從已經登記的幾百萬人裡找到配對就只好得過且過，看看Mr. Right什麼時候會出現。當然也要人家真的會出現。」

「等不到的話就得繼續忍受這些王八蛋。」露西補充。

「這話說得就不對。」婕德很喜歡說教，「女人得團結起來改寫女性文化，從根本杜絕被男人糟蹋。他們別無選擇就只能配合，如果我們自己默許當然只能承受。」

「我一直不懂的是：妳怎麼不乾脆飛去澳洲，和凱文過著幸福快樂的日子就好？」蕭娜問，「既然科學背書說他是妳的命中註定，妳幹嘛留下來蹉跎光陰？」

「我沒辦法一下子什麼都丟掉啊。」婕德用力搖頭。「妳知道去澳洲的機票多少錢嗎?我才剛還清一張卡的卡債,然後還有公寓、工作、家庭要考量……」

「公寓是租的吧。再來妳根本沒有事業可言,現在做的是一份妳很討厭的『工作』而已——我知道妳討厭,我們誰不討厭這兒?至於家人,妳跟他們多久見一次面?總而言之,認真分析起來根本沒道理。」

「應該說其實妳也沒信心跨出那一大步吧?」露西接著道,「不過你們是大自然為了彼此而造。話說回來妳喜歡他哪些地方?」

婕德笑了起來,關於凱文的一切她都喜歡。唔,郵遞區號除外。「他人很風趣,讓我很有自信,然後也善良,還有笑容很陽光……」

「你們交換過私密照了沒?」

「當然沒有,」婕德正色說,「我才沒那麼放蕩。」其實她有暗示過,但凱文反應不太熱烈。

「媽呀,」露西笑道,「我的自拍裸照多得可以塞爆網際網路。」

婕德放聲大笑,朋友都覺得她笑聲很好玩。

「不換私密照,那就是聊色嘍?」蕭娜插話。

「聊色?」

「傳情色訊息或打電話調情啊。跟他說見面之後要大幹一場之類的。」

⓱ 手機交友軟體,也有專門一夜情的族群。

婕德搖搖頭。

「難道是用 Skype 或 Facetime 視訊性愛？」

「凱文沒有這些軟體。」她提議過可以透過 Skype 視訊，但對方卻說沒有電腦和智慧型手機。如果婕德覺得自己經濟拮据，凱文和他居住的偏鄉僻壤恐怕更嚴重，但窮苦也成了雙方交集。

「他住的澳洲是現代還是一九五〇？」蕭娜追問，「給男人這樣打發很不像妳。」

「不用看到他扭來扭去齜牙咧嘴我也知道自己對他是什麼感覺啊。」

蕭娜和露西相視點頭。

「是真愛呢。」蕭娜說，「我們婕德．蘇維爾小姐總是看得很透徹。但既然人家像妳說的那麼好，真的別耗在這兒，趕緊去見面吧。」

「不然會變得和我們一樣喔。」露西咯咯笑，婕德卻感覺她語氣帶著警告。「婕德寶貝，接下來選擇只會更少。越來越多好男人配對成功，我和蕭娜只能像禿鷹挑剩下的吃，實在不怎麼光彩。要是我有個成功配對的話就搭下班飛機立刻走，才不會坐在旅館後面的員工通道地板上吃午餐。」

「就是說嘛，別找藉口了。」蕭娜幫腔。

「好女孩怎麼能那樣做，」婕德對露西直白的一番話感到頗為訝異。「不能什麼都不管一走了之啊。何況我都說了，去澳洲的機票就能讓我傾家蕩產。」

「妳卡債剩多少？」

「才剛結清一張……」

「那張卡的額度?」

「幾千鎊吧。」

「那就刷卡度假啊?有什麼好擔心的,當個有種的好女孩兒!」

「假如我真的『有種』就掏出來朝妳臉上甩。我才不是那種為了追男人浪跡天涯的女孩子。」

蕭娜與露西盯著她,四條紋出來的眉毛要是沒有肉毒桿菌拉著可能就彈到頭頂了。「親愛的,不用追,人家早就是妳的了。」

「不行吧……」婕德說完遲疑一陣,「真的可以嗎?」

9
尼克

「該試試看才對。」已經躺下的莎莉低聲開口。她望著天花板暴露的橫梁，窗外射進街燈光線。

「妳平常沒這麼快就要。當然我不介意啦。」尼克回答完從莎莉雙腿間抬起頭鑽出被子，手朝床邊櫃伸過去。她都將情趣用品收在裡頭。

「我說的不是做愛，」莎莉回答，「是DNA配對。」

尼克翻個身回到自己那側床鋪。「寶貝，妳可真懂得煞風景。」

「抱歉。」

「為什麼改變主意？晚餐那時候蘇梅拉和迪帕克講得天花亂墜，妳不是還很肯定說沒必要嗎？」

「唔，寶貝，我現在也不覺得是『必要』。」她手指逗弄尼克胸毛，似乎意在安撫。「只是就像蘇梅拉說的，可以多點安全感，而且就是更確定一些。真的確定這樣。」

都怪蘇梅拉多嘴。尼克雖然這麼想但沒說出口。「確定不是婚前焦慮症？」

「當然不是，傻瓜。」莎莉將他腦袋摟過去吻一下。「但你也知道我的情況。對你而言不是問題，畢竟你爸媽從黑暗時代就在一起。我媽結了三次婚，是我爸第四任太太，但是兩個人還是一直覺得少了什麼不停尋覓。我不希望自己變成他們那樣，可以的話至少從生物學確認我和你真的有機會。」

「要是結果出來，我們配對不成功呢？」

「那就要更小心，也更努力維護這段關係。約翰．藍儂不是說過：『你需要的就只是愛。』」

「對，但他也寫過〈我是海象〉這種歌，所以還是別對他的哲言冀望太高比較好。」

「聽起來你算答應嘍？」莎莉眼神透露出懇求。

面對這樣一雙水汪汪大眼睛，尼克怎麼說得出拒絕。「假如能讓妳快樂我就願意，所以我現在是不是應該做另一件能讓妳快樂的事？」

莎莉瞥見他眼裡那抹笑意，接著尼克腦袋瓜消失，又鑽回被子裡她雙腿間。

10

艾黎

電波時鐘顯示三點四十，艾黎終於放棄入睡。

接下來一整天很忙，應該好好休息，可是大腦似乎無法接收這指令，反而像列車失速一直兜在接下來幾小時新版應用程式的宣傳行程上。換作平日可以服下私人醫師開的安眠藥，但今天不能有一丁點昏沉感，必須全神貫注。

艾黎最討厭應付採訪，可惜成為公眾人物之後身不由己。十年前本來還是幕後嗡嗡忙不停的工蜂，沒想到人生說變就變，轉瞬間全球媒體一邊盛讚她一邊痛罵她，力道還同樣凶猛。面對輿論艾黎不得不強硬，結果又被形容是為了擴大事業版圖處事冷血無情，反反覆覆含沙射影說她爬到今日地位靠的手段見不得人，然而傳得那樣難聽卻始終拿不出證據。艾黎花錢打通許多關節，確保過去工作資歷不被完整披露。

大眾對她身家背景越來越好奇，小報開始挖掘私生活點點滴滴，簡直當作實驗動物對待。後來真的調查到艾黎過去與誰交往，那些前任收下大把鈔票以後將她身為人、身為女友、身為伴侶的各種面貌交代得鉅細靡遺。

於是艾黎提防的不只媒體，而是每個人，這麼一來當然沒辦法約會。她心裡知道不該給每個男人貼標籤，但接觸陌生人時就忍不住啟動防禦機制臆測對方動機。是不是看上自己的錢？跟億萬女富豪上過床可以在朋友面前說嘴？勾搭上她之後跑去給《週日太陽報》做頭條訪問？印象中比爾．蓋茲、馬克．祖克柏、提姆．庫克的性事可沒有萬眾矚目，偏偏在她身上一而再再而三發生。

翻身伸長雙腿，腦袋裡還是往事：艾黎別無他法只好聘用專門律師團，任何媒體有一丁點風吹草動就會收到存證信函。誹謗案勝訴五、六次以後媒體也明白羅織抹黑這女強人代價多高，自然而然失去興趣。艾黎索性將應對媒體的事情全權委託公關團隊，自己關掉Google、Facebook和Twitter的提示訊息，無論誰拿她大做文章一律視若無睹，若非迫不得已絕不拋頭露面親上火線。

遲遲等不到睡意，艾黎無奈悶哼，甩開被子點亮小燈，赫然想起幾個鐘頭前有收到DNA配對成功的通知信。登記都十年左右了，當時公司剛起步，隨著DNA配對越來越受歡迎，艾黎以為不用多久就會有結果。

使用者人數破十億那時候她死心了，猜想對象或許與別人處在幸福關係，又或者住在某個開發中國家所以不知道或無法參與配對測試，再不然就正好是對此毫無興趣的人。

久而久之她也習慣獨自生活，加上近幾年完全陷在工作裡無暇兼顧。反正沒有對象也過得很滿足，自己一個人就好。人生真有什麼事情非得配對成功才辦得到？

然而艾黎無法否認心底有個小小聲音問著：對方是誰。

「隨便啦。」她大叫一聲抓起手機，開了信箱同意支付九點九九英鎊觀看配對對象資訊。等了兩分鐘，又一封系統自動生成的郵件進來。

「姓名：提摩西．杭特。年齡：三十八。職業：系統分析師。瞳色：淺褐。髮色：黑。身高：五呎九吋[18]。」

在艾黎看來，特徵描述囊括了西方國家半數男性。

「烏菈，」她打字傳訊給助理，「幫我調查一個在萊頓巴札德工作的系統分析師，名字是提摩西．杭特，電子郵件附在底下，早上給我結果，謝謝。」

沒料到烏菈幾乎立刻反應。她都不用睡覺嗎？艾黎暗忖。

「他要面試嗎？不在我這邊名單上。」

「類似，」艾黎回訊，「記得找張照片出來，透過徵信也可以。」

艾黎將手機放回床頭桌然後鑽回被子，側躺著凝視大床空空蕩蕩另一側。那邊床單平整無瑕，從早上管家整理好之後完全沒動過。

好幾年來第一次：艾黎放任自己想像身旁躺著另一個人會是什麼感受。

[18] 約一七五公分。

11

曼蒂

循著里察Facebook上頭那地標，曼蒂來到石牆前方卻開始躊躇。但外頭下著毛毛雨，其他人快步入內，她心一橫便跟上。

多數社交場合曼蒂還算有自信，不過陌生人過多就會緊繃木訥，而且要是被搭話很難自圓其說，只好盡量低調。遲到幾分鐘了，但無所謂，本來就沒人知道或預期她到場。

向公司請病假時她毫無猶豫，也事先跟妹妹們說自己有事暫時不接電話。就算說謊被發現也無妨，她們應該猜得到和DNA配對對象里察．泰勒有關。

曼蒂從手提包取出寶路無糖喉片擠一粒含在口中，接著掏出小鏡子確認兩小時車程之後自己模樣還能見人。伸手順順髮絲，她擔心鬈髮被雨水打濕會亂翹。

音樂聲傳來，她緩緩沿著步道走向大門，鎮定情緒準備面對各種情況。

坦白說曼蒂也不知道自己為何前來、有何意義，心裡唯一念頭就是她與里察命中註定該分享生活，無論多苦多難。她勇敢走進去，挑了最後面位置坐下。

曼蒂在長木凳末端找到一份儀式節目單拿起翻看，藉此稍微安定情緒。前方原本對著麥克風演奏的吉他手起身吟唱民謠，曼蒂認不出是什麼歌。表演結束，面露誠摯微笑的男子出來取而代之。

「謝謝史都華和德瑞克，」他開口，「也感謝各位參與。在此謹代表泰勒家與聖彼得諸聖教堂歡迎各位，今天讓我們一同懷念摯友里察。」

12

克里斯多弗

克里斯多弗隔著窗戶凝視女子，試圖從肢體動作捕捉線索。

他的DNA配對對象艾宓坐在桌邊，雙手環抱、兩腿腳踝相觸交叉，乍看會以為是神色慌張，不過一支YouTube教學影片指出這種坐姿代表防衛心強烈。無論哪一個對克里斯多弗都好，方便取得優勢。

艾宓反覆確認手機顯示的時間，每分鐘至少看一次，還常常撥弄頭髮、腳跟輕敲椅腳。克里斯多弗認為她長相很美，與寄過來的照片一模一樣，雖說那封電子郵件起初被系統攔截了。

艾宓留長髮，髮色深，微微波浪捲，戴了時下流行的黑框眼鏡，只施淡妝，身形苗條也不靠衣著凸顯，打安全牌穿長褲、高跟鞋、樸素藍色上衣搭配外套。

克里斯多弗當然明白遲到不禮貌，尤其對方還是科技認證的真命天女。但他不在乎，反正只是遊戲。讓她等，等到焦躁慌亂，自己就能控制局勢佔上風。

餐廳客人很多。他在外頭等待時看見窗上倒影，自己幾星期沒好好睡覺，所以從Boots藥妝店買了遮瑕膏蓋住黑眼圈和眼袋，也抹上在四號目標的浴室櫃找到的補色乳液，免得被發現自己晝伏夜出褪黑素分泌不足。

騰出時間刮了鬍子，但沒來得及預約剪髮，只能自己梳個旁分，靠很多染劑讓原本紅褐色頭髮髮色變深。克里斯多弗朝倒影笑了笑，與同窗契友相比皺紋少得令他頗為得意，牙齒排列接近完美，五官有稜有角不帶鬆弛垂掛感。實際三十三的他外表至少年輕五歲。

拉好訂製外套的翻領，克里斯多弗再稍微逗留片刻，直到艾宓看似要起身離去時便開門走入餐廳，視線掃過裝潢平凡無奇的場地彷彿找不到約會對象。艾宓的無奈焦躁在兩人目光接觸那瞬間煙消雲散，從他的角度看過去好像有股無形力量將女子推回座椅。

她緊張得結巴了。「哈囉。」

「嗨，艾宓。抱歉我遲到了。」克里斯多弗道歉時十分自信地與她握手，並輕吻她雙頰。

「沒關係，我也剛進來幾分鐘。」艾宓說了謊，用力吞下唾液。

「被一本新雜誌工作耽擱了，」克里斯多弗就座。「出門又遇上塞車。」

「之前信裡面你提到是做圖像設計師？」艾宓專注望著他，不難看出只是強作鎮定。

「對，不過是自由接案的，所以手邊都很多案子在跑。」

「主要是什麼方面？」

「大部分是高級商業誌，就是做遊艇、飛機那類，不然就是一些湯瑪士．庫克航空[19]不會去的度假地，」他炫耀道：「都是私人景點。」

但艾宓沒像他預料的那麼訝異，追問道：「工作地點呢？」

「在荷蘭公園區[20]自己家裡，比較方便。要點飲料嗎？」

克里斯多弗將自己的玻璃杯挪到艾宓的杯子旁邊，然後取來酒單看。女侍者過來，他直接點了上面最貴的一款。

「兩位今晚用餐嗎？」

聽見侍者嗓音，克里斯多弗抬頭望進對方眼底，暗忖用信賴的鋼索絞殺這女人、截斷她甲狀軟骨時不知又是什麼慘叫。目前為止每個目標的哀號各有妙處，他樂在其中。

他又轉頭瞟向艾密，挑眉問道：「有空吃點東西再走？」

「嗯，可以啊。」她回答時竭力掩飾內心渴望，卻被看得清清楚楚。

兩人看菜單時沒說話，克里斯多弗卻察覺艾密視線從菜單飄到自己身上。他回望過去，艾密尷尬笑了笑、臉頰泛紅。他特別注意艾密的虹膜是否擴大，讀過人類行為研究就懂得藉此判斷自己是否吸引對方。

「抱歉，我先去一下洗手間。」她開口，「不然你幫我點餐好了？當作測試我們是不是真的配對成功嘍。」

「好啊，沒問題。」他特地起身招呼艾密離開。

克里斯多弗扮演紳士可說是渾然天成，但諸如判斷面部訊息和情緒等等方面則必須透過閱讀上網來學習。他排練幾種適合迎接艾密回位的笑容，看看手機確認八號目標所在位置。順利的話，與艾密用完甜點她剛好到家，從這間餐廳搭車過去只要十分鐘。

---

⑲ 英國航空公司，提供由英國前往世界主要度假地點的服務。

⑳ 倫敦中心的高級地段。

艾宓從洗手間出來的模樣也被克里斯多弗看在眼裡。她將手機塞回手提袋，猜測是打電話跟朋友報告，說與配對對象約會順利。報告指出百分之九十二的人見到配對成功的另一半會一見鍾情，顯而易見艾宓是其中之一。她坐下來，舌頭滑過嘴唇，克里斯多弗看了不知為何覺得血液衝向腦門，就像第一口菸、或者站起來動作太猛造成暈眩。他覺得可能太累了，壓抑之後那感覺來得快去得也快。

「還好嗎？」他問。

艾宓臉上還有淺淺紅暈。「嗯，打個電話回單位。這幾星期工作滿混亂。」

「我好像還沒問妳是什麼職業？」

「嗯？我以為提過了呢。」艾宓啜飲一口酒，「我是刑警。」

13

婕德

三十小時航程，婕德只睡了三小時，而且睡得不安穩。以前她最遠只在大學朋友陪伴下飛到西班牙馬蓋洛夫，那次玩到後面喝醉，在左臀留下「禁止進入」字樣刺青。這回先從倫敦希斯洛機場飛到泰國曼谷再轉機到墨爾本，途中大半時間她指甲深深扎進座位扶手，一丁點亂流晃動就怕飛機失事。同事說服婕德天涯尋愛時她不好意思說實話：自己有飛行恐慌症。後來拿出Kindle平板讀了下載的幾部驚悚小說、連續看了六部電影總算轉移注意力，降落前能夠小睡片刻。

利用短暫空檔稍做梳洗更衣，接著婕德去取車。她預訂了轎車，上路後發現澳洲與英國駕駛是同一側也鬆了口氣，設定導航以後看到墨累盆地跟埃楚卡鎮距離有兩百五十公里遠。既是下個目的地，也是至今人生最大一次冒險。上了北方大公路，婕德隨著紅髮艾德和碧昂絲歌聲哼唱，情緒逐漸穩定。

想起十天前與露西、蕭娜一番對話。婕德隔著小餐桌怔怔望著兩人，赫然驚覺自己確實朝著她們靠攏：整了又整的臉、接了又接的髮，遲早也會對苗條身形產生病態執著，否則無法在日益縮小的約會市場生存。婕德感激兩人忠言逆耳，因為她們說得對，自己根本沒理由不去澳洲見凱文一面，遲遲不跨出那步只是卡在恐懼未知。經歷漫長航程並且倖存，婕德認為自己什麼都不再害怕。

那週末她刷卡買下回程未定的澳洲往返機票。蕭娜接手分租公寓時，婕德帶著足以支撐之後幾週的全副身家搭上大巴前往希斯洛機場。

抵達機場她才傳簡訊告知父母行程計劃。從電話打來的速度可以判斷他們應該不支持，但婕德沒接聽所以無法確定。她知道自己脾氣爆炸得很快，不希望被家人的負面態度壞了滿心期盼和興奮刺激。

婕德又瞟一眼手機螢幕。鎖定畫面設定為凱文的照片，她知道自己絕不會後悔。

雀躍與焦慮夾雜下，前往凱文家農場的三小時車程很快就結束。婕德將轎車停在路旁，下來伸展疲累雙腿。一出車門就感受到太陽無比火辣，慶幸上路前沒忘了抹一層SPF高達五十的防曬乳。但她暗忖自己那身白皮膚完全承受不了這裡的日曬，很難想像怎麼在這裡生活。

抬頭瞥見招牌寫著「威廉森農場」，兩側沿泥巴路延伸出高度及腰的鐵絲圍籬。道路左右生著高聳卻枯瘦的樹木，樹幹一大截埋進旱土。遠方模模糊糊看得到白色大屋小屋與穀倉屋頂，婕德認出那是凱文照片的背景。

嘔吐感又來了。每次她想像與凱文本人見面，最後都有這感覺。事到臨頭，她不知所措，尤其對方根本不知道自己會登門拜訪，事前完全沒提。

還在希斯洛機場時婕德傳訊息撒了小謊，聲稱自己換電信公司，會有一兩天聯絡不上。凱文反應有點大，婕德安撫說絕對不是找藉口不理他，心裡默默說：事實正好相反。

取出手機切換到相機模式，以凱文父母這座農場為背景自拍了一張。

「寶貝，你過得如何？」她打字時手指顫抖，還好輸入法有預測功能。

「嘿！」凱文幾乎立刻回覆，「很想妳呢！妳手機好了嗎？」

「好了，別擔心。」

「我人在牛棚裡。好臭啊！」

「噢，好可憐。猜猜看我在哪兒？」

「床上？」

「再猜猜看。」

「加班？」

「不對喔。」她傳出剛才的自拍，揪著一顆心等凱文回應。沒想到，電話響了。

「驚喜！」她尖叫，「我來嘍！」

「妳不該過來的。抱歉。」凱文倉促說完就掛斷。

14

尼克

「別看！」電話另一頭傳來莎莉的叫聲，她似乎很焦躁。「回家再說，我們一起看。」

莎莉從智慧手錶收到DNA配對電子郵件，心情彷彿雲霄飛車七上八下，於是立刻打電話給他坦誠告知。尼克確認信箱時她耐著性子在電話另一頭等候，果然他這邊也有。

尼克在媒體公司上班，方才正苦思女性私密處專用的濕紙巾該如何以原創而明快的手法宣傳，現在滿腦袋只剩下那封郵件。

或者應該說，他思緒一直兜的圈子是莎莉堅持做測試這檔事。之前以為兩人有共識攜手共度，未婚妻忽然希望透過科學確認終究勾起潛意識中的焦慮：尼克一直擔心配不上她，尤其小五歲是不是太多，對莎莉而言自己恐怕永遠不成熟。

他進家門時莎莉已經等了半小時，端著第二杯紅酒坐在廚房中島，腿在一旁晃啊晃。

「抱歉晚了點兒，」尼克先開口，「會開不完，然後——」

「無所謂。」莎莉打斷，大大吞口酒。「就趕快吧？」她另一手輕敲櫃檯檯面，顯然緊張難耐。

「讓我先說件事，」尼克走到中島前面站在她身旁，「我不在乎測試結果怎麼說，就算配對對象是珍妮佛・勞倫斯那又怎麼樣呢？無論信上寫了什麼，妳才是我想在一起的人。」

莎莉微笑之後抱了抱他，接著拿起手機按下郵件圖示。「準備好了嗎？」她點開後往下滑，臉忽然一沉。「上面說『無配對對象』。」

屋內氣氛隨之一沉，兩人都不知該說什麼。最後尼克伸手摟住她肩膀。

「我們過我們的就好，沒問題。」他安慰道，「世界上幾百萬對夫妻能過得下去，我們沒理由不行。即使DNA沒配對到不代表我們不適合。妳還愛我就成了，不過看了這結果，妳還愛我嗎？」

「當然。」莎莉頭埋在尼克肩上，聲音變得模糊。

「那就不必介意化學還是生物學怎麼說，一切照舊。」

莎莉用力吞口水，接著啜泣起來。「抱歉，」她抽口氣，「我只是想確定兩個人適合……是真的命中註定。」

「管它那麼多。我們賭一把就是了。」

莎莉微笑，兩人額頭相觸。她手指拂過尼克濃密的深色髮絲，最後拉他過來親一下。

「出去逛逛吧，當作提早晚餐。」尼克提議，「鬧區那邊開了新的土耳其餐廳，我請。」

莎莉點點頭，尼克從中島滑開走到正門，從衣物架取下牛仔夾克。

「你的呢？」她語帶試探。

「我的什麼？」

「配對結果。」

「我懶得看。」他聳肩，「自己心裡有數。」

「你不想知道，可是我想啊。你考慮一下我的處境：未婚夫有了配對對象但不是自己，如果那個人有做測試，我當然想知道競爭者是誰。」

「沒人爭得贏妳。」

「我還是想知道。拜託，寶貝，你就打開看看。」

「喏，接著。」他把手機丟過去，莎莉拿到以後找到郵件。

「哎呀，我的天。」她狂笑起來，手捂嘴巴睜大眼睛直盯著尼克。

「幹嘛？有配對？」

「有喔。」她笑得十分開心。

「天吶，別告訴我對象是妳媽。」

「倒不必擔心是我媽，」莎莉回答，「你的配對是個男人，名字叫作亞歷山大。」

15

艾黎

艾黎覺得自己那張臉硬得像是裹了混凝土，等不及回家一層層卸掉濃妝。整個早上面對各家國際新聞臺的攝影機就算了，《經濟學人》的記者不斷試圖將話題從新版應用程式引導到私生活上。多年下來艾黎經過槍林彈雨，當然不難察覺對方準心瞄哪兒，投以禮貌微笑提醒對方記者會主題輕鬆避過。

保全主任安德雷駕車送她從倫敦市中心回到貝爾格萊維亞區，艾黎在車上打開平板電腦連接公司內部安全通訊頻道，發現有來自助理的上傳檔案。

資料夾名稱是「提摩西．杭特」，艾黎意會過來：這是自己要求屬下調查的東西，內容是DNA配對對象的個人資料。指尖懸浮在資料夾圖標上，她察覺自己遠比預期更緊張，不知道裡面有什麼資訊、烏菈挖掘出多少祕密。艾黎猜測助理會照自己建議將調查工作分派給公司的徵信部門，原本就有專門小組負責追蹤員工身家和她常收到的恫嚇郵件。

深呼吸之後還是打開來看了，只有幾個檔案，其中包括地方報紙上提摩西在小足球隊留下的照片、他在LinkedIn的履歷表、過去六個月的網路瀏覽器搜尋紀錄、銀行明細和其他不大重要的圖片。艾黎還真懶得知道得透過什麼見不得光的手段才能蒐集這些個資。

她首先點開足球隊照片。下面有小字標註隊員姓名，找了半天才找到提摩西．杭特。人在後排，身高中等，深色短髮、髮際線有些後退跡象，臉上除了大鬍子還有大大笑容。艾黎第一反應是若從外觀判斷，自己對他沒什麼特別興趣。

艾黎再看看他履歷。提摩西大學畢業以後陸陸續續換過幾個東家，主要都是電腦工程類型。網路搜尋紀錄很符合他這年齡的男人：一九九〇年代的YouTube音樂、動畫《蓋酷家庭》（Family Guy）、一級方程式賽車、偶爾夾雜色情網站——至少沒什麼變態內容，她鬆口氣——再來就是定期上Amazon和Spotify購買電影和音樂。提摩西喜歡的有酷玩樂團、幽浮一族、立體音響樂隊，有麥特．戴蒙和李奧納多．迪卡皮歐的電影幾乎都看。問題是這些東西不符合她自己的品味。再從銀行明細可以看到提摩西光顧的超市主要是Tesco和Aldi，衣服大部分從Burton's和Next[21]買來，捐現金給阿茲海默症和保護流浪狗的慈善單位，每個月撥一些錢作退休基金。檔案裡頭看不出目前或以前結過婚、現在有約會對象或小孩，也找不到犯罪與破產紀錄或重大債務。信用表現十分好，總是準時繳清卡費，沒有尚未償清的助學貸款之類。社交媒體上他可謂不存在，只在劍橋聯足球會的留言板上講過一兩句話。

簡而言之：提摩西．杭特毫不起眼，卻與艾黎共享不可思議的連結。

「繞路去國王路吧？」艾黎吩咐安德雷。幾分鐘後安德雷根據指示買回全新的預付卡陽春手機，如此一來便能在不透露真正電話號碼的前提與人聯絡。自從脫離困苦的學生年代以後艾黎還真沒再用過這種東西，回想起當年的單純她不禁淡淡一笑。

輸入提摩西的號碼，艾黎開始輸入簡訊。「嗨，」她說，「我叫艾黎，我們配對成功了！」

可是她愣了一下覺得語氣太輕浮便刪除訊息。「哈囉，我是你在DNA配對測試的配對對象，願意見個面嗎？」還是有種隨便的感覺。「嗨，提摩西，看起來我們適合一起過下半輩子。」打完這句話她又加上個笑臉圖案。

艾黎沉吟一陣之後按下送出，拿著手機不斷盯著看，彷彿打開潘朵拉盒子會蹦出什麼恐怖東西。可是沒等多久手機就大大響了下，她嚇得差點兒跳起來。

「嘿，未來的杭特太太，總算等到妳了。」提摩西也加了一個眨眼符號，「叫我提姆就好。」還挺有幽默感的。艾黎覺得雙肩稍稍放鬆。「抱歉，最近忙著挑婚紗呢。」她又在句子後面加上新娘小貼圖。

「這麼巧，我也是。介紹一下我的準新娘吧，我知道的好像不多，去登記之前還是多瞭解一下比較好。」

「不在教堂啊？」

「不行，我是撒旦教的，教堂不歡迎我。」

「我們有共通點了呢。」她在句尾加上惡魔笑臉。

「妳做什麼過活？」

「偷人家靈魂。」

「嗯喔，我是說妳做什麼過活，不是妳對活人做什麼啦。」

㉑ 皆為平價品牌。

「是喔，抱歉。除了膜拜魔王就是無聊的辦公室業務。你呢？」

「電腦宅男。」

接下來半小時艾黎完全沒意識到自己卡在車陣內動彈不得、外面下起傾盆大雨。直到安德雷終於在家門前停好車，她像個高中女生似地眼睛離不開手機螢幕，與提姆魚雁往返沒完沒了。安德雷為她打開車門，撐起雨傘。

「有機會邀未來老婆喝一杯嗎？」提姆又傳訊問。

「不太確定……」

「我真的不會咬人啦。不踹踹看怎麼知道能不能進球。」

艾黎咬著下唇，將手機放進提包，由安德雷護送進屋。她遲疑片刻，做決定之前心裡忍不住衡量任由陌生人走入生命的好處壞處。自己之所以接受DNA配對測試的理由已經化作具體的、活生生會呼吸的人出現，對方有名字有面孔而且想知道雙方能否見面。可是她很害怕。從包包取出手機，反覆讀了那些訊息好幾次以後終於下定決心。

「好啊，那就見面吧。」她打字的時候還是戒慎恐懼。

「這週五晚上有空嗎？」

16

曼蒂

比起網路搜尋，透過紀念儀式瞭解他更多。

一個人坐在聖彼得諸聖教堂後面，曼蒂覺得自己像個混進來的騙子，偷聽里察的朋友齊聚一堂說他生前故事、志向與大家的情誼。他十分合群，無論在運動場上或其他地方。他對朋友講義氣，為人很可靠。他同時是曲棍球和羽毛球的郡隊隊員，十二歲開始吃素，十七歲得癌症但憑藉正向積極的能度撐過化療戰勝病魔。曼蒂想到他Facebook上有很多外地旅遊照片，暗忖或許大難不死才更想好好看看世界。

里察曾經參加過兩次馬拉松、協助麥克米倫癌症支援組織募款，也為當地學習障礙者舉辦過野戰和運動課程。相較之下曼蒂覺得自己懶惰又自私，過世了一定得不到這麼多緬懷。

那是距離曼蒂得知對象亡故之後兩週多的事情了。

先前對方遲遲沒聯繫，她心癢難耐，決定主動出擊。首先捎封信去自我介紹，曼蒂小心翼翼不透露自己看過對方社交平台、電腦上有個資料夾存了一堆圖。她附上自己比較體面的照片，三年前拍的，那時體重比較輕、離婚導致的皺紋還沒浮現，然後直接告訴里察自己的郵件地址與手機號碼。

然而大失所望，依舊沒回音。曼蒂起初擔心里察覺得自己不好看，但她提醒自己：配對成功的情況，外表不是重點——理論上。難道他忍不住流浪癖又跑出國玩？線上沒這個跡象……還是坐牢了，或者害羞到極點，難道閱讀障礙，再不然摔斷手沒辦法打字……各種天馬行空的念頭在腦子亂竄。

機緣巧合，她正好又點開里察的Facebook——雖說她每天都看好幾次——竟看到里察的姊姊留言，通知好友紀念儀式的日期和地點。

曼蒂盯著螢幕讀了好幾遍。紀念？搞什麼？莫名其妙，里察死了嗎？好不容易找到他，地球上專屬自己的男人竟就這麼走了？而且偏偏她到現在才發現？

進一步研究發現，雖然里察公開大頭照，但貼文則否。曼蒂提出好友申請，希望他妹妹代點同意，如此一來便能知道更多。繃緊神經好幾天以後真的獲得接受，曼蒂這才看到滿坑滿谷的留言，世界各地與里察有好交情的朋友都來致哀。

她哀痛欲絕，只能強忍，給自己斟了杯普羅賽克氣泡酒，接著努力從網路搜尋地方新聞，試圖拼湊事件全貌。原來有一天晚上里察出門與曲棍球隊夥伴慶功，不知為何與眾人走散，自己晃到馬路上遭人肇事逃逸，幾小時之後被發現頭部重創倒在路旁。

曼蒂情緒潰堤痛哭流涕，從晚上到凌晨看著里察照片落淚。原本能因他而豐富的生命化為泡影，值得紀念的第一次約會、第一次做愛不復存在，也不可能聽他親口說愛、共組家庭。成為別人生命裡最重要的存在究竟是什麼滋味，曼蒂永遠無法體會了，最大的恐懼成真：離婚以來孤單停滯的人生在三十七歲之後還要繼續。

她走在客廳來來回回思考下一步。實在無法接受這狀況，太想瞭解那個從自己生命中被奪走的男人。既然錯過葬禮，曼蒂決定直闖紀念會。

致辭告一段落，里察的朋友紛紛沿著走道穿過一扇打開的門，曼蒂看見那一頭幾張桌子擺了軟性飲料、塑膠杯、紙盤子和餐巾。她有點猶豫，知道自己並不屬於在場的哀悼人群，但心癢難耐還是跟過去。

壁掛喇叭傳出輕搖滾樂，賓客有老有少，他們自行取用食物飲料開始聊天。曼蒂不知道該站哪兒才好，下意識朝一群男子和一名年輕女性靠近，聽到里察明明懼高卻曾經為流浪狗募款跑去跳傘。她旁敲側擊，從女子口中聽到更多故事藉此更瞭解里察。另一組人提到他以前說服健身課程的客戶結伴參加倫敦年度單車裸騎，同樣是慈善活動。每個人說起里察都津津樂道，曼蒂聽了一陣子忍不住有點嫉妒。

「他有沒有和你們說過自己被水母螫的事情？」曼蒂脫口而出，自己都覺得錯愕。

「沒有，」瀏海垂到鼻子的男人回答，大家目光集中在曼蒂身上。「怎麼回事？」

她腦袋不停地轉，回想里察那些照片的背景。其中一張很醒目：他站在白色大遊艇旁邊，準備上船出海觀光。

「我們在凱恩斯海裡游泳，」她說，「一群水母漂過來，他看見我在水裡掙扎著想回岸上，拿著衝浪板就游過來把我送回去。明明自己也得穿過水母群，所以他就被螫了腿。」曼蒂心中畫面栩栩如生。

「里察總是這樣。」女子附和，其他人微笑點頭。曼蒂也擠出笑臉，覺得背上冒出雞皮疙瘩——沒事，沒人會發現是亂編的故事。

「而且他都被螫了還想回去玩水。」曼蒂接下去說，「後來我和他在雪梨港灣大橋對面一間餐廳喝酒喝到早上，交換很多旅遊經驗。真難忘，好想念他。」至少最後這句算是真話。

「抱歉，還沒請教妳大名。」年輕女子伸手輕輕搭著曼蒂臂膀將她帶開。

「我叫曼蒂。」她伸出手。

「蔻依，」對方自我介紹，「妳和里察怎麼認識的呢？」

曼蒂試圖掩飾心底湧出的慌張，得好好動腦。「我們……嗯，是去澳洲玩的時候認識的，後來一直保持聯絡。」

「你們在澳洲待了多久呢？」

「唔……幾個月。」

「你們在哪兒相遇？」

「他和幾個朋友在凱恩斯，要去看大堡礁，之後大家在雪梨待了幾天。」

「是嗎？這可有趣，」那女人假笑道：「里察的澳洲行我全程跟著，在雪梨那時候一刻也沒分開過。」

謊扯過頭，曼蒂整個人繃緊，對方怒目相向。

「趕快交代清楚：妳究竟是誰？為什麼跑來我弟弟的紀念會對大家說謊？」

17

克里斯多弗

克里斯多弗有很多自豪之處，像是容貌、意志、心計以至於每一步的謹慎小心。

他認為自己能充分駕馭情緒。執行計劃過程中總會被某些事物分散注意力，但他能靠直覺調適並專注目標。然而艾宓坦言她是刑警，這球曲得不能再曲，克里斯多弗太多心思放在其他活動上，居然忘記該先調查對方身家背景。習慣成自然，他以為所有女性都跟目標一樣——容易上當、腦袋沒自己好、隨隨便便信任別人。碰上刑警這些規則可得改寫。原本克里斯多弗並不在乎所謂配對，往後也沒打算再和她碰面，今天約會只是一時興起，沒想到能拐這麼大一個彎。太有趣了。

「刑警？」他重複這兩個字，笑容還凝在臉上。「聽起來就很忙碌。」

「算是吧。」艾宓語氣頗為得意，「我是偵緝警佐，要做的事情滿多，尤其又隸屬倫敦警察廳，常常所有時間耗在工作上。不過當警察本來就是我的人生志向。」

「我對警察內部工作情況所知不多，」克里斯多弗撒謊道，「偵緝警佐負責些什麼？還是應該說妳都『調查』什麼才對？」

「滿多項目的，」艾宓從吸管喝一小口伏特加調柳橙汁，「這半年被暫時調派到反詐騙小組。」

「在那小組做什麼？」

克里斯多弗根本沒將她的回答聽進耳裡，既然是與自己無關的部門他就沒興趣，於是啟動腦袋的自動導航模式佯裝有興趣的模樣，對方說話時就四目相交、察覺該點頭就點頭該微笑就微笑，心中掛意的還是眼下這狀況真是諷刺又好笑：一個刑警和自己配對成功，《太陽報》可是將他形容為「窮凶極惡英國殺人魔」呢。

他很想趕快問問警方對這三週盤踞所有電視新聞的大案子是什麼觀點，但也知道表現太過積極就不妥了。經過半小時禮貌對話之後，克里斯多弗終於按捺不住。

「最近新聞一直報導的連續殺人魔是怎麼回事？」他裝作隨口問問，手拿刀子將法式蘑菇三明治切片。「幾位女性受害了，五個嗎？」

「六個。唔，應該說我們知道的有六個，負責的小組還在追查各種線索。」艾宓答得小心翼翼，與警方電視記者會透露的情報一致。

「不想談這個對吧？」他說，「抱歉，本來就不該提起。」

「倒不是我不想。」艾宓將叉子擱在盤邊，「有個連續殺人魔逍遙法外，媒體知道後就像發瘋一樣。已經好些年沒出這種亂子。」

其實平均起來，任何時間點英國都有四個連續殺人魔暗地行動。克里斯多弗很想教育她，陪妳用餐的正是其中之一。

艾宓繼續說：「最近太多消息走漏，上頭不希望我們對外談論。」

「所以我還算是外人？」克里斯多弗擺出最無辜可憐、小狗狗那樣的眼神，艾宓看了兩頰飛紅。他打定主意要從這女警官口裡套出話，至今他還沒遇過完全無法操控的人。

「不是那意思啦。」艾宓擠出微笑，克里斯多弗倒是慶幸她牙縫沒留著食物殘渣。

「還是換個話題吧，」他說，「妳怎麼會想做DNA配對？」

艾宓望進他眼睛，顯然很高興兩人回到初次約會適合的主題上。「很多像我這樣在公家機關上班的人都做了，主要就是騰不出時間找對象。說起來可能有點功利主義，但靠配對的話免了中間人。你懂吧，為了找個好對象要攀一大堆關係好麻煩。那你呢？」

克里斯多弗腦海浮現自己讀過的兩性關係書籍，裡面寫了很多女性想交往時會希望聽見的句子，他拿螢光筆一一標註並熟背。既然兩人在DNA上有連結，想必艾宓已經起心動念，不過最好能靠這句話就攻下她的心。

「我想找到讓自己完整的另一半。」他不僅照著書上的文字回答，也照著書上的提醒凝視艾宓雙眼。「想遇上那個命定之人，她能接受我的一切，包容我的缺陷與怪癖，無論遇上什麼困難都會陪在身邊。」

他微微斜著頭、彷彿表達歉意般聳肩，這姿態能夠營造誠懇氛圍。不過克里斯多弗第二次感覺尷尬氣氛迎頭罩下，有點暈眩又好像皮膚變得極其敏感。接下來艾宓嘴角輕輕揚起，居然笑了。「你是認真的嗎？」她咯咯笑道：「聽起來怎麼好像剛讀過那種心靈成長書籍啊？」

克里斯多弗一瞬間維持不住面部表情，心裡湧出的感受恐怕該說是難堪——許多情緒對他而言只是名詞卻未曾親身體驗。「我說的話很奇怪嗎？」這回他是真的困惑。

「呃，沒有啦，只是……天吶，」艾宓回答：「你認真的啊？唉，抱歉，但聽起來很……很像勾引無知少女的話術。」

「喔。」克里斯多弗依舊懵懵懂懂，懷疑亞馬遜購物網站的推薦書籍是否不可靠。

艾宓探身過去，音量不大但是態度自信。「唔，克里斯多弗，我是這麼看的……你和我既然配對成功，代表我們不必像傳統約會那樣兜圈子。比方說呢，其實你不必躲在餐館外面故意遲到增加我不安，也不必刻意提起自己住倫敦高級地段這種事情給我好印象，更不必拐彎抹角暗示說你設計的雜誌不是給我這種人看的，當然也沒必要非得挑酒單上最貴的一款酒。我們可以直接進入認識彼此的階段，不必那麼多心機。現在呢，不知道是所謂費洛蒙、化學反應還是因為我喝了三杯伏特加和一杯紅酒——不趕快、立刻、馬上跟你上床，我可能會爆炸喔。」

克里斯多弗真的呆了。沒遇過這樣直來直往的女人，這種性格確實挑起他欲望，而他也希望知道自己該如何挑逗艾宓。若是考量刑警身分應該避而遠之，但結果正好相反，克里斯多弗想像立場迥異的兩人往來過招更興奮。

「唔，沒問題。」說完以後他找來女侍者結帳，如往常付現，十分鐘後兩人驅車到艾宓住處。

18

婕德

婕德將手機從耳邊挪開，放在掌中盯著看，好像出問題的是機器，而不是配對對象剛剛明言表達不想見面。

從英國飛了將近兩天、做好全副準備才站在他家門口路旁，此刻心中當然覺得莫名其妙。是聽錯吧？婕德這麼問自己，然後再撥號過去，結果直接轉語音信箱。她不死心撥了第二次、第三次，不希望錯過任何機會。

「到底怎麼回事？」她很生氣，訊息全都用了大寫字母，接著將手機一直拿在面前等回訊，遲遲等不到。

正午太陽火辣，她裸露的肩頸被曬得發燙，不得已只好躲回租車內把冷氣開到最大。自己遠赴重洋，凱文近在眼前，她實在想不出對方拒絕的道理。

盯著前面那片農場呆了一陣，然後婕德發動汽車U形迴轉，緩緩沿原路開回去，不只傷心還深感羞辱。

她掐掐拇指食指之間的皮膚忍著不哭。總有個理由，婕德心想或許凱文很害羞，她不請自來讓對方措手不及，也想像換作凱文一聲不吭就出現在她家門口的話自己會作何反應。（我會開心死吧，她暗忖，不過也覺得凱文性格是比較沉穩。）他應該是嚇壞了，需要時間消化。婕德決定給他一點時間，晚點兒再聯絡，但同時不禁覺得自己太傻太衝動，也怪罪蕭娜和露西給自己出了餿主意。

回頭開了二十英里到達途中小鎮，婕德打算在這裡找間小旅館住下，晚一點、或許乾脆明天再傳訊息給凱文試試看。

妳白癡嗎？這個念頭忽然閃過腦海，她用力眨眼蹙眉，*為什麼怪自己？以前有因為男人懷疑自己過嗎？做錯事的是凱文，不是妳呀。*

可是婕德心裡浮現各式各樣情境，也冒出許許多多凱文不肯見面的理由。她看過MTV臺的《鯰魚》[22]很多集，知道線上交友騙子多，很多人偽造自己的身分和長相。說不定凱文其實是女人，講話都壓低聲音，又或者他老得可以當自己爸爸所以不敢面對？還是與他一起住在農場的根本不是父母而是妻子？

很有道理。看來凱文已婚，之前不肯用Skype或FaceTime視訊是怕被老婆逮到。恐怕和婕德魚雁往返的簡訊也都私下進行，用老婆不知道的另一支手機。

搞不好都有小孩了吧，甚至好幾個老婆、好多個小孩也不是不可能，電視上就有演到一夫多妻的案例。當初還在蕭娜和露西面前吹噓說凱文多好，結果和她們遇到的男人沒兩樣都是混蛋。婕德挫折感爆發，朝方向盤狠狠捶下。

想得越多越覺得自己假設無誤，但結果也就更氣憤。凱文未免太愜意了吧，與老婆小孩躲在澳洲，背著他們與異地女孩子談戀愛，只要小心一點誰會發現？反正配對對象不會莫名其妙從地球另一邊飛過來直接現身家門口？

「怎麼不會？」婕德喃喃自語，信念在心裡膨脹，體溫也跟著竄升。她緊急剎車，再一次U形大迴轉朝農場疾馳，駛上通向白色建築物的泥巴小徑，一路上礫石沙土飛滿天。

單層樓白色木頭農家屋頂鋪著銀色波浪鐵皮，房子佔地廣闊，前方停了好幾輛轎車與貨車，車窗降下但裡頭沒人。考量到這是農場，建築與車輛看起來都乾淨新穎，不像凱文口中那樣貧困落後。水管旁邊有一排顏色鮮豔的花卉盆栽，屋簷還吊著好幾籃，婕德心想應該是女人才會打理成這樣，不過沒看見鞦韆、滑梯、兒童玩具一類東西，可能凱文還沒結婚生子。

幾百公尺外的大棚子傳來牛叫聲，更後面還有一大群綿羊，從這距離看起來小得可愛，彷彿以地平線為背景的畫上黏著許許多多風滾草種子。

婕德轉頭面向農舍，連深呼吸也不必直接朝前門門廊走過去。其實她也不知道該說什麼才好，但就覺得來都來了不能無疾而終。她不斷拉著門環敲打，直到裡面傳出窸窸窣窣的腳步聲。門開了，探出一張臉。

眼前男子與配對對象幾乎一模一樣，但婕德相信自己的直覺。「你不是凱文。」她說完倒退兩步。

㉒ 實境節目，主題為確認和揭發網路戀愛交友中的自我包裝和謊言。節目名稱「鯰魚」出自「鯰魚效應」，淵源為據傳為了讓鱈魚或沙丁魚經過長途運輸仍保持鮮活，船隻會在魚艙內放一些鯰魚。由於與捕食者處在同一空間，鱈魚或沙丁魚會積極閃避於是不會死氣沉沉。

19 尼克

「算妳狠。所以我到底和誰配對啊？」尼克問。

「我不是開玩笑啊，你自己看。」莎莉伸長手臂讓他也能讀到螢幕上的字。「真的寫著『尼克拉斯．瓦爾渥斯，您的配對對象為亞歷山大，男性，目前居住於英格蘭伯明罕市。請參考以下步驟以取得對方完整檔案。』」

「拿來我看看。」尼克從莎莉手裡取回手機，覺得這玩笑一點兒也不好笑，但讀完郵件發現莎莉沒在瞎說。

「你是同志！」她又笑道：「我男朋友……不對，是未婚夫居然是同志！」

尼克好好看清楚之後把手機放在出訪櫃檯上。「胡說八道，」他嘀咕，「系統出錯吧，還是有人刻意整我。」

「可是準確度號稱百分之九十九點九九九九九七，比測謊還高。」

「意思就是有可能出錯，可能性存在就代表會發生實際案例，現在我們眼前就是一個他媽的大錯特錯。」

「寶貝，別那麼氣。」莎莉忍住笑意，「照你那麼說，你會成為世界上第一個配對錯誤的人喔——已經超過十五億人註冊了，你是唯一一個。親愛的，我倒覺得面對現實比較好，你是個好男人，或許你真的會喜歡和另一個好男人相處。」

「夠啦，小莎。」尼克開始覺得煩，「什麼DNA配對根本騙錢的嘛，還要十英鎊才肯說出來和誰配對。我看星座都比較準。」

「嗯，反正也不是問題啦。」莎莉打趣道：「我本來就很想要一個同志閨蜜啊，結果居然是和閨蜜結婚呢。」

尼克翻了個白眼。「我不是同性戀好嗎？」

「那麼是雙性戀？我也不在乎喔，以前說過吧，念大學的時候我也嘗試過和女生交往。」

「如果我是，這歲數早該發現了吧。活到二十七還沒被男的吸引過，怎麼可能舔了個棉片試紙結果就忽然變成同性戀雙性戀什麼的。」

「沒想到你這麼恐同。」

「不是恐同啦！聽我說：如果我是同或者雙，那我們根本沒道理住在一起還準備結婚呀？對我來說外頭像新天地一樣滿滿的機會，我怎麼不趕快到處遛鳥。」

「你好認真。」

「我不希望妳以為我是什麼深櫃，那樣好像我們之間成了騙局。這可是我最清清白白的一次交往。」

「噢親愛的，過來過來，開玩笑而已。」莎莉說，「沒真的覺得你是同性戀，不過你總不能否認這結果很好玩吧。就像勞．凱利（R. Kelly）的老歌，『你的心說了不，但身體卻——』」

「一點都不好玩。」尼克拿了莎莉的酒杯大大灌一口。

「說老實話，除了開玩笑之外我也不知道怎麼回應比較好。現在看來我們就不是天作之合，我的白馬王子還沒現身，你的白馬王子說不定住在隔壁巷子。人家也在伯明罕喔，這算巧合嗎？也許根本就認識……」

「別說傻話了，我沒有什麼『白馬王子』。」

「信上不是這麼說……」

尼克又翻白眼。

「試試看在Facebook找他？」莎莉卻繼續說。

「啊？」

「有什麼關係，我想看看競爭對手啊。」

「我不想。」

「怕我對你未來老公一見鍾情嗎？」

尼克搖頭。「我們連人家姓什麼都不知道。」

莎莉從他手裡接過手機，在鍵盤刷了三下，付款九點九九英鎊取得詳細資訊。「姓名：亞歷山大．蘭德斯．卡麥柯。」她大聲唸誦，「年齡：三十二。職業：物理治療師。瞳色：灰——跟我一樣。髮色：深——也和我一樣。」莎莉微笑繼續，「身高：五呎八吋[23]，又和我差不多。寶貝其實你都喜歡同一型對吧，聽起來根本是我的翻版。」

「三點例外——兩個乳房和一個陰道。」

「這些資料應該能在Facebook上搜尋到了。」

「我不覺得我想——」

「別緊張，很有趣啦。」

莎莉鍵入亞歷山大的姓名，捲動畫面觀察一張張大頭貼縮圖。「你說說看，伯明罕就有四個亞歷山大．卡麥柯的機率有多高？只好連中間名也加進去了，總不可能還一堆蘭德斯吧。」

「剩一個。」尼克指著螢幕。

兩人同時凝視那張縮圖。莎莉嘗試點進去看，然而亞歷山大將隱私全部鎖起來，不是好友的人什麼也看不到。但只靠小圖就能判斷他很帥，方正下頜帶點鬍碴，頭髮微鬈垂至衣領，雙唇飽滿、眼睛不僅大還蘊藏暖意。

「真的沒話說，」莎莉開口，「你的DNA對男人非常有品味。」

㉓約一百七十三公分。

20

艾黎

安德雷為艾黎打開車門，帶路穿過跨水纖道進入前方建築物。「你不必跟進來，我想沒什麼問題。」她覺得只是間小酒吧，談不上人身安全問題。

「妳付了錢，我就得辦事。」安德雷聲音沙啞，依舊帶著東歐口音，話說完後執意進去探探情況。僱用後這三年他證明自己值得那價碼，為艾黎擋過拳打腳踢，甚至有一次被碎酒瓶插進胸膛。回頭望去，還有兩個隨扈躲在後頭另一輛車上。

「好吧，」艾黎讓步，「別讓他看見，隱密點，免得嚇跑對方。」

「隱密是我的專長。」身高六呎五吋[24]的大漢這樣回答有點滑稽，尤其咬字還會大舌頭。

安德雷回報一切正常，艾黎親自走進位在萊頓巴札德的這間環球鄉村酒吧。大學剛畢業有段時間她也常常光顧類似場所，主要是週日午餐不僅便宜還有很多配菜。這兒的氛圍令艾黎想起老家，不像晚上出門用餐都是奢華夜店、會員制俱樂部或超高檔餐廳。

她的DNA配對對象獨自坐在雙人桌邊，面前擱著個品脫杯，看來喝過幾口。提姆神情緊張，視線在店裡飄來飄去，最後和艾黎眼神相交。艾黎希望對方不會正好在報紙上看過自己的照片，她故意換上寬鬆襯衫和牛仔褲便裝並且綁起頭髮，只上最淡的妝，名貴珠寶都鎖進保險櫃。

提姆向她揮手，臉上笑容很燦爛。艾黎走到桌邊時他起身握手，湊過去在臉頰輕輕點一下。艾黎以為另一邊也要，臉轉過去卻擦過提姆的鼻子。兩個人哈哈大笑，稍微寒暄之後他先去吧檯替艾黎取飲料，回來時拎著自己的第二杯啤酒與她的亨利爵士琴酒，嘴角啣著兩包鹽醋口味洋芋片。

「抱歉但是我好餓，」他將東西放在桌上，「今天上班很忙，我下班就直接過來，還沒吃晚餐。妳要吃自己拿。」提姆撕開一包，遞了幾片過去。

「謝謝。」艾黎微笑吃了幾片免得失禮，暗忖自己的私人教練看到她過了晚上六點還攝取碳水化合物肯定會暴跳如雷。

兩人面對面聊天與之前傳訊息同樣輕鬆，彷彿早就認識但久未謀面的老友敘舊，話題很自然對得上。他們各自說了以前可怕的約會經驗，提姆一直想要艾黎也認同昆汀・塔倫提諾是有史以來最棒的導演，艾黎則告訴他養生飲食的好處。其實彼此共通的興趣少之又少卻又並不在意。談到工作，提姆是接案的系統分析師兼電腦工程師，艾黎則聲稱自己是倫敦某企業總裁的個人助理。她擔心一下子招認真實身分會嚇跑普通人，投入扮演以後倒是與角色融為一體。

「妳真的相信DNA配對這檔事嗎？」約會過了幾個小時以後提姆問。

「是啊。聽起來你是不怎麼相信吧？」

「說老實話一開始的確沒那麼有信心，」他回答，「我會註冊是被朋友拉去的。這下子他可

㉔約一百九十六公分。

火大了，因為經過兩個月他都沒對象，我才加入一週就遇到妳。話是這麼說啦，我還是不知道可不可靠——總覺得未免太簡單了吧？世界上有獨一無二的某個人從DNA層面完完全全與自己湊成一對，見了面就會從頭到腳都愛上……可是妳走進酒吧以後我覺得腸子都要掉出來了。」

提姆嘴角上揚，艾黎則一直盯著他，心裡有部分好奇如此天差地遠的兩人為何能夠配對成功，另一方面則覺得從未遇過這樣直來直往的男人，是截然不同的約會體驗。

「說真的，艾黎，看見妳走進來，我放了好長好長一個屁。差點就像氣球被戳破那樣子飛過去了。」

艾黎實在忍不住，跟著他大笑起來。

「到底是愛情，還是啤酒呢，」他自嘲，「天知道？」

「這叫做，一屁鍾情？」

「我知道自己這邊有感覺啦，要是害妳尷尬了、或者妳根本沒感覺的話就先說抱歉嘍。無論如何我都很慶幸妳願意賞臉見面。」

「我也一樣。」說出這句話之後艾黎感覺心底有什麼東西蠢蠢欲動，是四杯琴酒的緣故？還是因為古怪又可愛的配對對象就坐在面前？總之她直覺知道自己的世界陡然傾斜。

21

曼蒂

「抱歉，」曼蒂支支吾吾感覺快吐了，「我有事得先走。」

她赫然想起事實是被紀念的人自己見都沒見過，一開始就不該混進來。沒料到居然碰上里察的姊姊，還被質問為什麼捏造與他相遇的故事。

彷彿牆壁壓過來似地喘不過氣，曼蒂對自己的行動深感後悔。但即便快步想離去，還是被里察的姊姊蔻依抓住手臂攔下來。

「先解釋清楚，」她強硬地說，「妳究竟是誰，為什麼捏造子虛烏有的事情假裝認識我弟？」

「我……我……」曼蒂結巴了。

「妳跟里察到底是不是朋友？」

曼蒂無言以對。

「看樣子不是吧。妳的年紀……比里察大了有十歲？所以不會是學校認識的。聽說健身房裡頭跟里察上課的一些年長女性很飢渴，總是對他有非分之想，妳是其中之一？還是那種愛亂闖不認識的人的葬禮，最後被趕走的神經病？」

「不是！」曼蒂很不希望給里察的姊姊留下這麼糟糕的印象，但也明白現在的情況丟臉極了，「不是妳說的那樣。」

「那妳是誰，為什麼出現在這兒？」

曼蒂緊緊闔上眼。「我們DNA配對成功了。」

「啊？」

「幾星期之前我做了DNA配對測試，配對結果出來以後我想知道是誰、和他見個面，結果……」曼蒂遲疑一下，覺得自己像個白癡，「結果他居然已經走了。我的對象就是里察。」

蔻依聽了也一愣，上下打量曼蒂之後說：「還不肯老實。」

「相信我，我說的是實話。妳自己看看吧。」曼蒂打開手提包取出列印的電子郵件，內容證實兩人配對成功。

「那妳怎麼會過來？」蔻依逐漸接受事實，態度也變得和善。

「說出口我自己都覺得蠢，但只是想向他道個別。幾星期下來我都在哀悼一個根本沒見過面的男人，所以就想試著多瞭解他。可是這兒每個人提起妳弟弟都有很棒的回憶能說，只有我什麼也沒有，就是個名字和網路上一些照片。聽大家聊他的時候我情不自禁就給自己編一個故事。真的很抱歉，太蠢也太不禮貌，我這年紀是該懂事點，不是故意造成妳不愉快。」

「我想我可以理解，」蔻依從桌子取了兩杯酒，遞了一杯給她。「妳想知道關於里察什麼方面？」

曼蒂臉一紅。「被妳這麼一問，我反而不知道從何說起。」

「我媽在那邊，不如過去和她——」

「別！」曼蒂慌了，「我還沒有心理準備。」

「那不然妳留聯絡方式給我，之後保持聯絡。」蔻依又將自己的手機遞過去，「妳再找個時間到我家和我媽聊聊吧？」

曼蒂點點頭，小心翼翼輸入電話號碼。「我先走一步，」她說，「很高興能認識妳，節哀順變。」

「可惜你們沒機會認識，」蔻依回答，「妳也別太難過。」

曼蒂低著頭從里察的母親身旁走過，出教堂後快步上車。原本只是想多認識已故的配對對象，為自己的傷痛做個收尾。

但現在曼蒂覺得事情才剛開始。

22

克里斯多弗

「賤人！」克里斯多弗邊吼邊用力將裹著手套的拇指從她嘴裡拔出，實在太疼。可是她越咬越緊，感覺傷口足以見骨。即便如此，克里斯多弗仍不鬆開箍住她頸部的鐵絲，除非她斷氣。

五週下來的第九個目標，按照計劃應該與之前八個女人同樣簡單直接。他好好調查了目標作息，也勘察過地形。

對犯罪者而言最大的危險就是監視攝影機，因此克里斯多弗找目標時就加以篩選，攝影機密度過高的地區不適合，路燈、商家、學校、辦公大樓、社區住宅的安裝數量都要注意。其餘要避免的還有公車、公車專用道、計程車、地鐵站這些空間會有行車紀錄器、測速照相以及車牌辨識系統。只要仔細迴避，克里斯多弗出現在被害者住家附近就不會引起任何人注意。

來到九號住處外，他再次透過GPS確認目標位置，等待一段時間確保她在家中獨處後才開始行動。首先運動鞋要罩上塑膠鞋套以免留下清楚腳印，然後拿出愛用已久的開鎖組合進公寓再悄悄關門。

就定位後，克里斯多弗自背包掏出白色撞球甩在地板發出巨響。接著他躲好，雙手握緊乳酪鋼線切刀木柄，等目標打開臥室房門出來查看。

九號原本應該依照熟悉的、毫無意外可能性的步驟死亡。她走到面前，克里斯多弗撲上去絞緊，等待目標吐出肺部最後一口氣，然後將還有溫度的屍體放在廚房地板擺出古怪對稱姿勢，拿拍立得拍下兩張照片就完事。一號到八號都太過錯愕根本來不及反應，傻傻伸手拉扯鐵絲，天真的以為能夠保住性命。奇襲優勢加上他的力氣和執著，對弱女子而言太難抗衡，而且他總等到鐵絲撕裂皮膚嵌入肌肉的觸感傳來才肯罷手；更深的話場面難看又得善後很久，他不希望下半夜全耗在打掃。

沒想到九號顛覆了規則，令他十分為難。撞球落地以後，打開的不是臥室而是浴室——克里斯多弗計算錯誤，對方根本還沒就寢。他還是撲過去，然而是從正面，於是被九號看見。看見歸看見，九號動作不夠快，鐵絲還是纏上脖子，克里斯多弗也迅速繞至她背後。不過她還穿著高跟鞋，抓地力很差，地板正好是瓷磚，一個沒站穩身子向後滑，撞得克里斯多弗跟著失去平衡。

混亂中鐵絲稍微鬆脫，九號抓準機會手指探進空隙保持呼吸暢通，而且還轉頭找到克里斯多弗的拇指，嘴巴像老虎鉗一樣狠狠咬下去。「操——！」他隔著面具和頭套怒罵，拇指痛覺遽增，確實有那麼一瞬間很想鬆手，但他最後將九號的頭向後拽，重重敲向廚房地板。隨著頭骨碎裂聲她的嘴巴微微打開，克里斯多弗趕緊抽出拇指，抓著目標的頭往地板再砸兩回。瓷磚縫被鮮血填滿，至此誰也救不了她。

克里斯多弗跑向不鏽鋼水槽脫下手套開冷水沖傷口止痛，鼓起勇氣看一眼，發覺傷勢沒想像慘烈，不過依舊咬得很深必須縫合。他先壓下怒氣，拿條茶巾[25]包紮，然後用拍立得拍了兩張照

[25] 起源於英國的廚房用具，一般作為茶具的抹布或墊子使用。

片。

接著他走到屍體旁邊，舉腳朝死者面部猛踏。九號的臉像舒芙蕾般凹陷。想到這賤人竟敢反抗，克里斯多弗不留情踹了又踹，直到肋骨碎得不能再碎才停腳。他又從廚房櫃檯找把麵包刀朝九號雙目捅落，插入以後還順時針轉一圈挖出所有渣滓抹在死者臉頰。之前八個目標躺進殯儀館時模樣寧靜祥和彷彿夢中長眠，她沒資格相提並論。克里斯多弗要這女人血肉模糊、不成人形化作一灘爛泥，是可憐親友認屍以後永世難忘的夢魘。

毀屍之後感覺累壞了，其實很想放著不管直接回家睡大覺，但還有很多事要做。從廚房抽屜翻出一條強力膠與布膠帶，他湊合用來封住拇指傷口等回家再好好處理。接著是刷掉水槽裡面自己的血跡、地板上兩人的血液，隨後在九號嘴巴塞進一條布，拿檯面上的擀麵棍把她牙齒敲斷，用的力道或許超乎必要了。他拉出布條與斷齒仔細包好放進背包，絕對不能讓人從死者口腔採取到自己的DNA。

手機忽然振動了，是艾宓打來的。

「嘿，」她開口，「你在幹嘛？」

「沒特別幹嘛。」當然是說謊。克里斯多弗用耳朵肩膀夾著電話，手裡拿漂白水往九號嘴裡灌到滿出來。這下子總不可能還有痕跡才對，他暗忖。

「該不是在廁所吧？好像聽見水聲？」

「沒有啦！剛剛在刷牙。」

克里斯多弗一方面想掛電話趕快結束清理工作，一方面又覺得盯著剛殺死還糟蹋過的屍體同時與女友聊天有點興奮。兩個女人不在同一空間的前提，這大概是她們最近的距離。

「抱歉今天晚上沒空，明天的話可以嗎？」她問，「工作真的很多。」

「嗯，可以啊。」

「你還好嗎，聽起來有點心不在焉？」

「就累了而已，準備好好睡一覺。」

「那快休息吧。明天晚上我可沒打算讓你離開臥室喔。」她語帶挑逗，克里斯多弗想到那畫面也揚起嘴角。

掛電話以後掃視四周，覺得清潔工作頗為完善。儘管不想回這鬼地方，但過幾天還是得來一趟，作者得為作品留下戳記。

克里斯多弗拇指傷口還是疼，從九號手提包裡找到止痛劑吞了兩顆，之後離開現場悄悄回家。他沿著靜謐街道晃了晃，兩側是落成不久的四層公寓，確定沒引起注意之後繞到某棟後門竄進一樓房間。後門沒被重新鎖上。

裡頭氣味換作一般人早就嘔吐往外跑，但克里斯多弗無懼惡臭，尤其對屍臭無感。打開手電筒，光線打在八號臉上，她肩膀、頭頸、軀幹右側開始腐爛並浮現深綠斑塊，原本的六號衣身材因氣體囤積而膨脹，最明顯是腹部、舌頭以及眼珠突出，血管僵硬後轉為棕黑色，手與腿皮膚起泡。

克里斯多弗將一個半小時前拍下的九號死狀照片擱在八號胸口，動作相當小心。走到屋外，他自背包掏出壓縮氣瓶，行雲流水般隔著模板在人行道噴灑黑漆，噴完退後一步欣賞：是幅男子揹小孩過河的圖畫。他朝自己露出微笑。

想必八號很快就會被發現。殺人魔名片即將傳遍街頭巷尾。

23

婕德

站在農家門內的男子雖然神似，但絕非凱文本人。

對方應該二十好幾，比照片中凱文年長些。同樣非常英俊、一頭金髮，但髮色深一些、髮絲直一些。湛藍眼睛也與照片裡的凱文同樣明亮，可是他鼻梁角度更突出，嘴唇也比較薄。看婕德一副要打架的樣子，男子也顯得很防備。

然而生氣歸生氣、驚訝歸驚訝，婕德還沒失去理智，反倒十分好奇。她與陌生男子保持安全距離，暗忖反正車鑰匙在手、車門沒上鎖，有必要的話可以立刻撤退，甚至用鑰匙當武器戳下去。

「你誰呀？一看就知道不是我聊了七個月的人。」婕德低吼。

對方目光混雜了好奇、好感卻又有點恐懼，嘴巴開開合合好幾次沒擠出個句子。她留意到男子胸口起伏不定，似乎心事重重，自己在交涉上佔了上風。從氣氛判斷，這人不構成威脅，事實上現場對她傷害最大的恐怕是陽光。考慮到肩膀持續曝曬在烈陽下，「先讓我進去如何？」婕德一下子忘了這可是個素未謀面的人與他住的地方。

男子點點頭讓出一條路，婕德穿過門廊才踏進玄關就覺得涼爽許多，冷氣拂過汗濕的後頸真是幸福。

門在身後關上，這時婕德才看見角落有架鋼琴，鋼琴後面牆壁上掛了很多裱框家族照。環境看來很普通很正常，她也稍微安心了點兒，至少應該沒自己走入《德州電鋸殺人狂》的劇本。一張照片裡面有中年男女和兩個十幾歲男孩，其中之一長大了應該就是旁邊侷促不安的男子，另一個則是凱文年紀還小的模樣。

「你是凱文的哥哥？」婕德問。

對方點頭。「我叫馬克。」他講話有些含糊不清。

婕德脾氣稍微緩和。「那他躲哪裡去了？」

「去城裡，」馬克回答態度很溫和，「不知道什麼時候回來。」他似乎不太敢保持目光接觸，視線常常飄向婕德背後一條走廊，腳也很不安分。

「感覺你沒說實話吧，馬克。別把我當成傻瓜好嗎？你知不知道我是誰？」

他點頭了。

「那你一定知道我飛了多遠過來見你弟。如果他提過我，你應該也知道我沒那麼好說話，更不喜歡被蒙在鼓裡。他不敢出來和我面對面，我就留在這兒不走了。其實他有老婆或女友也無所謂，我只是要知道真相，沒得到答案之前一步也不離開這房子。」

馬克面露難色，支支吾吾吐出一串句子根本聽不懂。

「無所謂了，馬克。」走廊傳來凱文的聲音，婕德立刻回頭想親眼看看自己的配對，但第一眼就訝異得合不攏嘴。

「嗨，婕德。應該和妳預期落差很大？」他問。

24

尼克

中午交通壅塞，許多駕駛忍不住狂按喇叭。尼克與莎莉好不容易抵達伯明罕的柯默爾廣場大樓。

女王大道上一場交通事故導致四線道縮為一線道，附近辦公大樓打掉之後，混凝土遺跡湧進建築工人敲敲打打，咚隆聲不絕於耳，很快又有一座新摩天樓要落成。尼克抬頭尋找目標，黑底紅字招牌橫跨三樓兩扇窗：「一對一物理治療」。身為廣告行銷人，他立刻在心裡將過氣的字型與圖像設計撕成兩半。

「到底要我過來幹嘛？」尼克又問莎莉一次。

「我們都得確定你和那個男的會不會擦出火花。」

「荒謬。」尼克得知自己DNA與一個男子配對成功之後就多了這句口頭禪。「我是男異性戀，生理上就不會受到男人吸引。首先我們根本不會有火花，再者就算硬要假裝有那種可能性，要怎麼定義或測量所謂的火花？」

「你之前說過，在酒吧第一次見到我，當下就認定兩個人以後會結婚，」莎莉回答，「還說你感覺得到心臟撲通撲通地跳個不停。現在，就當為了我吧，請你去見他一面，看看會不會也有心跳加速的感覺，否則你自己後半生不也會一直好奇嗎？」

「不不，寶貝，後半輩子會一直好奇的是妳不是我，我只會好奇明明自己愛一個女人愛得死心塌地卻被配給一個男人。」

「沒什麼好『明明』的，尼克。科學就是科學，建立在事實數據上，跟你信或不信無關，所以還是去一趟。」

尼克深呼吸，捧起莎莉的臉深深一吻。他不動聲色彷彿真的無所謂，但心裡的確對理論上與自己存有某種聯繫的男人生出一絲好奇。

「好吧，那就速戰速決。」他嘆息道。

「我在前面咖啡店等你。」

尼克擠出苦笑，按下車門開關，門一開就登上三樓找到接待櫃檯。

「嗨，」他緊張地笑了笑。櫃檯小姐很年輕，手背刺了玫瑰圖案。「我向亞歷山大預約了兩點半。」

「大衛．史密斯先生？」小姐瞟著螢幕上的預約名單問。尼克點點頭，暗忖自己用假名是正確選擇：亞歷山大也可以付費取得對象資訊，那樣面對面可就太尷尬了。「肩頸復健對嗎？」

「是。」

「好的，請填一下表格，亞歷山大馬上就到。」

尼克找了一張扶手椅坐下填表，反正什麼肩頸酸痛也是胡謅。名字是假的，最近出車禍導致揮鞭症候群[26]自然也是假的。

---

[26] 因衝撞導致關節劇烈甩動而引發的疼痛僵硬等等問題。

「大衛？」低沉但友善的叫喚從背後傳來，尼克一下子聽不出那是什麼地方的口音。轉頭一看，亞歷山大微笑著站在門口等候。

「呃……是我。」尼克結結巴巴。

「叫我亞歷就好。」對方與尼克握手，「進來我給你檢查看看。」

尼克跟進診所靠在治療床邊緣，亞歷在他對面拉了折疊椅坐下。「我想先瞭解一下你是什麼樣的疼痛，還有怎麼引起的。」

他一邊說明一邊祈禱亞歷別問太多，超過自己模擬過的範圍怕會露餡。幸好亞歷只詢問了尼克之前的健康狀況、工作習慣等等，他努力克制自己瞪著亞歷打量的衝動。不得不承認，亞歷和照片沒兩樣，確實長得很帥。

「好，接下來請你脫掉T恤、躺在床上，」亞歷說話同時給手掌灑上消毒液。看著對方V領T恤露出的大胸肌，尼克忽然覺得自己身材慘不忍睹。「我試一下你肩頸現在的狀態。」亞歷解釋之後站到他身後。

哇靠、哇靠！尼克心底唸個不停，綳緊全身抵抗亞歷的觸碰，擔心出現乳頭挺立陰莖抖動之類反應被身體出賣。他開始回想自己在工作場合有時也會擁抱同性好友，那時候可沒什麼生理反應。閉著眼睛不斷禱告，亞歷雙手搭上肩膀，然後……什麼也沒發生，只感覺到亞歷的手指左戳右戳、按壓關節和擺動頸部到不同角度，也開口要他自己朝不同方向扭扭看。尼克總算鬆了口氣。

之後又根據亞歷吩咐趴下，臉埋進床頭洞內。治療師的手順著病人脊椎移動，調整時發出清脆咔咔聲。偶爾有點刺痛，但尼克身體放鬆下來，也開始聊天。

「你是不是澳洲人啊？」

「不是，是奇異果[27]，紐西蘭來的。」

「待多久了？」

「一年八個月，不過簽證快到期了，而且我老爸身體不好，所以差不多要回家去了。」

「啊，可惜。之後就待在那兒嗎？」

「目前是這樣計劃，所以我女朋友也在申請紐西蘭的工作簽證。她是英國人。」

對方也有女朋友，不是同性戀嘛。尼克開始覺得彼此是同一條船上的人，屬於百分之百直男的同舟共濟。

亞歷繼續活動尼克肩頸，兩人聊了工作和社交圈，原來會去的酒吧是差不多幾間，但其他層面沒什麼共通之處。亞歷愛運動，週末通常會去參加業餘英式橄欖球賽，還得意地指著掛在診間牆上的隊伍合照：索利赫爾橄欖球俱樂部。除此之外他會和女友一起到郊外踏青或攀岩，相較之下尼克最大運動量來源是睡過頭跑步趕公車。

「好啦，兄弟，今天先做到這邊。」亞歷說，「筋骨是有點硬，但狀況不算太嚴重。觀察一星期看看，要是症狀持續就再約診吧。」

「好，謝謝。」尼克套上T恤與夾克，起身時微微暈眩，隔著窗戶看到三層樓底下莎莉在咖

[27] 英語口語習慣將奇異果、奇異鳥與紐西蘭人都叫做Kiwi。

啡店前面。他對自己微笑，心想起了點小波瀾但不影響原本的人生規劃，命中註定天作之合依舊在馬路對面而不是這個房間內。

握手告別以後尼克又經過櫃檯，拿出手機掃條碼付款時暗忖擔心自己是同性戀還真的多慮，這下子徹底證明什麼DNA配對測試根本是詐欺。

回望診療室，亞歷也正好轉頭。四目相交那瞬間，尼克不由自主驟然抽了一口氣，心跳得好快、感覺得到瞳孔放大，體內好像有什麼東西正在翻湧。而且亞歷神情也忽然蒙上一層迷惘，想必是有同樣感受。

「來，這是收據。」櫃檯小姐一句話將尼克拉回現實，他極度慌張，連忙衝下樓回到街邊。

尼克在人行道呆立片刻，倚著牆壁想讓柔和夏風冷卻發燙的臉。*剛才他媽的怎麼回事？*他問著自己。

呼吸由短促漸漸恢復、心跳也慢慢緩和下來，他才敢過去找莎莉。

「嗯？狀況如何？」她滿心期盼地問道，尼克在旁邊的椅凳坐下。

「唔，還好，不是我的菜。」他強顏歡笑。

「所以我不會被男人搶走未婚夫嘍？」

語調乍聽是玩笑話，但尼克感覺得到莎莉很認真。

「妳真的擔心過？」

「沒有啦。唔，好吧，也許有那麼一點點。」

「當然不會。」他在莎莉額頭啄了一下作為安撫，莎莉敞開雙臂緊抱，但尼克視線飄向對面三樓診所。心還停在那兒沒跟過來。

25

艾黎

這人究竟哪兒不同呢？艾黎讀著提姆傳來的訊息不禁自問。

醒著的時間幾乎每個鐘頭都傳訊往來。開會時手機在口袋裡振動，她便忍不住希望會議進行快一點，不然怎麼拿出來看看他又寫了什麼。艾黎懶得再用預付卡，把平常的私人聯絡方式給了提姆。前些日子在酒吧見面確實沒感覺到生理吸引，不過這人的存在確實在她心中佔有分量。

談起工作，提姆對自己擔任系統分析師總是自嘲「無聊得像地獄」，而艾黎則含糊其辭，只說自己在市區大公司上班。被問起細節她不敢多說，只描述是與財經相關，其餘就轉移話題。艾黎明白兩人友誼要開花結果總不可能瞞到天荒地老，只是目前仍舊享受扮演普通人，希望提姆不會上網調查造成美夢破滅。

經過多次失敗，艾黎很久沒將男人放在心上，後來約會比較類似人脈延伸或尋求投資機會。就算想認真，不出三、四次約會對方一定會將話題帶到她高不可攀的身價上。每次談到這件事她心就涼了，那些男人無法克服自己內心的閹割焦慮，其中許多甚至認為如艾黎這樣財貌兼具又獨立自主的女性是個威脅，必須設法鉗制。

二十幾歲時，艾黎覺得就算沒有DNA配對又如何，會愛上就是會愛上，人類發現基因之前幾千幾萬年不也這樣過日子。但時光流逝，跨過三十大關後逐漸沒了信心，覺得若非從基因層次相配恐怕找不到能交流的對象。她不是沒在別人身上找到火花，可惜察覺對方動機之後轉瞬熄滅。艾黎知道現在自己也一樣：她想找到厭惡提姆的理由，還因為始終沒找到而有種淡淡落寞。

「星期二我要去倫敦出差，搭末班車回家就好，有空一起晚餐嗎？」提姆傳訊過來。

「好啊，很樂意。」她回訊息時心裡湧出暖意。

百分之九十二成功配對者在見面後四十八小時內會經歷龐大猛烈的情緒起伏。艾黎至今無感，但依舊相信提姆很特別。畢竟每組配對都不同，沁人心脾的愛情有時候好幾週才能成長茁壯。她不擔心，而且越是與提姆互動越明白心底冰霜漸漸融化。

但提姆是否特別到能讓自己毫無保留？艾黎打算繼續觀察。

26

曼蒂

偏遠簡樸的房子是里察過去的家。曼蒂才踏上車道，正門立刻打開。

蔻依站在門廊面帶微笑，與紀念式那天神情截然不同。

「請進、請進。」她熱情招呼，曼蒂緊張跟著入內，穿過走道進入開放式廚房。教堂見過的年長女性坐在早餐吧檯前的板凳，說起來兩人身上並未看到姊弟或母子的神似，但與她們目光交會過程中，曼蒂感覺自己本該屬於這個家庭。即使今時今日配對間的吸引力依舊存在。

隔著眼鏡能看到這位母親眼神哀戚，尚在調適痛失愛子後的各種情緒。曼蒂打算握手，對方卻直接上前緊緊擁抱。「妳願意過來真是太好了。」里察的母親在她耳邊低語。

「好了媽，鬆手啦。曼蒂，這位就是我和里察的媽媽，叫做派翠莎。」蔻依介紹道。

「很高興能見到妳。」曼蒂說。

「我也很開心。妳叫我派婗就好了，」她開始打量兒子的對象，「里察一定會很喜歡妳！」

曼蒂覺得自己應該臉紅了。

「蔻依，妳看看，她很漂亮吧？」

蔻依在吧檯另一側點點頭，手裡忙著給大家泡茶。曼蒂左右看看廚房與餐廳，留意到餐具櫃上有很多家族合照，軟木板上釘著紀念式流程單，旁邊掛著里察跑完倫敦馬拉松拿到的獎牌。她知道派孄還在觀察自己，但並不覺得不舒服。「里察早就好奇妳長什麼樣，」過了一陣子派孄終於開口，「他做測試的時候一直在想配對對象是誰、住什麼地方。不知道蔻依有沒有跟妳提過，里察很愛出門玩，我猜無論配對對象住多遠他都會過去見面。」

「其實我住處就在埃塞克斯郊區，開車大概兩小時而已。」曼蒂笑道，「他想碰面不用跑太遠。妳們知道他為什麼做配對測試嗎？」

「應該和所有受試者一樣吧。二十五歲是還年輕，不過里察滿心想著定下來成家。里察他爸和我認識的時候當然還沒有配對測試，不過兩個人作伴二十年，印象中完全沒吵過架，只是他先走一步。里察對婚姻生活是同樣期望，所以不想碰運氣。」

「妳知道的時候是什麼心情？我是說車禍……」蔻依送茶時順口問道。

「聽起來可能很好笑，我和他連面都沒見過，但我真的愁雲慘霧。」曼蒂坦承，「或許有點像是發現自己不能生小孩，選擇權被硬生生奪走，只能哀悼從來沒擁有過的東西。我就是這種感覺，有點可笑吧？」想到生兒育女她心頭一顫，儘管之前諸多不愉快經驗，後來反覆檢查結果卻證實她受孕能力沒問題。曼蒂為此慶幸不已，自己並非口中那種可憐人，然而到頭來她仍舊失去太多：里察、生孩子的機會、幸福的未來……

「說什麼傻話，」派孄拍拍曼蒂手背，「不只是妳，我們也很失落。只是我們比較幸運，之前一直有他陪伴。對妳而言真的太不公平了。」

曼蒂因為派孄這番話重建信心，相信自己的情緒其來有自。「我還以為沒人會懂。」她靜靜說完用力嚥了口水。

「要不要去他房間看看？」

「媽，」蔻依插嘴，「給人家一點時間，她才剛到，妳一股腦說個沒完誰受得了。」

「沒關係的，我想看看。」曼蒂點頭後跟著派嬸走向樓梯。

「里察大學期間搬出去住，之後回來，開始旅行才又擱著這房間。」派嬸解釋，「蔻依還開玩笑說乾脆改成旋轉門，反正他來來去去閒不住。教練業績起來以後，里察開始存錢準備買房子。」她為曼蒂開門，「進去看看吧，我就先不打擾妳。」

里察的房間寬敞乾淨。一面牆壁上貼了幾百張照片，是他在世界各地留下的足跡：澳洲、亞洲、南美、東歐，連阿拉斯加也去過。床邊櫃子收著衣褲，都折疊整齊，曼蒂手指拂過一件粗針織毛衣，又拿到面前嗅了嗅，可惜只聞到衣物柔軟精香味。

曼蒂又走向角落一張扶椅，椅背掛著圍巾，她拿起深深一嗅，急於找到與里察之間的聯繫。鬍後水與他的體味飄進鼻子，曼蒂忽然間覺得兩腿發軟，那種奇妙的感覺難以形容，後來她比喻為躺進溫暖的泡泡浴或一雙堅強溫柔的臂膀。

緊接著她自己也不明白為什麼哭。看里察的照片、與里察的家人見面是一回事，實際聞到屬於他的氣味完全是另一種感受。曼蒂大為震撼，得扶著旁邊抽屜櫃才能保持平衡。走出房間、關好房門時她仍在拭淚，眼眶全紅了。

當下曼蒂意識到自己愛上已死的男人，程度之深遠遠超越想像所及。

27

克里斯多弗

克里斯多弗打開滑窗散出廚房油煙，暗罵自己幹嘛灑一堆辣油到平底鍋。結果菲力牛排外皮還是煎太焦，只好拿包黑胡椒醬丟進微波爐加熱。他沒忘關上廚房門，免得微波爐鈴聲被聽見。克里斯多弗先前特地把艾宓請出廚房，自稱煎牛排、甘薯條、調製醬料他都很拿手。反正對艾宓說謊也不只這一次，克里斯多弗就是壓抑不了潛藏的欲望，希望自己事業、外表、言行都讓旁人留下深刻印象。殺人是同樣心態的另一種顯現形式，不過今晚舞臺主角讓給料理。

拇指上被九號狠咬的傷口，雖然包了繃帶也經過五天但尚未完全癒合，所幸他說不小心被浴室門夾了艾宓也沒理由懷疑。

肉沒煎好，他歸咎在睡眠不足。認識艾宓之後每天擠不出幾小時休息，她說克里斯多弗住處距離倫敦警署總部近，每隔一天就留在這兒過夜。而且她性慾彷彿無窮盡，這點與克里斯多弗自己倒差不多。不過以前每晚都能監控與調查各個目標的行為模式，現在時間直接被砍半。

原本生活就複雜，多了艾宓果然更複雜。克里斯多弗以前交過女友，可是艾宓真的不同，差別在於初次約會至今居然沒起過殺她的念頭。畢竟DNA配對成功了，他覺得或許自己還是能對人認真。認識艾宓確實打亂過往步調，可是她散發出一種特殊的氣質，讓克里斯多弗想留在身邊。目前為止。

他從烤爐取出做好的甘薯條，將所有東西擺盤，加了些有機生菜葉再倒幾滴義大利陳年葡萄醋上去，然後將今天的晚餐端到餐廳內，卻又急忙鑽回廚房——很不像他會做的事情，不過得趕快將打包餐盒藏到垃圾桶最底下。

「你個性挺陰暗的嘛？」艾宓聲音傳來，克里斯多弗回頭看見她站在書架前面，頭歪一側研究起自己的藏書。每個架子都依據書背顏色和書本大小排列整齊。「《連續殺人魔的內心世界》、《黃道帶殺手》、《連續殺人魔精選集》，」她大聲朗誦出書名，「還有四本的主題是開膛手傑克，兩本記錄佛瑞德與羅斯瑪麗．韋斯特[28]……克里斯你的閱讀很有主題性？」

「我想瞭解能勾起強烈情緒的事件。」他說得煞有介事，倒了兩杯酒，仔細讓液面高度一致。「人類行為很有趣，黑暗面也一樣。」

除了艾宓看見的以外還有好幾本「約克郡屠夫」彼得．薩特克利夫傳記，一九七〇、八〇年代他謀害十三名女子，更厲害的是他妻子沒發現任何異狀。最令克里斯多弗好奇的是，他如何隱匿蹤跡、又從這種冒險中得到什麼滿足。他是否真的愛妻子？又或者薩特克利夫深陷人格分裂與妄想，若不以妻子為錨點，將漂流在找不到岸的徹底狂亂中？

撇開精神疾病不談，克里斯多弗在自己與約克郡屠夫之間找得到交集，然而相較下他有更多優勢，其中之一是腦袋還沒瘋，不需倚靠旁人安定心神。他不只沒瘋，該說距離瘋狂極其遙遠：

[28] 佛瑞德．韋斯特在一九六七至八七年間犯下至少十二起謀殺案，妻子羅斯瑪麗參與絕大多數。受害者均為年輕女性。

所有研究與測驗結果皆顯示他心智運作高於常態，殺人是挑戰自我而非不由自主。

「你對虛構作品的品味也很詭異，」艾宓還沒說完，「《人魔崛起》、《美國殺人魔》、《凱文怎麼了？》還有川普自傳……」

克里斯多弗讀過很多關於心理變態者的描寫，但沒找到自己與他們有何共通之處，反倒覺得是像他一樣的人遭到小說家劇作家誤解、扭曲、誇大與諷刺，因為這個族群無力為自己辯駁，內容卻又能刺激大眾感官。《美國殺人魔》的派屈克．貝特曼、「人魔」漢尼拔．萊克特、《控制》的艾咪．鄧恩或者《伊甸之東》裡凱西．艾美斯畸形的人格都是不同程度的心理變態，可是克里斯多弗無法從這些角色身上找到自己的影子。

他唯一有共鳴的人物是小說《天才雷普利》的主角湯姆．雷普利，兩人喜好精緻事物的同時追求起來絲毫沒有罪惡感。不過還是有點差別：雷普利操弄人心雖然達成目標，但也活在偏執妄想中，克里斯多弗可沒有。

艾宓注意力忽然被書背沒有書名的白色書本吸引。他心跳加速，屏息貼近一兩步。人格中喜愛冒險那面故意不將紀錄藏好，期待艾宓真的取出翻開，然而控制狂那面則意識得到，倘若她真那麼做則遊戲到此為止。

「菜要涼嘍。」他開口，艾宓放著那本書不管走到餐桌就座。「最近那個連續殺人犯怎麼還沒有名字？」克里斯多弗一邊問一邊俐落切開牛排。

「什麼意思？」

「唔，大部分連續殺人犯不是會被警方或記者取代號嗎？約克郡屠夫、黃道帶殺手、死亡天使什麼的，最近這個都還沒稱呼。」

就克里斯多弗的立場其實意思是自覺受辱，明明表現那麼傑出卻連個頭銜也拿不到。他不禁懷疑死了九個女人、晚上說不定會再添一個——是否還不足夠讓警察認真看待。

「不知道。」艾宓回應，「那通常是媒體取的，還是你要想一個？」

「我有資格嗎？」

「書架上二十幾本書主題都是連續殺人喔？你是專家吧。」

「要給他取綽號，總得看看你們到底查出什麼線索。」

「嗯……我上頭長官這星期正好和各部門開會，用現有資訊確認有沒有嫌疑犯。心理測寫顯示凶手應該是男性，年齡在二十到四十之間，目標以單身獨居女性為主，作案手法沒變過：從一樓大門或中庭出入口開鎖侵入，目標住處的門鎖大都老舊，沒有保全系統。他會在廚房殺害目標，將遺體擺好，手臂靠在身體左右、兩腿打直。之後二到五天之間他將殺死另一名女性，拍照之後回去前一個作案地點，把照片放在前一個死者胸口。目前找不到任何DNA痕跡，可見行事極度小心。目標全住在倫敦，但凶手接近對象似乎沒有固定交通模式，想鎖定之後的犯案地區相當困難。」

克里斯多弗聽得心花怒放、快感流竄全身上下。至今尚未有過面對面親耳聽人詳述自己作案過程的經驗，與這件事情相關的人際交流以前只發生在網路匿名討論區。

「我們推測他留下照片可能是想挑釁我們，也可能是表態說他還沒打算罷手。」艾宓繼續分析，「然後他每次都在被害者住處外面的人行道噴漆畫圖，方便警察知道裡面有人死亡。那張圖畫看起來好像是個男人揹著什麼東西。」

「嗯，我在《倫敦標準晚報》看到了。」

「像幽靈一樣神出鬼沒。」

「幽靈殺手。」

艾宓搖搖頭說：「太俗氣了，不適合他。」

「沉默殺手。」

「那不是一氧化碳嗎？」

「乳酪刀線絞刑人？」

「用『乳酪』這個詞怎麼聽起來好像看不起他一樣。」艾宓忽然一愣，「你怎麼知道他用的是乳酪刀線？」

克里斯多弗也一愣，意識到自己說溜嘴了。目前新聞報導有提到死者遭到鐵絲絞死，但並未指明是切割乳酪的那種鐵絲。

「推理出來的。」他從當事人的思路解釋，「能絞死人的鐵絲材質當然很堅韌，沒有握把的話自己手指也會受傷。」

「我們也猜想凶器應該是乳酪刀線。」艾宓回答。

她信了。很好。

「根據鐵絲嵌入的寬度和深度，加上從被害者傷口檢驗出來的化學成分，可以判斷凶手每次行動之間都會加以清洗。」

「知道凶器是哪家製造的？」

艾宓點點頭，咬下一大口牛排。

「我猜大概是全國各地都買得到，賣了很多年的牌子吧？」

「約翰路易斯百貨的自有品牌，上架至少十年。你功課做很足喔？」

克里斯多弗點點頭。艾宓怎會明白他做了多少準備，更無法察覺方才這番對話令他多麼雀躍。「嗯，要是想出合適的代號，上班的時候跟同事說說看？」他鼓勵道，「能給連續殺人犯取代號的機會也不多才對？」

「和實際碰上一個的機會差不多吧。」

28

婕德

站在婕德面前的人顯然是凱文，卻也顯然與照片相差甚遠。

這不是她千里迢迢過來想見的凱文。雖然臉孔還年輕，但雙眼失去每張照片裡洋溢的神采，而且幾乎徹底禿了，頭皮上只剩稀疏細軟的幾根毛髮。手臂很瘦，T恤和運動褲以前應該合身，現在鬆垮垮像是披在稻草人身上，膚色也蒼白憔悴。凱文左手提著活動點滴，線連到身旁的輪式點滴架。婕德將他從頭到腳仔細打量一遍，心裡錯愕又困惑，不過方才的震怒因此迅速消弭。

「不介意坐下聊聊吧？」凱文微笑。婕德只能點頭回應，不知道該說什麼好，就跟著對方走進寬敞明亮的客廳，從大窗戶向外能看見綿延數英里直到視野極限的田園。凱文抓著椅子扶手坐下，動作有點吃力。

「抱歉剛才電話裡要妳走，但真的是被嚇一大跳。」他說話語調依舊年輕，和外表很衝突。「我完全沒料到妳會飛過來見我。」

「幾天前才決定的。」婕德低聲說，「我……抱歉。」

「哇——妳知道嗎，認識到現在這是妳第一次道歉？」凱文笑道。

「確實不常說。」

「開玩笑而已，何況要道歉的人不是妳而是我。我沒對妳坦白，應該一眼就看穿了吧。或許有點殘酷，但是婕德，我得了淋巴癌，已經第四期，意思是……狀況很糟。」

輪到婕德無法好好看著他雙眼，透過語音和文字愛上的男子與面前這皮包骨似的病人天差地遠。

「一年前診斷出來，那時候妳和我還沒配對到。」凱文繼續解釋，「隔了幾個月，我想知道世界上是不是有個專屬於我的女孩，所以找到了妳。起初我也想點到為止，別給妳聯絡方式就好，否則對妳很不公平，但最後無法戰勝人性的好奇，加上像我這樣每天大部分時間關在醫院或家裡，當然一直想個不停，希望認識妳、瞭解妳。我知道很自私，對不起。」

婕德點點頭，明白立場對調的話自己也一樣會想與配對者有交集。「還剩……」她話說一半吞回去，意識到即便以現在的立場說這句話還是太不體貼。

「還剩多少壽命是嗎？」凱文替她說完，「大概就一兩個月了。」

「你傳給我的照片呢？」

「去年夏天拍的。」

「所以你才一直不肯用Skype或FaceTime是吧？進門前我還想著把你大卸八塊，心想一定是你結婚有小孩了。」

「哈！」他大笑，「我這副德行想結婚難如登天。」

婕德聽了警覺自己也一樣，頓時深感寂寞。未來或許還會談戀愛，對象卻不再可能是那個命定之人。不可能是凱文。

她擠出同情的笑容卻擠不出安慰話語，明白自己說什麼都於事無補。

「我懂妳現在的心情，」凱文話鋒一轉，「大概巴不得趕快從這裡逃走，畢竟立場互換我也會想離開。這和妳想像的差太多。」

婕德咬緊牙關，腳趾在運動鞋裡蜷曲。她不要自己在凱文面前失控。

「對你不也一樣嗎，凱文。」她回答，「不介意的話，我想多待一會兒，兩個人面對面多聊聊，如何？」

凱文點了頭，無法克制笑意在臉上漾開。

29

尼克

「我記得你不是戒菸了？」

「是。嗯，之前是。這幾天……比較煩。」

「怎麼了？S&D那案子的關係？」

尼克沒有馬上回答。他站在辦公大樓逃生出口旁邊俯瞰伯明罕市中心風景，聽見輕軌電車穿越新街時鈴聲大作。正是交通尖峰時段，底下大批通勤者沿著法團街朝車站流動。芮安先一步上來，早靠著欄杆抽電子菸。尼克抽屜也有電子菸，但覺得今天靠半套的東西沒法解決。

去年元旦答應莎莉的新年新希望是戒菸，不過最近瞞著她的事情越來越多。尼克也信誓旦旦說過自己百分之百肯定莎莉是真命天女，兩個人要白頭偕老，見過亞歷山大以後毫無感覺。事實上後來他滿腦子都是亞歷山大。

「是啊，S&D的案子。」尼克附和芮安，「商品開發部那邊也搞不清楚自己想傳達什麼訊息，真叫人頭大。」

「那趕快召喚你腦袋裡的唐．德雷柏[29]出來，總是得生幾個點子給人家。」

---

[29] 影集《廣告狂人》（Mad Men）裡的創意總監角色。

進公司三年，資歷尚淺，尼克卻還從來沒被任何案子難倒。他經手的很多商品本身性質就模糊曖昧、前所未聞，甚至難以想像其存在，然而尼克就有本事讓新的陰道感染藥膏或草本壯陽藥變成市場龍頭，於是也被同事尊稱為生殖器天王。他當然覺得這外號很好笑，但什麼都能賣、能寫出扣人心弦的廣告詞也是尼克引以為傲的看家功夫。可惜這週心事重重，遲遲未能給陰蝨藥水找到宣傳妙計。

尼克努力不讓心思兜著亞歷山大轉，幾乎說服自己那一切怦然情緒只是想像。問題在於工作內容就是說服消費者，如果他們不知道自己有需求那就挑起心底的欲望，最後總是會掏錢。因此尼克明白他無法自欺欺人：心裡真的有感覺，而且這感受截然不同於以往。更何況，他相信亞歷山大也一樣。

兩人見面以後尼克夜不成眠，變得脾氣暴躁、沒耐性，甚至遷怒莎莉，已經察覺到她說什麼做什麼都會挑動自己情緒，即使只是請他回家路上幫忙去超市買菜、討論要在Netflix看哪部劇集也一樣。

尼克心裡有個什麼地方鬆動了，生命偏離原本軌道，一股嘔吐感湧上。又或者，其實是菸味？他無法肯定。

芮安先回辦公室去。尼克深深一口將菸吸到濾嘴處，菸蒂按在金屬階梯上。他嗅嗅手指，鼻梁一皺，衣服皮膚都沾上味道——屈服於尼古丁就得付出代價。

手機響了。尼克看看螢幕，對方未顯示號碼，但他還是接聽。

「你好，我是尼克．瓦爾渥斯。」

短暫靜默，他本以為接下來會聽到錄音，內容不外乎還款保障險解約服務[30]之類。打算掛斷的時候，話筒卻傳出他立刻認出的聲音。

「嗨。」是亞歷山大。

尼克心跳彷彿一秒鐘從零飆到六十，又慌亂又興奮。

「是你對吧？」亞歷繼續說，「你來找過我。」

「對……」尼克囁嚅道，忽然覺得嘴巴很乾，也不知怎麼延續話題。最後還是亞歷山大打破沉默。

「為什麼不明說？」

「怕你覺得我是神經病，而且我自己並不相信DNA配對。」

「我也不信。之前不信，直到……」

「……直到我走出診所那時候？」

「你也感覺到了，是嗎？不是我一個人演內心戲？」

「不是，兄弟。你沒誤會。」尼克不覺得冷卻顫抖不已，「抱歉我沒用真名，話說回來你怎麼找到我的？」

---

[30] 還款保障險（Payment Protection Insurance）是英國銀行業常銷售的保險種類，保障內容為客戶因故無法償還各類債務（分期貸款或卡費等等）時代為繳納最低應繳金額。由於保障過低、支付期間短加上銷售時話術過多引發許多爭議，於是衍生出代為爭取解約及索討已支付保費的另類服務。

「我收到配對信，知道對象是男的。你走出去那時候我就知道不會錯。後來付費看資料，猜到你大概用了假名。」

「對不起。」

「沒關係的，換作我可能也會那麼做。」兩人再度沉默，尼克得握牢手機靠緊耳朵，手還是一直抖。

「現在氣氛很尷尬，對吧？」亞歷山大說，「可是你也沒在開玩笑。」

「但沒道理吧？這個測試結果根本沒道理。」

「嗯，當然，說不通。」

「所以怎麼回事？」

「可能機器當機還是中毒了吧。」

「說得對。」

「要不要找時間面對面講清楚？如果可以，約家店順便喝幾杯？」

「不如就現在吧？」尼克脫口而出。

「好。那半小時以後在商場裡那間酒神吧碰頭？」

「嗯，好，待會見。」

亞歷先掛斷。尼克愣了會兒，等天旋地轉的感覺褪去才跑回辦公室拎大衣。

30

艾黎

「哎呀，看起來不太體面對吧？」提姆羞怯地將一束花放在前面吧檯上給艾黎，「但可不是去墓園偷的。」

「不會啦，很漂亮。」嘴上這麼說，艾黎也無法裝作沒看見紅玫瑰枯萎泛黃，底下用牛皮紙隨便包裹。不過有這心意已經值得感激。

提姆挑眉，似是不很相信她的反應。

「好啦，是沒很體面，但禮輕情意重嘍。」她微笑道。

「搞得爛爛的是因為我帶著整天。怕沒空找花店，所以我一大早先買好。」

艾黎覺得提姆傻得好可愛，居然擔心倫敦只有一間賣花的地方。

她稍微晚了幾分鐘，到餐廳時提姆已經在裡頭坐了會兒。艾黎不顧保全主任反對堅持自己搭計程車前往赴約，安德雷指出最近市內有一名連續殺人犯出沒，她出門更該注意人身安全。第二次約會地點也是提姆選的，位在諾丁丘區僻靜街道上，家庭式經營法國啤酒屋，看起來大概自柴契爾夫人時代就沒再粉刷裝潢過。

提姆坐在吧檯板凳，一邊等待一邊撕著進口啤酒瓶標籤紙打發時間。艾黎從外面人行道上看見今天他穿黑西裝，頭髮旁分梳理整齊，卻不時咬指甲。看起來這回比上次更緊張、也更努力想鎮定。

看他那麼焦慮，艾黎自己也緊繃起來。她擔心會不會提姆已經知道自己真正身分，於是費盡心機要製造好印象。那不是艾黎要的——已經太多次經驗：有些男人非得要和自己分個高下，也有些男人以為拿出昂貴禮物就能令她傾心。類似瑪丹娜那樣的強悍女性典範艾黎一樣欣賞，但她心思真的沒放在物質上。

「來杯亨利爵士琴酒，」提姆看艾黎坐到身旁立刻吩咐酒保。居然記得自己喜歡的牌子，她還挺欣慰。「妳這樣穿很好看。」提姆目光掃過艾黎的黑色上衣、及膝短裙與黑皮靴。

「你也不錯，」她回應，「是新西裝吧？」

「是呀，妳怎麼知道？」

「口袋。」艾黎笑著伸手扯出標價紙籤，或許用力太猛，口袋縫線裂開，一塊布料翻了出來。「啊，天吶！對不起！」她遮著嘴巴一臉驚惶。

「沒關係。」提姆說完立刻將口袋再塞好。

「好過意不去，你這麼用心——」

「別介意，也談不上多用心啦。」

「送我花，買了新衣服，而且你今天鬍子刮得特別乾淨……看起來也不像上次在酒吧那麼自在。是不是有什麼事情想跟我說呢？」

「對不起，」提姆嘆口氣，「的確是有話要說。」

該死。艾黎心一沉，暗忖該來的躲不過。還是被發現了，大概覺得自己配不上我。

「我和死黨麥克提起上次約會的情況，被他唸了一頓。」提姆繼續說。

「嗯？什麼意思？」

「他說就算配對成功還是得送花，而且怎麼可以跟妳約在自家附近的小酒吧，該帶妳去好一點的館子。然後他又提醒我多少打扮一下，所以我才買了新衣服。其實啊艾黎，我很久沒跟人約會，前幾次都是在Tinder或Plenty of Fish（交友網站）認識，都是我有興趣，但對方根本沒那意思。上次見面我沒抱指望隨便應付，等妳真的露面人又那麼好，我才發覺自己差點搞砸。以前偶爾遇上我想認真的，不過都是單方面，一下就被發好人卡。跟妳就不同，應該不是錯覺才對吧——我覺得我們不會只是普通朋友。可是這麼一來我也挺緊張，不知道接下來該怎麼做才對，怕說錯什麼做錯什麼會嚇跑妳。話說回來，配對成功的對象還會被嚇跑嗎？……啊，都是我在講話，要是覺得很煩直接叫我住嘴沒關係。」

「其實呢，提姆，我覺得你做自己就很好。」艾黎想不起來自己多久沒見過這麼直腸子的人。

「但是妳在倫敦這種地方上班，路上到處都是穿著Hugo Boss西裝、戴勞力士手錶的男人。結果妳的配對對象是個鄉下土——」

「相信我，」艾黎打斷他，「和你在一起，去你家那邊的酒吧，比起和那些所謂的上流社會人士在一起還舒服。」

提姆臉上閃過一絲慰藉，「所以說，今晚重新來過吧？」

「那可不行，這麼尷尬的氣氛我偷笑得很開心呢。」

「好吧，看看餐點上桌了沒，然後我滴點湯在襯衫、灑點酒在褲子，妳今天晚上就能大滿足了。」

「至少你沒再跟我說什麼『一屁鍾情』。」

「意思是妳想瞭解一下什麼叫做『二屁鍾情』嗎？」

艾黎哈哈大笑。提姆很多地方讓她覺得可愛，比方說笑起來嘴唇末端會微微翹起，鬍子裡面摻雜少許花白，左耳比右耳突出一點，難為情的時候整張臉紅得要命。

對艾黎而言並非一見或二見鍾情，但她肯定這人有某種特質令自己陶醉。

31

曼蒂

她仔細聽著里察的母親派嬸不厭其煩描述兒子的過往，補足自己對里察各方面有限的認識。一週內第二次見面，這回地點在兩人住處中間農村的園藝市集咖啡館。

「健身房找他上課的女生都愛死他了，」派嬸咯咯笑道，「除了長得英俊，性格也討人喜歡。我猜是因為他會認真關心別人、聽對方說話，很多女人從丈夫身上反而得不到這些。當然也有些人因此誤以為他動機不單純。」

曼蒂能想像其他女人為什麼喜歡里察，畢竟自己也一樣，越是聽這兩位最瞭解里察的人描述他就越愛他，即使心裡知道這並不明智。

派嬸聊起里察小時候參加幼童軍、遺傳了父親的冒險精神，還有他無論去世界哪個角落都定時透過郵件或電話與家人保持聯繫。後來又講到里察才九歲時父親心臟病發撒手人寰，成了家裡唯一男性。

「蔻依應該和妳說過她弟弟曾經得癌症？所以後來一直往外跑？」

「嗯，有說過。」

「是他十七歲的時候在睪丸摸到硬塊，起初還沒告訴我們……那年紀的男孩子總是不希望被媽媽知道下面有毛病。後來里察好不容易說出口，我拖著他去看醫生，過沒幾天就住院動手術摘掉。是惡性的，所以還是得做幾次化療，幸好半年以後完全康復。」

「那時候大家很難熬吧。」

「的確不好受，可是也造就里察很大的轉變，那孩子理解到活在世上時日有限必須好好把握。怪不得他，回頭來看那份體悟真是一點兒也沒錯，也幸好他短短幾年就塞進比大多數人一輩子更多的生活體驗。」

「和我比起來真的豐富很多。」和里察相比，曼蒂總覺得自己太不上進，也更加好奇若命運仁慈，兩人相遇會譜寫出怎樣的生命樂章。

「妳呢，曼蒂？」派嬸話鋒一轉，「我喋喋不休講了一大堆里察的事情，都忘記問妳聽了之後是什麼感覺？」

曼蒂鬆開扣著馬克杯的手指左右張望，附近很多人拿著盆栽來來去去。一對老夫婦引起她注意，兩個人手牽手坐在長凳上，靜靜盯著池塘裡顏色鮮豔的魚兒。曼蒂暗忖自己和里察連白頭偕老的機會也沒有。

「聽妳講他的事情，感覺我真的失去好多。」她回答，「一個顧家也願意成家的男人……對我來說確實再適合不過。能和他配對成功我好開心，同時卻又很悲傷，連見面相處試試看都沒辦法。有人說不曾得到就不會失落，他們錯了，我根本不認識他卻很想念他。」

派嬸拍拍她的手，「光聽這番話，我就很願意把妳當兒媳婦看待。」

曼蒂別過臉，咬著下唇忍住顫抖，但眼淚還是涔涔滾落臉頰。

32

克里斯多弗

多加一份濃縮咖啡讓克里斯多弗走起路也多一分銳氣。

凌晨時分行雲流水毫無節外生枝殺掉十號目標。那份興奮尚未消褪，現在不夠累無法上床休息。腦袋裡好多計劃轉來轉去，於是他換上短褲、緊身背心、運動鞋——鞋帶綁得仔仔細細，綑結圈圈大小完全相等——然後出門跑步。思緒紊亂的時候運動總能發揮調節作用。

克里斯多弗想要受人矚目，但並不在乎關注來源為何。殺人不能留下痕跡，只好透過其他手段繼續引人注意，例如穿上從薩佛街訂製的頂級西裝、駕駛尚在測試階段且自己最初無意購買的新車，甚至預約參觀價值數百萬英鎊根本買不起的統包式㉛豪宅。此外他也會一絲不掛在健身房逗留超過必要時間，為的是炫耀一身精實肌肉，覺得別的男人一定會嫉妒。就連出門跑步也一樣，克里斯多弗故意不穿內褲，行人能清楚看見陰莖在短褲內甩動。

踩著最貴的Nike跑鞋，他沿著人行道穿越倫敦市區朝綠意盎然的海德公園前進，途中開始思考，究竟什麼心理狀態導致自己執著於旁人的關注，願意克服各種難關並承受後果。比方說就算

㉛ 指裝修裝潢完成可以立刻入住的房子。

殺了人，如果不找麻煩丟在原地讓她們自生自滅會簡單很多，但他偏為追求樂趣要冒險留下正字標記，也就是下位死者的遺體照片以及案發地點屋外的噴漆版畫。

克里斯多弗覺得自己頗有創意。反正媒體和大眾對殺人魔的期待來自戲劇與小說，所以總覺得犯案手法要包括留下名片這步驟，那他就來滿足所有人的期待，如此一來必定能吸引目光。警方能做的就是辨識下一名死者身分，並期待隨受害者增加，凶手遲早會粗心大意留下線索。克里斯多弗至今沒讓他們如願。

按照計劃，成功殺人後二到三天內得回到犯案現場留下照片和版畫，運氣不差的話這時死者還沒被發現。對克里斯多弗而言返回現場也算是福利，多了個機會再次欣賞自己的傑作。

將繫在手臂的MP3播放機音量調大之後，他跟著Spotify音樂節奏跨步。隨機選取下一首歌，演唱者是愛黛兒，他暗忖不知道為什麼電視劇裡的殺人犯只會聽憤怒咆哮或重金屬、虛構作品中的黑人罪犯就得聽rap，好像會殺人和搶銀行就不能喜歡蕾哈娜或小賈斯汀。

跑過馬路，行經一排商店，克里斯多弗特別留意某個門口。他挑選目標不是亂槍打鳥，有一套嚴格標準：對象都年輕、單身、想找男性約會又獨居，住處老舊且沒有防盜系統，正門鎖型號過時，家人不在附近而倫敦又是冷漠大都會，她們與鄰居沒有往來，所以失蹤要過一兩天才會被朋友同事察覺，等到報警已經太遲。

盯著那扇門，克里斯多弗想起住在裡面的立陶宛國籍女子。在線上聊過幾次天以後對方進入候選名單，然後他找到那女子在網路徵求室友的訊息，心想一夜殺兩人不知道會有多大快感，只是風險同樣高到不值得，便又將此女排除在外。她永遠不會知道自己多幸運。

媒體上許多專家將最近一連串凶殺歸咎於某個「有心理變態傾向」的男性，他們猜測正確也就僅止於此了。克里斯多弗很清楚精神醫學如何診斷，畢竟好幾年前他就做了問卷以求更深入瞭解自我。

學生時代就曾有人給克里斯多弗貼上「心理變態」的標籤：一次橄欖球賽裡他刻意衝撞某個選手結果撞碎對方鎖骨，一次出棍球擊出力道之大害得女同學瞎了一眼，還有一次他將漂白劑倒進學校水池只為了看看蠑螈要多久才會肚子朝上浮出水面。他自己不以為意，反正也不完全確定那四個字究竟是什麼意思，加上那綽號似乎讓別人感到畏懼，克里斯多弗挺樂在其中。

長大之後他明白父母早已察覺這個老么有問題，否則不會很早就給他做了自閉症與亞斯伯格症測驗。結果是陰性，雙親便裝作他一切正常，盡心盡力輔導他融入社會。後來克里斯多弗也直接說了：無論同情或是愛，自己真的幾乎什麼也感覺不到。父母對此的回應是教導他如何表演和模仿合宜行為。

青春期的克里斯多弗對於人在自己無法控制的情境作何反應十分著迷，尤其如果是他造就的情境更完美。某一天他從鄰居家花園將還在學步的孩子帶去距離兩英里外的樹林丟掉，只為了看看那對夫妻發現小孩失蹤會是什麼情緒。對方當然心焦如焚，他則好奇為什麼自己無法產生同樣的驚恐、為什麼同理心如此遙遠朦朧。

其餘他無法自然習得的社會行為包括透過面部表情察覺對方心中恐懼，無法聽懂別人語帶諷刺，也沒有罪惡、羞恥、悔恨這類感受。甚至十五歲時發生父母撞見他在溫室裡與鄰居女兒做愛，克里斯多弗只是轉頭望過去，直到他倆自己離開，而且還打算要繼續做下去，只是那女孩嚇壞了。

到了同年齡人開始約會、交女友的時期，克里斯多弗有興趣的卻只是如何讓自己達到高潮，至於前戲或事後溫存等等一概不管。愛情在他眼中似乎只是浪費時間精力換取少之又少的回報。

到了二十出頭，克里斯多弗才認真思考心理變態一詞究竟是什麼意思。他認為既然世界上也有跟他一樣的人，那自己仍然正常，因為正常也可以分成不同類型。多年來人們像砸石頭一樣拿來抨擊他的語言如「麻木不仁」或者「冷酷無情」等等終於有了合乎邏輯的解釋。

他做了羅伯特・海爾一九九六年版心理變態問卷，做完二十道用以判斷受試者是否表現出心理變態行為的題目以後得分為三十二，遠高於平均值。

克里斯多弗也讀過一些科學家觀點：心理變態者的腦神經發展不正常，掌管情緒的區塊之間連結不完整。這些斷裂部分導致他沒辦法體會深刻情緒。

他喜歡這個觀點。如此一來無法克制衝動就不是自己的錯，如果真的被逮了還能拿來當藉口，屆時大抵會被關進高度戒備的精神病院，很多人想研究他、瞭解他，對他充滿關注。受到這種注意也勝過庸庸碌碌地活下去。

穿過海德公園的草地和樹林之後進入拉德伯克街，街上一大排維多利亞風格聯排[32]住宅。克里斯多弗停在路旁向攤販買了能量飲料，又朝一對同志情侶露出會心一笑，那兩人視線無法自他褲襠內的起伏擺盪移開。

幾分鐘後克里斯多弗停在波多貝羅路上的健康食品商店前面，眼睛卻飄向店面樓上的公寓。他拿出智慧型手機用軟體再次確認，房間住戶、也就是目標十一號還在上班，於是開鎖進去熟悉內部環境。與租屋網站上的照片相比改變不多，所以他猜想這次行動也能乾淨俐落。

克里斯多弗四處走動，演練下手時如何走位，但過程中皺起眉頭。不大對勁，以前進入目標住處時心頭就會湧出興奮感和對殺人的期待，今天卻少了那份動力。

他反而開始思考整個計劃多麼浪費時間，大可把時間用在其他事情上，例如與艾宓約會。與她認識有個意料外的副作用：她能以其他女人辦不到的方式挑逗自己，以前的約會對象或殺害對象都無法相提並論。

可是讀過的書從未解釋這情況。

㉜ 近似臺灣所謂「透天厝」社區。

33

婕德

與他哥哥馬克的反應恰恰相反，凱文其餘家人對來自地球彼端的意外訪客歡迎得不得了。

他們的爸媽，丹恩和蘇珊，之前去鎮上採買日用品，回到家赫然發現有個皮膚白皙、頭髮火紅還性格鮮明的英國女孩坐在客廳裡，而且居然就是一直聽兒子提起的那位配對。凱文給父母看過照片，所以他們一眼就認出來，訝異情緒褪去後端出一大堆問題轟炸婕德，還堅持她至少當天要留宿。

「孩子妳會在澳洲待多久？」丹恩問。大家在餐廳就座。

「我們家後面有間小屋專門給客人住的，裡頭應有盡有，妳不必用這兩個渾小子的東西。」蘇珊瞟了兩個兒子一眼開玩笑，乍聽之下這家人平常大概就這樣閒話家常，但婕德能體會開朗表象底下深沉的悲哀。

「謝謝。我也不確定會留多久。」婕德是真的心裡沒個準，自己與凱文無法如她期待上演童話故事般的愛情，最簡單俐落的辦法自然是一有合適機會就拍拍屁股走人。然而凱文滿臉陶醉，婕德越觀察越能感覺到對方說不出口的期盼，他極其希望自己能住下。「如果方便的話，或許待個一星期左右？」

丹恩端了冷盤過來，有肉類、馬鈴薯和沙拉，馬克將一道道菜放上桌。可是凱文沒跟著其他人大快朵頤，盤裡只有一點點東西。「我現在連吞嚥都很困難，」後來他才告訴婕德，「腫瘤在消化道，塞進去的東西大半會再跑出來。」

對婕德而言，腫瘤、癌症之類的字詞仍舊顯得陌生，尤其很難與凱文這個名字連結。她試著不要一聽見那些名詞就惴惴不安，畢竟他的家人都紋風不動表現如常。當然婕德也知道這家人已經花了很長時間調適。

「多虧有妳，我們和他相處的時間比醫生預估的要多了些。」擦碗盤時蘇珊告訴婕德。

「怎麼說？」

「聽醫生說已經……末期，他和大部分人一樣意志消沉。說真的也不能怪他吧？」

「換作我也會忿忿不平啊。」

「剛開始他也一樣，本以為還有大半輩子要活，忽然就被人宣告隨時可能結束……」蘇珊講到一半忽然別過臉，彷彿只是敘述當時情況也會觸景傷情。

她清了清喉嚨才繼續說：「那時候真的是愁雲慘霧，婕德。我們都不知道該怎麼面對他、幫助他，可是在他人生最黑暗的時刻卻發現自己的DNA和人配對成功了，即使是住在另一個國家的女孩子、也許一輩子見不到面也無所謂，知道世界上有個屬於自己的人能交流成了他繼續走下去的理由。」

「我完全不知道——」

「他是應該早點告訴妳。我也和他說過不該瞞妳，但他不知道怎麼開口。對凱文來說妳是生命裡難得的出口，只有和妳傳訊息發語音的時候他能忘記自己的身體狀況。後來他就像變了個人……又變回我以前那個小兒子。」蘇珊緊握婕德的手，「謝謝，」她低語，「謝謝妳願意做他的朋友，還特地來看他。」

「我也很高興自己來了。」婕德微笑。好不可思議的一天，情緒沉澱之後突然有種想哭的感覺。她對此不習慣，因為一向不希望別人以為自己很脆弱，所以用力吞了口水忍住眼淚。不過她是認真的，很慶幸能夠見到凱文，也覺得兩人之間有種親密感。

不過還是有個問題存在——一見到配對對象，婕德就很肯定自己並不愛他。

34

尼克

結果尼克和亞歷山大在診所萌生的感覺並非假象。

走入伯明罕的時尚酒吧，目光再次觸及亞歷那瞬間，尼克開始擔心雙腿會忽然發軟，來不及走到桌邊。他們禮貌握手，接著就是尷尬的微笑。

「我請你？」尼克開口。

「好啊，就同樣的吧。謝了，兄弟。」亞歷回答之後舉起手裡酒瓶，是窖藏啤酒。

尼克點頭，走到吧檯，點酒同時視線又注意到酒櫃後面鏡子映照出亞歷倒影。莎莉說得沒錯，亞歷真的很帥，即使以直男身分尼克也能欣賞他的外表，氣質也比自己陽剛有自信得多。應該很多女人對亞歷有興趣，想到這點尼克更覺得好笑。看看手機，確認莎莉收到訊息，尼克謊稱自己要見客戶會晚回家。不至於穿幫才對，他確實常常要和目前或潛在客戶共進晚餐飲酒談天。

「知道了，愛你喔，寶貝。」這是莎莉的回覆。他沒再傳訊息。

拿著兩瓶酒回去，尼克坐下脫了大衣。

他們還是不知道怎麼切入正題。

「這幾天過得怎樣？」終於尼克先擠出話。

「還可以，就工作排得算滿。你呢？」

「差不多。嗯……差不多。」

兩人同時低頭盯著自己的酒瓶，不敢持續注視對方眼睛，擔心會發生第一次見面的情況。背景是綠洲合唱團的老歌，兩輪副歌過去了，尼克和亞歷仍舊沒講話，氣氛敏感微妙。

「其實這幾天過得不大好。」尼克招認，「不知道怎麼解釋才不會聽起來很白癡，但趁現在說得出口我要一吐為快。越是壓抑不去想反而越會滿腦袋只有那件事，就是……我們第一次見面那時候的狀況。」

他停下來才意識到方才說了什麼傻話，望向亞歷想知道對方是否有同感，可是亞歷不動聲色。一不做二不休，尼克決定破釜沉舟。「走出診所之前看你那一眼，突然有了很奇怪的感覺。後來我想了超過一千遍也不知道該怎麼解釋，太沒道理了，我又不是同性戀。」

「我也不是。」亞歷回答。

「所以接下來該談什麼？」

「不知道。」

「男人我連親都沒親過，開玩笑或喝醉了也沒有過。」

「我也一樣。」

「既然我們都對男人沒興趣，現在這是怎麼回事？」

「很簡單，測試有問題，可能我們收到別人的結果了。」亞歷語氣堅決。

「我也這麼覺得，還回信要他們檢查，但他們回了罐頭訊息說測試不會出錯、至今沒有配對失誤什麼的。而且這個假設無法解釋我的感受。或者說，我們的感受。難道是我們兩個不願意面對？」

亞歷在位子上扭了扭，顯得不大自在，灌了幾大口啤酒之後探身壓低嗓音道：「兄弟，我只知道那天給你做過復健以後事情就變得怪怪的。剛見面沒感覺，你脫了T恤沒感覺，碰你身體或者之後握手還是沒感覺。但後來……我也不懂……就有感覺了。」

尼克緩緩呼了口氣，很高興能聽到亞歷描述自己的體驗。「是什麼感覺？」

「真的要說啊？類似身體裡面一瞬間冒出好幾千次小小的爆炸，但不是不好的那種……比較像是忽然醒過來，冒出前所未有的活力。我知道這樣說不是很生動，但想不出更好的描述了。」

「不會、不會，說得很好，我完全能體會，我也是同樣感受。」

「可是為什麼會是你和我？從上次聊天來判斷，我們甚至沒什麼交集吧？我喜歡運動，你喜歡打電動。我再沒幾個月就要回紐西蘭老家，你喜歡住在大都會。」

「何況我們都有女友。」

「對，我們都有女友。」亞歷附和。

「那為什麼我坐在這裡覺得不是小鹿亂撞而是大鹿亂撞，根本不敢正眼看你，要是看了就覺得眼睛離不開？」

尼克稍微挪了下腿，正好輕輕擦過亞歷。那不到一秒的時間裡，他感覺全身都起了雞皮疙瘩。過了一會兒，亞歷的腿也靠過來，兩人貼在一塊兒，再度四目相交。此時無聲勝有聲，彼此心靈相通。

35

艾黎

艾黎與提姆的第二次約會，用餐時光像彈指般飛快度過。

她在巴黎最高級的yam'Tcha、Le Sergent Recruteur、銀塔（Tour d'Argent）（以上皆為米其林星級餐廳）這些地方用餐過，也曾經聘請尚恩—克里斯多夫・諾韋利、海倫・達豪思等名廚到家中製作料理，可是與提姆在這種便宜地方卻遠遠勝過以往所有用餐體驗。顯然關鍵不在菜餚上的每道菜不是太焦就是塞滿大蒜——但她吃得津津有味無怨無尤，在乎的是對方為今晚花多少心思。

提姆友善真誠，艾黎很久沒遇上這樣的男子。自己是否受吸引？嗯，她能肯定這點，然而形式與自己預期不同。DNA配對成功的佳偶她見過很多，所以明白那種神魂顛倒該有什麼表現，而自己和提姆之間沒那種氛圍。艾黎知道自己多年下來在心中築了非常多道圍牆，於是和提姆也只能細水長流，沒辦法像別人那樣奮不顧身絢爛輝煌。

用餐結束、咖啡也喝完，提姆說要請客，艾黎也沒阻止。之後他拎起那件亞歷山大・麥昆高級設計師大衣讓艾黎伸手進袖子，那瞬間艾黎忽然覺得自己不該穿這件衣服過來才對，價錢恐怕比提姆的月薪還高——答案是肯定的，徵信內容包括他的薪資明細。侵犯隱私或許有爭議，但艾黎倒不為自己購買奢侈品感到慚愧，畢竟她也是辛辛苦苦賺錢，要怎麼用別人管不著。這和她鼓勵提姆做自己是同樣道理，艾黎也希望活得自在，喜歡高級服飾是個人自由。

提姆推開大門，兩人出去以後艾黎最後忍不住勾住他手臂，暖意立刻自對方身軀傳過來。他忽然停下腳步，臉上漾著大大笑容湊過去要給個吻。艾黎閉上眼睛，兩雙嘴唇相觸，出乎意料有費洛蒙急遽湧出的感受，彷彿全身神經顫抖、心臟撲通撲通用力跳，那瞬間眼前好像有星星轉來轉去。

幸福來得快去得更快，赫然有個女子在背後尖叫：「賤人！」

兩人轉身看見怒目相向的中年婦女拿了什麼甩過來。提姆本能擋在她們中間，結果一整罐紅色油漆當頭灑了他整臉也弄髒了襯衫與外套。艾黎沒能倖免，手臂、頭髮、兩頰還是被濺上一大片。後頭餐館窗戶跟著遭殃。

「妳手上的血一輩子也洗不乾淨！」中年婦人又朝艾黎大吼，然後將油漆罐丟進水溝一溜煙竄入夜色消失無蹤。

艾黎愣在原地，提姆目瞪口呆同時試著將臉抹乾淨。

「妳做了什麼嗎？」他開口問，語氣難以置信。

她還驚恐得動彈不得。並非第一次遭到非難，但大多數是透過網路、最多就是言語謾罵，只有一次被宗教狂熱分子襲擊，幸好安德雷用身子擋住碎酒瓶。也就是預想到公共場所會有這種可能，艾黎才僱用安德雷和整組保全團隊隨時待命。只不過今天晚上她希望假裝自己是普通人、來一場普通的約會，怎料得到放下戒備與提姆的吻終究是夢幻泡影。

現在感官裡剩下的只有雙頰上黏答答的油漆。縱使聽見提姆發問，她還太過錯愕無法反應，視線反而一直停在圍觀路人身上。

人群越來越密集，提姆先回神挽著她手臂走向路旁，一輛計程車正好放下客人。司機瞟了他們身上的油漆，正想開口婉拒，提姆直接從皮夾掏出一把五十英鎊鈔票從副駕座車窗塞進去。以提姆的薪資而言出手如此闊綽實在怪異，但艾黎思緒停在方才事件上無暇顧及太多。

「這些夠你洗車吧。」他打開車門就將艾黎輕推進去，免得司機有時間思考還是要拒載。

「妳住哪兒？」

她還講不出話。

「艾黎，」提姆語氣嚴肅起來，「我要送妳回家。妳的地址是？」

「貝爾格萊維亞區，富勒頓聯排三百四十五號。」她說得很小聲。

提姆轉述給司機以後從口袋掏出手帕，抹去沾在她唇上的紅漆。

「還好吧？」提姆柔聲問。

「只想回家。」艾黎深感羞愧受辱，根本不敢視線交會。

「認識那個女的嗎？」

「不認識。」

「要報警才對。」

「不要。」艾黎忽然大聲起來。

提姆等個解釋卻沒等到，艾黎能感覺他心中那抹焦躁，可是除了望向窗外避免瞧見他失落的神情，自己什麼辦法也沒有。

「艾黎，妳到底是什麼身分？」提姆追問，「為什麼會有人針對妳？」

十五分鐘車程裡她保持沉默，氣氛尷尬至極。計程車停在四層樓高寬敞氣派的白色建築前面，艾黎暗忖提姆也該懷疑區區一名助理怎麼住得起這種上流階層搶著要的地段，不過現在她沒力氣坦承。

提姆忙著付車資的時候艾黎自己下車，他收到找零時艾黎已經跑至門口刷卡開門。門一開，安德雷站在後頭，瞥見主子悲慘模樣忍不住想拿剛站到路旁的提姆出氣，但被艾黎攔了下來。進屋之後安德雷闔上大門，寒風中只剩下提姆一個人。

36

曼蒂

外甥女貝菈總能逗得曼蒂很開心。小女娃坐在家裡餐桌前面高椅子，被一群小小孩包圍，其實她們都還不能理解為什麼慶祝。燈光熄滅，貝菈興奮起來短胖小腳亂踢，她母親進來時手裡端著粉紅色生日蛋糕，插著數字一的蠟燭，大家湊過去唱生日快樂歌，曼蒂瞥見妹妹凱倫強忍淚水的表情，阿姨寶菈帶著小朋友吹蠟燭。

貝菈用口水吹了個泡泡，伸手就要抓蛋糕。

曼蒂很寵愛三個外甥子女，時常陪他們玩、給他們買名牌童裝比花在自己身上的置裝費還多。有個祕密到現在遲遲說不出口：每次曼蒂給外甥子女買衣服玩具，都多買一份留給夢寐以求的親生孩子，小東西累積到現在已經塞滿兩個行李箱加一個旅行袋，藏在自家客房床底下不知何時能見天日。

然而最近她與孩子們相處卻感到有苦說不出——想到自己無法像妹妹們這樣與配對對象生孩子，曼蒂渾身上下不對勁。即使她忽然找到一個男人成家也沒用，對方終究並非Mr. Right，因為她的Mr. Right已經死了。她甚至擔心如果父親是別人而不是里察，自己對親生骨肉的母愛同樣會打折。有時心底悄悄冒出一股怨恨，恨寶菈和凱倫擁有自己夢想的一切。倘若克絲汀找到好女孩定下來也會幸福美滿，曼蒂與手足間差距越來越大。

「這位小姐妳過來一下，」寶菈揪著曼蒂手臂將她拖到花園裡貝菈的玩具小屋。姊妹倆蹲坐在小椅子上，寶菈從口袋掏出一包香菸，眼裡閃過奸詐光芒。「妳最近在耍什麼把戲？」

曼蒂假裝聽不懂，實際上當然清楚妹妹的意思。

「我在說里察，妳的配對。不是說好今天帶來跟大家見個面嗎？怎麼事到臨頭忽然說什麼『他有很急的教練課推不掉』，哪有人會『緊急』需要教練課？還不從實招來。」

曼蒂用力吞下口水。關於里察的一切她都告訴家人，唯一例外是這個人已經過世，此刻盯著寶菈不知所措。

「妳遇見畢生所愛都兩個月了，我們連人家一根毛也沒看到。」寶菈朝打開的窗子吞雲吐霧。「這人有毛病嗎？」

「他沒毛病。」曼蒂也深深吸了一口，香氣竄入喉嚨她才發現自己原來這麼需要菸。

「是額頭上有顆超大的痣？全身刺青？四肢缺了一條？比妳矮一呎？難不成是黑人嗎？別擔心，雖然外公有點種族歧視，只要知道妳會幸福一定也不在意膚色——」

「不是的，不是的，不是妳說的這些。」曼蒂心想有這麼簡單就好。

「妳怕我們太壞，會嚇跑年輕小夥子？」

「唔，妳們幾個有時候是太過分了點兒……」曼蒂還沒心理準備說出真相，改口道：「他比較害羞，等他準備好了我再帶來跟大家見面。」

「嗯，也好。」寶菈竟也接受這藉口。「但可別等到貝菈兩歲生日才讓我見到未來的姊夫。」

「不會啦，不會。」曼蒂知道謊言總有拆穿的一天。

37

克里斯多弗

艾宓從正門一進來就張開雙臂抱住他。克里斯多弗不知該如何回應，他看不懂面部表情，只好模仿對方動作，跟著敞開雙臂回抱。感覺應該沒錯。

「今天好糟啊。」艾宓小聲開口，鬆開手之後穿過玄關進了客廳。她隨手解開靴子丟在角落、鑰匙擱在木頭小圓桌上。克里斯多弗趁她沒注意將一把把鑰匙與兩隻靴子排好對齊。

「昨天晚上又找到一個女孩，」艾宓徑自從他酒櫃取出平底杯倒了很多伏特加兌進少量通寧水。*用錯杯子*，克里斯多弗心中嘀咕，但判斷並非適合說出口的時機。「這次是倫敦南部。」

「為什麼這次特別生氣？」他回應時壓抑對接下來聊天內容的殷切期盼。

「因為凶手加碼了。這次可憐的女孩被打得面目全非、牙齒掉光，肋骨也斷了，喉嚨被灌漂白水，連眼珠都被搗爛。」

我也是不得已，克里斯多弗心想。

「就算被強姦了也不意外。」艾宓補上一句。

聽在克里斯多弗耳裡有點不是滋味。「不過，」他沒表現出情緒，「妳怎麼會知道這麼多？印象中妳不負責這個案子？」

「原本不關我的事，可是今天上頭要大家直接去做家戶訪問，再逮不到的話所有人力都得投入。已經第九個受害者了啊，你不覺得誇張嗎，克里斯多弗？九個女孩子就這麼死了。」

很快就會找到第十個，他雙臂抱胸心裡很是得意。

「找鄰居訪談之前，負責的警督給我們看了至今為止的受害者。我從沒看過一個案子能牽扯這麼多具屍體。」

克里斯多弗想到嘔心瀝血的成果受到警察熱烈談論差點忍不住笑意。更何況，參與討論的其中一人與自己這麼親密。

「之前受害者只是被勒死，」艾宓繼續說：「這回感覺夾雜情緒，好像凶手認識她……認真要製造她的痛苦。但這會徹底改寫我們對他心理做的推測。」

和計劃不同，克里斯多弗在心裡感慨，不過剛好能干擾警方偵查。

「怎麼個改寫法？」他問。

「哼，那傢伙毫無疑問壞到骨子裡了。」聽她這麼說，克里斯多弗有點不悅。「現在看來他同時有很強的復仇心態，一直針對女性似乎是對女性懷有根深蒂固的仇恨，所以下手才這麼殘暴。我在猜會不會是小時候遭到母親虐待之類。」

克里斯多弗努力保持正色——艾宓的猜測與事實天差地遠。他自認是先天心理變態，也就是出生就呈現這種症狀，從他的角度則稱為「天賦」，與後天的、環境塑造而成的類型不同。他的家庭是郊區中產階級，成長環境典型而良好，雙親不遺餘力表達關愛，縱使他本人絲毫感受不到。

父母先後因為癌症和心臟病過世。對克里斯多弗而言死了該怎麼處理就怎麼處理，與失去寵物兔子沒什麼分別。他與幾個兄長聯絡也不多，主要對象是長兄奧利佛。儘管他試著體會，但卻無法清楚感受到金錢的重要性，所以分得的遺產就讓奧利佛代為管理。長兄投資有道，克里斯多弗每月被動收入就很充裕，所謂圖像設計工作只在他真的有興趣時才接案。

「在遺體上找到下個受害者的照片了嗎？」他問。其實心裡很不喜歡受害者三個字，那樣稱呼彷彿認為死者一點責任也沒有。在克里斯多弗眼中她們都是自願的，因為她們自己在約會軟體上聊幾句就肯給電話號碼，換句話說是她們自己讓自己成為適合目標，後果當然也應該自己承擔。這些女性尚未找到DNA配對對象，淪為次等公民，尋獲真愛的人覺得她們很可憐。

克里斯多弗的介入導致雙贏局面：完事之後他繼續隱匿於社會，而艾宓口中的「被害者」們並非沒得到酬勞——她們會在英國犯罪史上佔有一席之地，名字留在書籍、紀錄片、戲劇節目中，學者探討分析幾十年之久。換言之，那些女人死了的成就比一輩子碌碌無為要大上許多。

「沒錯，這次也有照片。」艾宓在餐桌邊坐下，雙手捧著臉蛋。「想必下一個人也已經沒命了，可惜查不出線索，不知道人死在什麼地方。結果我們又回到以拖待變的階段，看什麼時候人行道上會多出一個噴漆圖案。」

「為什麼不直接在媒體公開死者照片？」

「因為沒有一家報社或電視臺敢直接公開可能已死的女孩子照片。相對來說網際網路沒有這麼高的道德標準，所有死者都被亮相了。警方能做的是請藝術家臨摹最新這名死者的容貌，把畫像放在報紙與電視，希望盡快得到線索。」

克里斯多弗意識到以噴漆留痕跡特別能夠激發大眾想像力。其實直到五號死了以後警察才察覺版畫與凶殺之間的聯繫，但公開以後首都各處都能看到模仿畫。

警方調查團隊尚未發現所有死亡女性都使用一款名為UFlirt的交友軟體，其設計衍生自DNA配對，提供給尚未成功的人彼此認識。之前克里斯多弗建立候選目標與確認目標清單時嘗試過其他軟體，發現有些女孩子同時登錄好幾個，或許因此警方很難縮小範圍鎖定其一。

而且縱使警察看過她們手機，也無法從訊息紀錄裡面追查到克里斯多弗。他申請了超過一百個電子郵件信箱、分散在幾十支無法追蹤用戶的預付型拋棄手機，而且都藏在自家地下室沒插電的冷凍櫃內。

此外克里斯多弗利用暗網[33]下載來的軟體監控目標的對話、照片、社交媒體、雲端儲存和GPS位置，之後卻從不再和對方聯繫。他覺得不可思議：很多人將自己完整的生命裝進五吋左右的塑膠方塊內，有心人隨時能窺探。

「我想我一輩子也不會明白吧。」艾宓說，「無法理解為什麼會有人一而再再而三殺人，殺了這麼多。有什麼好處？」

是一種挑戰，克里斯多弗在心中回答自己，也是一種樂趣，還能留下歷史。他有膽量也有強大的動力，自己決定成為連續殺人犯，並不是陷入瘋狂無法自拔。開始這個計劃是個人選擇，結束這個計劃也會出於自由意志。他這麼做是因為以前沒人做到過，也因為控制別人的存亡是至高無上的快感。

「我也不懂。」他再次推敲什麼說詞最能安撫艾宓後便脫口而出，還站到她背後摟著她的肩膀靠在自己身上。「或許只是因為他做得到吧，」克里斯多弗補上這句，然後輕輕吻了她頭頂，「所以他就那麼做了。」

艾宓靠在男友強壯而溫暖的懷抱中。他保持那個姿勢好一陣子，心裡想像女友看見死者照片時是什麼表情。那可都是自己的傑作。說不定即使他這樣的人也能看懂噁心作嘔的表情。

㉝必須透過特殊軟體、授權、設定才可存取的網路內容，其中有許多暴力色情、敏感交易的非法資訊流通。

38

婕德

來到澳洲的第一夜婕德就失眠了，原因不僅是時差。得知凱文羅患重疾不久於人世，加上發現自己根本不愛他，兩件事情加起來使得婕德十分困惑，對他惱怒也對自己惱怒。

農莊客屋安靜清幽，她打開床頭小燈，連上無線網路，開始搜尋調查自己的情況是否正常——見到配對對象了居然沒有感覺。兩人互動很久是有熟悉感，但戲劇裡面男女主角會腦袋空白、頭暈目眩、世界被色彩繽紛的煙火或彩虹籠罩，婕德完全沒感受到這些。電視電影上配對成功的人一相遇就愛到骨子裡無法自拔，為什麼她不同？

首先就去DNA配對網站查資料：「配對成功者的情緒反應各有不同，有些人只要一瞬間，也有些人需要多見面幾次或稍候幾天才能感覺到彼此連結。影響因素包括雙方或單方的心智條件、干擾費洛蒙製造和接收的疾病，此外生理時鐘的變化與情緒波動同樣有關。」

似乎不算太罕見，婕德讀完好過了些。她本來擔心是不是因為凱文身體不好、與照片相差太大，而自己就是膚淺虛榮所以才沒感覺。還好官方網站說了不是，感覺遲早會來，只是得耐心等待。雖然話說回來，她很清楚要真正愛上一個恐怕撐不過夏天的人實在很難。

忽然有人輕輕敲門。「請進。」她應門之後用手肘撐起身體，門緩緩打開之後露出凱文微笑的面孔。

「嘿，」他說，「看妳這邊燈還亮著，來問問妳要不要出去看風景？」

「好呀。」她回答完看到牆上時鐘是凌晨三點五十六分。

「那十五分鐘後在妳車子前面集合。帶個外套，早上冷得會結冰喔，當然還要記得帶鑰匙。」

婕德過去的時候凱文已經在車子旁邊倚著助行架。「走吧。」他語調快活。

她駕駛時凱文在旁邊指示，車子沿著泥巴路開進公路，大約十分鐘後在路旁一片平地停下來。

「來澳洲沒看日出就白來了。」凱文說，「這可是地球上最棒的日出。」

兩人坐著聽音樂，歌單都是經典靈魂樂。天色漸亮，泛起紫橙光輝。

「你常來這兒？」她問。

「剛被診斷出來那陣子很常來，」凱文回答，「後來又改去一個比較暗的地方。那時候我心裡充滿憤怒，尤其想到其他人還有一輩子可以慢慢看日出日落只有自己不行就更難過。後來我忽然瞭解到過來看日出是很了不起的事，每看一次就代表我又多撐過一天。」

婕德下意識將頭靠在凱文肩膀上，兩人靜靜望著天空良久，期間不知何時他進入夢鄉。凱文手掌冰涼、皮膚看起來薄得像紙，婕德暗忖他得癌症之前身體觸感應該完全不同才對。

即便此情此景，她心裡依舊找不到配對成功該有的強烈感受，然而待在凱文身邊卻又明顯輕鬆自在，畢竟兩人透過手機分享了許多，對婕德而言，凱文不只是配對也是密友。她覺得或許這點才最重要，愛情追根究柢就是彼此相伴度過一個又一個日出日落。

載睡著的凱文回到農場，馬克已經等在那兒，過來開門、解安全帶之後抱起弟弟進屋。婕德望著這對兄弟的背影，忽然找到那份無以名狀的怦然心動。

39

尼克

尼克捧著冒出蒸氣的保麗龍杯，裡頭裝了熱巧克力。他特地挑距離草坪比較遠的小販，還想著是不是該買個漢堡吃，看見櫃檯後面服務人員指甲滿是污垢立刻打消念頭。

人生第一次看橄欖球賽。學生時代校內比較流行曲棍球，再者外頭實在挺冷的。尼克拉緊圍巾裹住脖子，莎莉送的生日禮物，喀什米爾高級羊毛。他將頭套也拉起來蓋住耳朵。

*我來這兒幹嘛？*他不禁自問。對比賽規則、草地上現在什麼狀況毫無概念，唯一肯定的就是視線離不開前方那個球員。

尼克目光從亞歷山大的小腿開始，粗壯的大腿、厚實的身軀。他甚至希望自己乾脆有生理反應也罷，如此一來配對成功就多了幾分道理。既是天作之合，總該有一丁點性衝動？問題就是沒有。

今天早上來看球賽也是一時興起。他想起在診所牆上看見的球隊合照，上網搜尋賽程表得知現在的場次，地點在伯明罕市郊的社區橄欖球場，不過也明白不請自來很像跟蹤狂，所以保持距離並躲在人群後面遠遠偷看。

酒吧會面已經是一週前的事。那天晚上他們待了很久，越聊越多，隨著酒意漸濃找到更多彼此共通點，譬如喜歡的藝人、建築風格、旅遊模式或者搖滾樂。雙方避而不談的則是女友，聊到後來也不再提及DNA配對，雖然這問題始終縈繞心頭。

打斷兩人時光的是一通電話。亞歷山大的女朋友瑪麗問他何時回家，有那麼一瞬間尼克吃醋了。

離開時他們的握手依舊禮貌，只是持續得久了些。兩人心底都擔心會不會是最後一次相見，卻也都不敢表態約好要再見，連保持聯絡四個字都說不出口。即便如此，似乎知道那個人存在已然足夠，就算生活與自己毫無瓜葛也無妨。

上週莎莉安排了驚喜之旅，帶尼克去布魯日[34]玩了一趟。尼克得知已經是週五下午，莎莉忽然拎著兩個行李箱到他辦公室，歐洲之星的車票、飯店預約確認函都準備妥當。尼克自覺最近與她的感情有點生疏，原因當然就是亞歷，然而莎莉主導這次旅行的態度彷彿也想彌補什麼。她有時候心不在焉，尼克猜想終究是為了自己配對成功而感到鬱悶，這當然不方便直接問。

布魯日行程中，莎莉的性慾幾乎可用需索無度形容，沒出門觀光的時候都在床上翻滾。尼克不禁懷疑是不是自己與亞歷私下見面已經被她猜到，而她做這一切是想搶回男朋友。但誰也不願意提到第三者的名字。

回到伯明罕，尼克不單純是想要再見到亞歷，對他來說已經是無法克制的強烈欲望。明明八天前才相處過。

球飛過來恰好落在肩頭打斷思緒。「該死。」尼克嚇了一跳叫出聲，前面觀眾朝左右散開，他成為目光焦點。

「兄弟，幫忙傳球過來？」矮壯平頭男子咬著護齒套說話。尼克把球拋過去，動作有些笨拙，而且還被亞歷發現了。他揪著心回望，立刻為自己的衝動後悔，為什麼要闖入人家的私生活呢？

可是看見亞歷臉上逐漸漾開的笑容，尼克嘴角很快跟著上揚。

㉞ 比利時西北部大城，被譽為「北方威尼斯」。

40

艾黎

提姆應門時手上還捧著一碗牛奶穀片。

艾黎不難想像他的訝異。一早打開門看見門外有個高大魁梧不動聲色的平頭男，自己則站在旁邊滿臉惶恐。提姆住的雙拼屋[35]不怎麼起眼，此刻前方路肩卻一下子停了兩輛路華攬勝[36]，車窗還貼上暗色隔熱紙，恐怕他根本看不見裡面坐著什麼樣的人。

「嗨。」提姆支支吾吾吞了口早餐。他袖子捲起，脖子掛著沒繫好的黃色領帶，見艾黎突然造訪神情十分錯愕，大概正懷疑她怎麼知道自己地址。

「哈囉，」艾黎也打了招呼，「抱歉不請自來。能趁你上班前稍微聊聊嗎？」

「這幾天我都想聯絡妳，可是妳都沒理我。」

「嗯，對，抱歉。所以我才想過來當面解釋。給我個機會？」

提姆讓出路，不過先進去的是安德雷。他摘下墨鏡掃視玄關和裡面幾個房間後才讓艾黎跟上。提姆看看虎背熊腰的壯漢又看看自己的配對對象，忍不住蹙起眉頭。

「他負責保護我人身安全。」艾黎開口解釋，語調近乎道歉。

「這樣啊，那先提醒你們：餐廳裡面躲了一家子的忍者，儲藏室裡我塞了好幾桶芥子毒氣。」

安德雷可笑不出來，朝他白了一眼。艾黎花了四天時間才鼓起勇氣前來會面，希望和提姆解釋為什麼第二次約會時竟然會被人潑紅漆。這段期間她覺得太丟臉太尷尬，一直躲在家裡不出門。

要是把提姆當成逢場作戲，那艾黎此生不再相見即可。但他不是隨隨便便一個男人，艾黎也希望能多花點時間相處瞭解彼此，被潑漆之前那個吻雖然短暫卻十分美妙。

公眾演說是艾黎的強項，世界各地好幾十萬人出席過她發表的主題演講。然而這次即便她對著浴室鏡子演練無數次，始終找不出合適的開頭來和提姆解釋來龍去脈。

「要給妳家巨人泡杯咖啡嗎？」提姆眼珠子飄向安德雷。

「我也這麼叫他，」艾黎笑道，希望能緩和氣氛。「巨人安德雷。一個法國很有名的摔角手也是這名字喔。還在電影《公主新娘》（*The Princess Bride*）演出過，我滿喜歡那部片的……」

提姆搖搖頭逕自走到客廳，拿遙控器把晨間新聞關靜音，碗放在咖啡桌之後要艾黎也坐下。

「所以那天晚上究竟怎麼回事？」他開口問，「素昧平生的人過來潑油漆，破口大罵說妳雙手染血？」

「的確很多人這麼想。」艾黎回答，「你大概也猜到了，我並沒有坦白自己的身分和職業。」

㉟ 共用中間結構牆分為兩戶的房屋形式。
㊱ Range Rover，英國頂級豪華休旅車。

「嗯哼。」

「我在DNA配對檔案上用了母親的婚前姓氏埃林，我真正的姓氏是史丹佛。然後我也不是什麼總裁的助理，公司是我自己的，經營項目有點……爭議。」

「怎麼，軍火商之類的嗎？」

「不、不。」她說，「倒不是那種爭議。」艾黎沉吟片刻，深呼吸後繼續說：「提姆，我是科學家，DNA配對基因就是我本人研究出來的，所以才有那麼多人對我深惡痛絕。」

41

曼蒂

許多親戚生日、節慶、女士之夜、歡送會、聚餐等等活動過去了，曼蒂全部都婉拒。每次有人邀約，她就編個理由，通常會說自己和里察有安排，要到一百多英里外的地方旅行。換個角度看或許不算全然虛假，因為曼蒂與自己家人相處時間減少，卻與里察家人相處時間變多。

從語音留言的口氣聽得出來母親和妹妹們感到不妥，畢竟父親十多年前過世以後一家母女關係更為緊密，曼蒂突然保持距離令其他人不明就裡，只知道她找到了配對對象、以為有什麼事情她都會告訴大家。可是曼蒂還說不出口，覺得時機未到。

與自家人在一起得不到什麼溫暖，派嬸、蔻依才能帶來慰藉。本來曼蒂內心深處就與家人有了隔閡，兩個妹妹走入她得不到的圓滿家庭生活中，她認為自己經歷的挫折煎熬根本沒人理解，至於母親雖然也失去摯愛，但老古板無法真正瞭解DNA配對之間那份連結多強烈、被奪走有多痛。只有里察的家人能填補空洞。

「要是想喝點小酒的話乾脆就留下來過夜？」派嬸前一天晚上在訊息裡面這樣說，於是曼蒂打包了簡單行李與她們母女一起看DVD，然後邊喝酒邊翻看里察孩提時代的相簿。

不是第一次了。曼蒂很好奇自己與里察的孩子會長什麼模樣。

就寢休息時，曼蒂躺在客房夜不成眠，閉上眼睛滿腦子都是兩個人無法共有的未來：聖誕夜若能和里察挽著手出現在母親家門口該有多好，他會成為全家焦點。但越想越無奈，她雙手忍不住用力揪被子。

去了洗手間再回來，曼蒂發現里察的臥室房門沒有闔緊。遲疑片刻後她推開，裡頭空著。悄悄入內關門，曼蒂點亮一盞燈。

她壓抑不住好奇心，打開床邊小櫃抽屜偷看，裡頭有些濕紙巾、髮膠、體香膏之類個人用品，還有一盒打開的保險套。十個裝，曼蒂撥開蓋子數了數，只剩四個，她不由得猜想里察將其餘用在哪個——或者哪些——幸運女孩身上，想得心更沉，居然嫉妒連長相都不知道的女人。

曼蒂查看床底，找到個有點破舊的軍綠色大背包，里察出國旅遊留下的，許多航空和巴士公司標籤黏在上面，裡頭空空如也。她又從抽屜櫃隨便挑出衣服磨蹭、撫摸、聞里察的味道，一股酥麻感在神經末梢蔓延。

接著在最下面抽屜的最裡面，曼蒂找到一支老舊手機，型號看來很多年了。她心想大概沒電了，但順手按了電源，沒想到電池圖示剩兩格，而且舊系統不必輸入密碼也能解鎖。

曼蒂意識到自己正在侵犯里察的隱私，可是心裡那股瞭解他的渴望難以壓抑，所以決定豁出去了什麼也不管。越是探究，就越想知道更多。

手機裡面的舊訊息大都是私人教練課的客戶或朋友約了晚上出門玩，看不太出他是怎樣的人，最多只能知道里察朋友圈很廣、客戶對他印象十分好。

然而手機相簿卻充斥一個特定人物：某個年輕女子裸露程度不一的照片。這女孩比起曼蒂不僅更接近里察年紀，臉蛋也更漂亮，她忍著心裡醋意想像對方身分，快速翻看相本同時希望別再看見同一個人。

結果卻翻出里察的自拍裸照。

曼蒂屏息，感覺心臟化作脫韁野馬不知如何是好，繼續滑下去更連續看到配對對象五、六張更清楚的裸照，里察那話兒的大小令人訝異。她拋開羞恥心放大顯示看個清楚，忽然有了很久沒體驗的生理反應——性慾高漲。

然後又找到一段三分鐘影片看得曼蒂滿臉通紅，內容是里察就在這個房間、這張床上自慰。她真的忍不住了，確認房門關好以後調低手機音量，學里察的姿勢躺著，緩緩地、靜靜地將手從睡衣前面伸入撫摸自己，閉起眼睛想像里察進入會是什麼滋味。曼蒂一下就全身繃緊，最後與影片中配對同時高潮。

她將手機收回抽屜之後繼續躺在床上，面帶微笑等著天旋地轉的感覺消褪，可是後來她沒回去客房而是原地沉沉睡去，好幾個小時以後聽見鉸鏈轉動聲音才驚醒。派嬸探頭進來。

「啊，抱歉，」曼蒂趕緊道歉，「睡不著就自己進來看看了。」

「沒關係，親愛的。」派嬸笑得和藹可親，「妳什麼時候想來陪里察都可以。」

「妳應該想要自己生孩子吧？」

這話問得曼蒂錯愕不已。兩人坐在派嬸住處附近公園欣賞遼闊鄉間風景，曼蒂提起過去失敗的婚姻、坦承自己為此瀕臨絕望邊緣，視線不停飄向旁邊帶著兩個小孩的年輕媽媽身上。孩童很興奮，朝池裡扔一堆麵包，聽到鴨子嘎嘎叫跟著嘻嘻哈哈笑鬧。本以為話題告一段落，派嬸卻突如其來問她想不想生。

「嗯，我是希望能有自己的家庭。」曼蒂回答後苦笑。

「之前妳說有外甥子女？常去看他們嗎？」

「很常去。唔，最近沒有……妹妹都說我想的話隨時可以過去，但畢竟不是親生，感覺不太一樣。」

「心裡當作是也行啊。」

「我不行。其實和前夫尚恩在一起的時候有懷孕，還兩次，最後都流產。第一次是婚後才幾個月，第二次是他找到配對對象棄我而去之後幾星期發現的。大概就是那時候我開始心灰意冷，覺得自己沒機會和真愛生兒育女。然後卻又找到里察，腦袋裡有好多天馬行空的想像。」曼蒂淡淡一笑。「比方說兩人找個小村子買間小屋，要自己動手蓋的那種也沒關係，就一起努力——到時候第一個整理的房間就準備給孩子。還要算時間，房子大功告成的時候正好懷孕，我就能成為朝思暮想的幸福媽媽。可惜現在也沒指望了。」

「不盡然，」派嬸沉默半晌才開口，「和我去個地方。」

曼蒂跟著派嬸登上一條陡坡，途中思忖她究竟想說什麼。大約十分鐘之後兩人停在某處眺望遠方。

「從這兒整個鎮盡收眼底。」派嬸又開口，「有沒有看到遠遠那邊有個尖頂？是聖瑪利教堂，在我和里察爸爸結婚的村子。下面那邊，看到了嗎？是里察上的小學。再往右邊，那排大煙囪隔壁有個狐狸獵犬酒吧，蔻依讀大學預科的時候週末在那兒打工。從這不起眼的山坡就能看完我們全家人生命一大半。」

「對妳而言格外有意義。」

「對我們全家都是。尤其里察很喜歡這兒，會騎登山車上來一坐就是大半天。他的骨灰也撒在這裡，隨風飄過造就他的小鎮。但不是全部，留了一些撒在湖區那邊的度假小屋。」

「讓人很感動。」

派嬸轉頭凝視曼蒂，「雖然里察不在了，或許可以用另一種形式陪伴我們。」

「什麼意思？」

「之前說過，里察一直想要生小孩。和妳一樣，他喜歡小孩，可能因為內心是個大孩子。」

曼蒂點點頭，心想他真的很適合自己。

派嬸再度瞭望遠方風景，「所以，他發現自己得了睪丸癌，後續如何無法預料，擔心將來沒辦法用正常方式生小孩，就找了一間精子銀行冷凍了三份還是四份——我還記得他開玩笑說比起去普通銀行舒服得多。里察的精子都還在喔，曼蒂。」

輪到她轉頭注視派嬸，但派嬸依舊望著地平線。

「妳應該懂我的意思。」派嬸說，「想為我添孫子、為里察生孩子的話，妳不是沒機會。」

42

克里斯多弗

他望著艾宓。她躺在自己床上，肩膀起起落落。

克里斯多弗並不喜歡玩什麼「小湯匙」睡姿[37]，覺得會失去個人空間，所以一看艾宓睡著就從她腰間縮回手臂，自己退到床墊邊緣，但依舊面朝女友。觀察艾宓睡相是他在其餘人類身上能找到最陶醉的經驗之一。

暗淡光線下他模模糊糊能看到艾宓後頸底端有個顏色鮮豔的蝴蝶刺青。克里斯多弗覺得這品味很差，和她對廉價戒指、手環的喜好可以相提並論，但撇開這些小地方他倒是對這女人沒太多挑剔，否則一般而言相處到這階段早有千百種理由分手絕交。他對艾宓卻另有安排。

克里斯多弗的手緩緩從床邊伸到地板，指尖悄悄摸索一陣之後觸碰到乳酪刀線的木頭握柄。就是為了這個特地擺在下面。他輕輕將東西沿著鬆軟地毯拖出來，拿到床墊甚至被子上，兩手抓好木柄高高舉起、扯緊鐵絲，身子轉回去彷彿要擁抱艾宓，實則是將鐵絲放到與她頸部同高。克里斯多弗感覺得到隨著鐵絲一公分一公分逼近艾宓肌膚，自己心跳也愈發激昂，但在那個熟悉距離上他停住手。

開始殺人以後他得到難以估計的樂趣，不過一直以來目標僅限陌生人，在交友軟體上與潛在目標的對話充斥垃圾內容。很多人堅持稱為「調情」，克里斯多弗會與那些女孩子調情到對方給電話號碼。她們沒有先見之明，不知道透露電話號碼等同於給別人鑰匙解鎖整個身家資料。

他胡思亂想到一半，艾宓發出高潮後的呻吟，而且十分清楚。克里斯多弗不禁懷疑她究竟夢見什麼，自己從不做夢，或者做了夢但從來都不記得內容，反正他不在意，因為夢就只是夢，不是現實。沒機會成真的事情何須執著？

克里斯多弗與艾宓的性生活是他前所未有的體驗。十二歲他就失去童貞，後來睡過大約七十人，從來沒有取悅對方的心思，只顧自己得到滿足。艾宓是例外，讓她呻吟、帶她到達極限邊緣再拉回來，控制她的高潮、自己允許才可以結束，過程令克里斯多弗十分享受，同時他也願意將主導權交到艾宓手上，如果艾宓不准許他射精那他就不射。克里斯多弗活這麼大歲數還沒在其他方面如此享受所謂支配與臣服，不知為何與艾宓相處起來卻變得平凡。

他為此矛盾——克里斯多弗追求的從來就不是平凡。他堅信自己的大腦比常人更強大，所以「不平凡」。因為這種天賦，他想做什麼就做什麼，無須恐懼，至今也不必付出任何代價。

他靠上去，最後鼻尖幾乎觸到艾宓後腦，深呼吸一口她前夜用的檸檬海草香氛洗髮精——克里斯多弗喜歡這味道，喜歡艾宓散發柑橘氣味。

只要手輕輕一擺就能將鐵絲纏上她脖子，而她也就會像之前那些女人一樣伸手掙扎。

「你幹嘛不睡？」艾宓咕噥，嚇了他一跳。

㊲ 指一方從背後摟抱另一方的睡姿。

「抱歉，我以為妳睡著了。」

「剛才是睡著了，但發現你好像沒睡。怎麼了？」

「沒事，就睡不著，然後想到你們在調查的那些女性。」

「被害人。」

「嗯。」他嚥下口水，還是覺得那種用詞沒品味。

「她們怎麼了？」

克里斯多弗很想這麼回答：每個女人的脖子被他用鐵絲纏住拉扯頭部，不同品牌、不同配方的洗髮精氣味飄進鼻子，自己記得一清二楚。還有計劃開始以後，他體會到外表真的只是虛幻，反正經過幾天腐爛以後每個人長得都一樣：浮腫變色，裡裡外外被自己身上的細菌給吞噬。

「好奇她們知道自己要死的時候，腦袋裡有什麼念頭。」他回答。「如果是妳，會想到的是？」

艾宓遲疑片刻以後回答：「大概是如果有機會希望能實現的事情吧。你呢？」

「應該也一樣。」克里斯多弗又說謊。

他將鐵絲抬高繞過艾宓腦袋放回床下藏好。知道自己隨時都能動手比起真的動手還令他愉悅。

計劃從幾個月前展開，至今進度良好，可是對克里斯多弗來說總有如鯁在喉的感受。他居然遇見了喜歡的女人，這輩子第一次覺得自己戀愛了。

這不在計劃內。

43

婕德

婕德大膽飛到澳洲才一星期多，凱文身體狀況急遽惡化。他胃口變得更差，更多時間待在臥室睡覺。外頭氣溫攝氏三十五度，凱文還是說好冷，用厚重衣物裹著自己。而且每天得吞好多藥，有幾次婕德真的覺得聽見了藥片在他體內碰撞得噠噠響。

婕德也很無奈，相處時間一點一滴從指縫流逝，自己尚未準備迎接曲終人散的時刻，所以只要凱文醒著就過去聊天、陪伴，兩個人說了很多她在英國與他罹癌前的生活，也常常賴在臥房沙發上一起看Netflix的八〇年代新鼠黨[38]經典電影。相處太自在隨興，婕德偶爾會忘記凱文剩下的時間已經不多，每當再次意識到又悲從中來，難以想像他不在身邊是什麼滋味，於是心底逐漸累積一股哀愁。

之前不知道凱文重病，婕德活在幸福假象裡，與他聊天是每天不可或缺的一環，整個作息以此為中心安排，比方說鬧鐘故意訂早一點，這樣兩個人就能邊用餐邊交談——婕德吃早餐的時候

[38] Brat Pack，意指八〇年代一群知名演員。Brat Pack為西方媒體自「鼠黨」（Rat Pack，五〇年代的一群知名演員）衍生的稱呼，新鼠黨一詞亦為臺灣媒體圈以鼠黨為本選用的譯名。

凱文正在用晚餐。她還把晚上十點以後才播出的電視節目錄下來，只為了擠出更多時間給彼此。

她習慣期盼凱文捎訊息或撥電話過來時手機螢幕發亮的瞬間，也知道分離無可避免，自己一定會懷念過去的點點滴滴。然而婕德有些迷惘：未來懷念的是凱文這個人，還是懷念有個專屬對象的安定感？

凱文睡著時婕德常躺在旁邊，頭枕著他腹部感受呼吸起伏。凱文休息時間很長，婕德在家裡幫丹恩和蘇珊打理家務或開車去鎮上跑腿。兩人也慢慢教她怎麼經營酪農業和放牧綿羊，開卡車載婕德一起去趕羊或告訴她怎麼修理擠牛奶的設備。與之前在巽德蘭停滯不前的生活相比差異很大，不過婕德意識到住在哪兒不是癥結，問題出在自己身上。寧靜的農莊生活很適合她，感覺終於能夠徹底放鬆並回歸自我。

此外她也很訝異竟然能與兩星期前才見到面的人如此親近，十分感慨自己沒有能力弭平這對父母看兒子受苦的哀傷。與丹恩和蘇珊相處久了，婕德覺得自己稜角被磨平了不少。

自然而然她也思念自己雙親，意識到這些年來讓爸媽經歷多少無奈沮喪，回想起來都是不必要的衝突對立。他們不過希望女兒大學畢業之後能回家鄉，如今婕德才明白兩人是為自己著想，父親在汽車組裝生產線工作、母親是烘焙師，都是腳踏實地的北方勞動階級。婕德以幼稚頑劣的態度應對兩人尊崇的價值觀與生活態度，回想起來頗為慚愧。

如同凱文的癌症、蘇珊與丹恩的傷痛，婕德也有想從自己身上祛除的東西，而且無法告訴借宿的這戶人家。

但日子一天一天過去，她在那份情緒裡越陷越深。

44

尼克

「什麼風把你吹來的？」亞歷開車載尼克離開橄欖球場。

嗅到亞歷還濕潤的頭髮以及剛抹上的鬍後水氣味，尼克雙手顫抖不已，只好緊緊握拳。

「老實說我也不知道。」他回答，「就臨時起意，想到你的球隊名字然後上網查一下。反正莎莉這週末回家陪她媽媽，送她出門完我就莫名其妙過來看球賽了，雖然根本看不懂。我越線了嗎？」

「好像應該說對，但，沒有。」

尼克聽了很高興，坐在車裡思考接下來該如何開口，反覆推敲什麼措辭合適。「我知道聽起來很不妙，但還是想知道：上次見過面以後，我還有出現在你腦袋裡嗎？」他別過臉，盼望得到肯定的回答。

「嗯？是問我這八天又十一小時然後……我看一下喔，四十七分鐘的期間，有沒有想到你？唔，多少有一點啦。」

兩個人都笑了。

「換我問你，」亞歷繼續說，「第一次講電話的時候，你說過自己根本不相信DNA配對，那為什麼會做測試？」

「我女友，應該說未婚妻，堅持要我做。已經論及婚嫁了，可是她說想確定兩個人是不是真的適合。」

尼克留意到亞歷聽完以後微乎其微地縮回身子，看來對他而言是出乎意料的壞消息。

「那她發現你和一個男人配對成功……？」

「覺得很好笑。可是也是她堅持要我去見你，所以我才用假名。」

「怎麼不勸她罷手？」

「這對她很重要……我也不明白為什麼。然後我猜，雖然不願意承認啦，但我自己也對你有點好奇。」

「正常的女朋友應該打死不肯讓我們碰頭才對，鼓勵你就更甭提了。」

「莎莉和我一直坦誠相待、不拐彎抹角……什麼事情都能說。」

「她知道你現在在哪兒？」

尼克不敢直視亞歷，「我想你知道答案才對。瑪麗又以為你在哪兒？」

「比賽結束和球友們喝兩杯，很晚才回家。」

週六午後的伯明罕郊區街道十分靜謐。亞歷山大那輛 Mini Cooper 駛進 M6 高速公路。

「我們往哪兒走好？」尼克問。

「我也毫無頭緒啊，兄弟。」

45

艾黎

提姆眉毛猛然揚起，「妳是開玩笑嗎？」他整個人沉進沙發軟墊慢慢消化艾黎那番話——她發現DNA配對機制的核心基因，以此打造出地球上最頂尖的企業王國。

出乎艾黎所料，提姆發出咯咯聲，後來整個放聲大笑。她不明白這反應是怎麼回事，瞥了站在角落的安德雷想得到點建議，但安德雷只是聳了下寬厚肩膀不置可否。

「我整理一下喔。」提姆抹抹眼角，「妳的意思是說，我透過DNA配對找到人約會，對象正好是DNA配對的發明家？」

「唔，精確來說是那個基因的發現者，但反正意思一樣。」艾黎點頭。

「然後那間公司是她的？比Facebook、Amazon和Apple還要大的公司……全部聽妳的？」

「大部分狀況下是。」

提姆又搖搖頭，伸手刷了下日漸稀疏的頭髮。「要瞎掰大概也不會掰這種故事。」

「抱歉之前沒坦白。」艾黎語氣懇切，「我自己也不知道該怎麼辦。」

「沒關係，我懂。我真的懂。妳不信任我是理所當然，換作我是妳恐怕也不敢張揚。」

艾黎擠出微笑，還是很緊張。她不覺得提姆看起來真的能接受，可是提姆卻捧起她雙手。熟悉的溫熱傳來，在體內擴散蔓延，就像第二次約會那個吻。

「其實呢，艾黎，就算妳只是利多的收銀員也與我無關。反過來說即使妳是利多的老闆，而且還能把莫里遜、特易購[39]買下來又怎麼樣，和我還是沒關係。差別就是從我的角度來看嘛，久沒約會結果一約會就碰上改寫約會定義的人實在是太誇張了。」

「你不生氣嗎？」

「有什麼好生氣？不過我還是不懂為什麼在餐廳外面有人要朝妳潑油漆？弄得兩個人好像晚上剛去棒打海豹一樣。」

艾黎嘆口氣，實在不喜歡提起工作的這個層面。「因為不是每個人都能接受DNA配對的結果。好幾百萬人配對成功是事實，但也很多本來以為天造地設的伴侶測試結果不如預期就把責任算在我頭上。這種事情太多了，多到你難以想像。」她稍微停頓，確認提姆的反應才繼續。「爬上我現在這位置本來就不容易，所有大企業都像種樹一樣偶爾得修剪枝葉，過程中就會有人自認受害。但如果不顧全大局，公司也不可能發展到今天的地步……希望你不會因此對我有什麼糟糕的印象。」

「我會自己做判斷，對我有信心點吧。」

艾黎遲疑，「潑油漆那個女人……說不認識是假的。你記不記得七年前，愛丁堡發生一名男子在市中心持刀隨機砍人的事情？」

「好像死了五、六個人才被警方制伏？」

艾黎點頭，「是那女人的兒子。他患有精神疾病，配對成功之前一直由母親監護。可是兒子的配對對象已婚，發現他的情況之後不願意繼續交往，回頭找了前夫。這個兒子開始跟蹤她，有一天在女方工作的店鋪動手行凶，殺了她以後發瘋攻擊路人，死傷很慘重。」

「然後她媽媽歸咎於妳？」

「嗯。我們一再告訴她——當然是在法庭上——所有人都是自願接受配對測試，之後行為與我們公司無關。但她無法接受。」

提姆點頭，似乎能夠理解。「抱歉，聊這些應該不太開心吧，還是換個輕鬆點的話題。幫我上個歷史課如何，妳怎麼發現DNA配對的？」

「謝謝。」艾黎確實覺得舒坦些，「十二年前，我大學畢業沒多久，在劍橋實驗室接一些研究案，主題是DNA和憂鬱症之間的關聯。某一天我想到和姊姊瑪姬聊天聊到的事情，她那時候已經和我姊夫約翰結婚，而且她堅持兩個人是一見鍾情。瑪姬和約翰第一次見面才十四歲，但就那樣子決定要白頭偕老了。受過科學訓練的我當然抱持懷疑態度，只是難免換個角度看——要是她說中了呢？要是世界上真的有一見鍾情這種現象？會不會人類體內存在一種具體的要素，只是太容易和性吸引力混淆？我自己沒體驗過，無法想像為什麼與人對望或講話就立刻知道兩個人命中註定在一起。」

「接下來應該不會有很多科學術語吧？」提姆笑道：「以前只要用到本生燈或者得解剖青蛙的考試我全都被當掉。」

39 利多、莫里遜、特易購都是西方大型連鎖超市。

「我盡量說簡單些。」艾黎也早就習慣用口語解釋這件事，「我們初次碰見一個人就會知道自己喜歡或不喜歡，所以我的切入點是不同人究竟受到什麼吸引，比方說是臉蛋、身材、行為舉止，還是其他因素，再來我追蹤除了一瞬間的吸引之外是否有其他因素摻雜在內……有些人最後伴侶根本不是一開始喜歡的類型對吧？所以我猜想或許有個變數，可能是個基因，它能啟動身體反應，而這個反應的強度超越大腦思考。如此說來，我們每個人其實從科學層面上就先天與另一個人產生連結了，你說是不是？」

提姆相當戲劇化地嘆息，「我閒著的時候只會思考帝國建造死星為什麼全宇宙沒人發現[40]，妳卻認真找到了大家從來沒發現的基因。」

「你思考的問題也很重要呀。」艾黎微笑，「接下來比較科學一點，可能得專心些。首先得讓你理解我面對的問題多龐大，人體有百萬億個細胞，每個細胞裡面DNA的長度是兩公尺——全部拿出來展開的話，可以從地球延伸到太陽來回一百遍。」

提姆瞪大眼睛，「嗯，我還聽得懂。」

「太陽和地球距離是九千八百萬英里喔……嗯，我們以前就發現女性會釋放費洛蒙，男性有能夠接收費洛蒙分子的受體，這是兩性吸引力機制。但是呢，我發現某些人彼此靠近的時候，身體裡某個基因會啟動，結果是不分性別都能釋出費洛蒙並且接收費洛蒙，無論異性戀還是同性戀都不影響結果，只要配到對就不再改變。之後我調查好幾百對伴侶的DNA，結論是這個基因表現相同的人都說一見面就愛上對方。我把研究範圍擴大到全球，資料庫囊括幾萬名自願者，可是同樣現象反覆發生，唯一前提就是兩個人那個基因的表現一致，也就是DNA配對成功。」

「不是說所有動物的本能都是到處交配、繁衍物種嗎？」

「男人好像都這麼希望。而且如果回歸基本面的話，那個敘述並沒有錯。」

「問題是如果八十歲老太太和十八歲小夥子配對成功，聽起來沒什麼繁衍的機會才對。」

「說到關鍵了。每個人的身體會製造獨一無二的費洛蒙，可以比喻為指紋，這輩子都無法改變。配對就像抽籤一樣碰運氣，對象或許是同個國家的人，也或許遠在巴西貧民窟，年紀相仿或者差個好幾十歲都有可能。其實就是因為跨世代配對數量很多，導致全球出生率下降，也因為這個基因間接降低一夜情和性病傳染率。」

「說不定是自然界平衡人口數量的辦法。據說癌症和愛滋病的解藥快要研發成功了，大自然只好動用愛情的力量控制人類生育。」

「確實有各式各樣的理論。」

「話說回來，所以妳認為不是先天相配的兩個人之間就不可能有真愛？」

「不、不，當然可能。我的發現只是幫大家找到生理上有連結的那個人，如果決定不要和對方共同生活，那理所當然可以與別人相愛。只是我也發現配對成功的人覺得關係更深刻更完整，就像找到遺失的另一半自己。」

「妳怎麼把這個基因做成企業的？」

「意識到影響層面多大以後我自己也很擔憂，考慮了好一段時間。責任重大，我不希望出任

㊵《星際大戰》劇情。

何差錯，新聞發出去以後人類對感情關係的認知就會永遠改變。和證實上帝不存在、但是有外星人之類差不多，大眾可能不相信，也可能陷入恐慌。所以我找了非常非常非常多科學家——好幾十人那麼多——請他們檢查研究報告，看看有沒有做錯的地方，不過所有檢查都證實結論正確的時候也沒辦法再否定下去。大學時代的朋友後來從事避險基金投資方面工作，他們幫我註冊DNA配對這個商標，取得澳洲、歐洲、日本、美國的生技專利。研究在《刺胳針》（*Lancet*）[11]公開以後一下子轟動全球。」

「我好像也讀過報導，只是一開始沒特別關注。」

「那時可就好幾十萬人很有興趣，立刻聯繫我們要送DNA過來。最早我們發送免費測試工具讓大家自己做，但為了企業化經營，後來還是得收費才通知檢驗結果。」

提姆點頭，這部分當然好理解。「配對的人都會一見鍾情嗎？」

「研究顯示百分之九十二配對成功的受試者反應很快速，初次接觸之後四十八小時內就會感受到被愛神射中心臟的那種強大吸引力。其餘百分之八的人要花比較久時間，有可能是心理因素，例如憂鬱症之類的精神疾病，或者無法信任他人、自我封閉之類的情緒障礙等等。也存在別的影響原因，比方說有些人本能抗拒澎湃情感，不過真的和配對對象相處結果總是天性獲得勝利。」

「普通人會和有遺傳疾病的人配對成功嗎，像唐氏症什麼的？」

「也會。」

「那樣不是……怪怪的嗎？」

「因為學習障礙，就不配擁有獲得真愛的機會？」

「呃，我的意思是，怎麼說呢……」

「沒錯，人類社會還沒做好準備。雖然殘酷，但你說的是事實。可惜這部分就不是我能控制的了。」艾黎訝異居然還有人對DNA配對這話題所知甚少，媒體報導十分積極、人權團體更是虎視眈眈。

「我們住處才距離五十英里，正好配對成功在統計來說機率應該微乎其微？」

「倒沒有你以為的那麼罕見。追蹤發現六成八配對者住在同一國。有理論認為原因在於幾百世代之前社會關係更緊密，畢竟DNA上小小的差異足以辨識血脈源自哪一洲，不過目前無法證實。總之，或許相似環境孕育出的基因容易彼此吸引，又或者一切只是機緣巧合。」

艾黎等著提姆繼續發問，畢竟早料到會變成這種模式，大部分人都是同樣反應，感覺不管認識誰都得接受一次專訪，但反正她很習慣別人的好奇，也很樂於為提姆解惑。

「剛剛提到妳的這個發現影響很多人，有好的也有壞的，」提姆繼續說，「妳怎麼還能泰然自若？責任太大了，換作我就覺得承擔不起。」

「有時真的很為難。」艾黎坦承，「謾罵和威脅都是家常便飯，有時候是原本伴侶配對成功而被拋棄的人，有時候是找不到配對對象怪在我頭上的人。統計起來，我們公司每成功配對十次就代表三對普通伴侶會分手，加上全球好幾千個交友網站因此倒閉。可是換個角度看，離婚律師

㊶歷史悠久地位崇高的醫學學術期刊。

和關係諮商的生意擴大很多，婚禮相關產業也因為大眾對關係更有把握而蓬勃。」說起這些她倒背如流。

「所以妳不覺得歉疚或應該負起責任？」

「不覺得。應該嗎？」

提姆自顧自問下去：「怎麼預防未成年人做配對，或者保證戀童癖不會和小孩子配對成功？」

「各國法律都有限制所謂的合意年齡。以英國而言是十六歲。我們公司的伺服器與國際犯罪資料庫進行連線，一旦有刑事前科的人配對成功，系統會自動發出警告。雖然依據個資法我們不能透露罪行內容，但可以針對情節輕重做出一到五等的分級。即便如此也會有漏網之魚沒錯，如果是一開始就沒被判刑當然我們就無計可施，也因此網站上擺了多達四十頁的法律聲明。我承認這算是灰色地帶，公司也特地招募龐大的法律團隊處理訴訟，不過截至目前為止所有官司開庭幾次就結案，因為出問題本來就不該怪在我們身上。這和槍械是同樣道理，因為有人遭到槍擊而控告槍枝的製造廠商沒有意義，有問題的不是槍，而是使用槍的人。我提供改變人生的工具，工具被濫用不應該由我承擔責任。通常我出門會有保全團隊隨行，預防潑漆那種意外。」她朝房間角落一比，安德雷還靜靜站在那兒。「上次晚餐是我堅持單獨赴約，希望偶爾也能感受當個普通人的滋味。」

「那，直到被潑漆之前，」提姆問，「和我在一起，妳覺得像個普通人嗎？」

艾黎臉微紅，「嗯，是啊。」

「我知道妳是沒立刻感覺被雷劈到的那百分之八，但先說清楚——我是有感覺的那邊。」

艾黎臉更紅了，忍著不讓嘴角揚起太高。

「安德雷，你先轉過去好嗎？」提姆說完後湊過去親吻艾黎。

兩人相識以來的第一次：強烈的幸福喜悅彷彿電流在艾黎血管內流動。

46

曼蒂

經過三個輾轉反側甚至完全沒睡的夜晚，曼蒂回家路上停在特易購（Tesco）找藥局買了非處方安眠藥。

是否該為里察留下後代？派嬸的提議太特別、太出人意表，曼蒂希望睡一個好覺能幫自己想透徹。但結果藥效令她昏昏沉沉，腦袋到隔天早上還轉不動。

即便如此上班族日子還是得過，所以七點鐘她就拖著疲憊身心下床淋浴，搽了厚厚粉底與眼霜免得被人誤認為殭屍，然後通勤去公司。

曼蒂四年前進入這間電力公司的電話銷售部門當組長，她沒當作什麼長久事業，只是份領死薪水的工作而已，最近每天都很抗拒出門上班。應該說自從「認識」里察以後曼蒂破碎的心簡直了無生趣，無論工作、家庭、社交全陷入一潭死水。今天也一樣，她沒認真看報表，怔怔盯著座位前方的隔板。

每一兩個小時曼蒂就忍不住拿出手機翻看里察的照片，幻想另一個時空中自己與他環遊世界、結婚生子、共組夢寐以求的家庭。她還偷偷轉寄了里察的自慰影片，既然在自己的手機就能假裝是為自己而拍。

曼蒂問自己：在討厭的工作崗位上前途茫茫，換作里察會怎麼辦？他會毅然決然離開，她心想，里察會拎起包包踏上旅程，展開遠大美好的冒險。曼蒂沒有勇氣說辭職就辭職，但里察的母親給了她另一種冒險的可能性，冷凍精子彷彿天外飛來一筆畫出全新人生道路——只要她敢。

「不必急著決定，」那天在山坡上派嬸這麼勸告，「花時間想清楚，思考看看懷他的孩子對妳是什麼意義。可以找家人談談，但記住無論她們怎麼說，我和蔻依都會陪著妳。現在我們也是一家人了。」

找個真正愛自己的男人、為他生個孩子是曼蒂的夢想，她本來以為不可能實現了，沒想到現在卻出現機會。儘管兩人沒機會相遇相識，曼蒂只是接觸里察的生命軌跡就能肯定自己內心感情，然而足以支持懷孕生子的決定嗎？當然不夠，她理智面知道該怎麼做。為沒見過的男人大肚子怎麼向媽媽和妹妹解釋？以這種形式成為母親是自己所願？孩子長大懂事以後會怎麼想？獨力撫養忙得過來嗎？

如何是好？不過曼蒂已經起心動念。

「曼蒂，可以談一會兒嗎？」

她嚇一跳，轉頭看到是直屬上司查理，雖然看上去年輕得或許才剛過青春期，但他高高在上的態度媲美年紀兩倍的老男人。曼蒂跟著走進有機玻璃圍出的大隔間，裡面擺了辦公桌、三張椅子與一塊白板。查理招手示意她坐下，手裡翻看一些文件。

「曼蒂，我看了你們那組最近的數據，下降非常明顯。」他搔搔稀疏山羊鬍表現失望情緒，「這兩個月你們客戶名單縮水，銷售當然不好看。有什麼特別的理由嗎？」

理由？她自問：例如畢生所愛死了，我猶豫要不要懷他孩子嗎？

「沒有，」曼蒂當然說不出口，「有些私人問題要處理，如果影響到工作績效很抱歉。」

「確實影響到了。」查理說，「話說回來，我也特別看了看妳的資料，發現妳明明可以在我們公司做得長長久久。只要專心些努力些，把數字拉回來，績效一定不成問題，說不定明年這時候已經升職了。妳歲數比公司其他女員工大一截又沒丈夫或家庭要顧，總得找件事情當目標才對吧？」

查理臉上是鼓勵神情，顯然以為自己這番話能激勵曼蒂，完全沒意識到內容多不妥。曼蒂大感詫異瞪著他，他完全沒料到自己無意間幫曼蒂做了重大決定，還提供一條漂亮的退路。

「真謝謝你啊，小沙豬。」曼蒂氣沖沖起身，「我的確找到目標了，價錢絕對不便宜。」

「呃，我不是那個意思，我是說……」查理結結巴巴，曼蒂根本不想聽。她衝出房間就沿走道一路邁進人資部門。

大約兩小時之後曼蒂談下優渥的資遣方案，一大筆補償金來自承諾不去勞資裁判庭對查理提出性別歧視與侵犯隱私的訴訟。下了五級階梯，走出大樓旋轉門朝車子過去途中，她從口袋取出手機。

「嗨，派嬸，是我，曼蒂。」她努力壓抑語調中的興奮，「嗯，決定了，我要里察的孩子。」

47

克里斯多弗

「準備好了嗎？」艾宓在樓梯底下朝克里斯多弗大叫。

「快了，再一下就好。」他從家中辦公室回應，眼睛盯著螢幕上的地圖，反覆確認十三號目標所在位置，發現對方照表操課、停留位置一如預期便心中竊喜。他喜歡照規矩做事的人，因為這樣下手簡單得多。

經由沒頭像的通訊人、暗網深處下載來的軟體，克里斯多弗知道關於目標的大小事，一切起於電話號碼。知道電話號碼就能得知姓名、年紀、住址、工作、病歷與就業紀錄。從血型到最後一次上eBay買了什麼東西幾乎都能掌握到，彷彿生命已經脫離對方控制，決定她們剩下多久光陰的人是克里斯多弗。

克里斯多弗打從最初就清楚意識到隱密與匿名是行動成功的關鍵。為了預防女友沒打聲招呼擅用電腦，他用艾宓名字設立訪客帳號，自己的資料經過加密，相信就算找到頂尖團隊也得花好幾個月才有辦法破解。

此外他還利用虛擬私人網路保障自己電腦的IP與可辨識代碼時時刻刻保持隱藏，上線時資料傳輸也透過虛擬通道阻止任何網站追蹤自己的線上行動蹤跡。所有電子郵件往來都以特殊軟體加密和解密，在交友軟體上也不斷更換假名、利用臨時信箱註冊，幾十支拋棄式手機上只安裝那款軟體。

克里斯多弗利用Tor網路㊷連接深網㊸，好幾百萬個網站和網頁提供有心人士匿名私下交流。儘管他這樣的人格也大大開了眼界，只要付得出對應代價就能從中獲取軍火、毒品以至於兒童情色影音。他在深網的交易工具是暗黑幣㊹，比起比特幣更難追溯用戶，而且購買大量手機的花費遠低於英國市價，貨先送到東歐再轉寄至設在倫敦的郵政信箱。

「克里斯——」艾宓又嚷嚷，「快點呀，都要遲到嘍！」

他聽得瞇起眼睛，一直不喜歡別人隨便縮短自己名字，但艾宓近日那麼喊他的頻率越來越高。

兩人在距離堡區餐館兩個路口的地方找到停車位時已經遲到十分鐘。通常遲到會讓克里斯多弗心浮氣躁，但有艾宓陪在旁邊就舒坦得多。

「菜單看起來真不錯。」艾宓翻閱皮革精裝本子同時朝克里斯多弗微笑。他居然有種飄飄欲仙的感覺，同樣露出笑容回應，而且發自內心。

「這間餐館在《衛報週末》雜誌上評價一面倒的好，」克里斯多弗回答道，「所以才說要來看看。」他知道自己身體緊繃、心情焦慮，但在艾宓面前必須偽裝。今天是兩人關係最重要的一夜，所有準備暗中進行，預訂時特別指定最適合的座位，接下來就等待時機成熟。菜單上都是傳統英國佳餚添上現代巧思，女侍者送上玻璃杯和瓶裝水。

「有推薦的嗎？」克里斯多弗客氣詢問，覺得嘴巴很乾直接吞了一大口水下去。侍者介紹菜餚的時候他根本沒認真聽，雖然最後還是從對方提到的菜色裡頭挑了什麼洞裡的蟾蜍[45]佐辣香腸和火腿扁豆湯。他更注意的是女侍者那枚銀色鼻環，如果扯下來不知道能讓她多疼？

艾宓開玩笑說那道櫛瓜菜色的名字好諷刺，女侍者聽得呵呵笑，笑起來有酒窩，克里斯多弗覺得挺可愛。還有她將黑色短髮撥到耳朵後面、仰起頭像小狗那樣聽人說話的模樣也是。

他第一次讓自己的兩個世界相遇。光與暗、晝與夜、女友和十三號目標。

---

[42] 全名為The Onion Router（洋蔥路由器），由全球志願者提供大型的中繼覆蓋網路達成隱藏位置、避免監控和追蹤的目的。

[43] 深層網路，也就是一般方式無法搜尋到的內容。嚴格定義上「暗網」只是深網的一部分，但口語上兩者常常同義。

[44] 與比特幣一樣是加密的網路虛擬貨幣，後來改名為「達世幣」（Dash）。

[45] 在較大的約克郡布丁中間放入香腸。菜餚名稱淵源沒有定論，實際上沒有真正以蟾蜍入菜的文獻紀錄。學者推測可能因為香腸埋在奶糊內的外形令人聯想到蟾蜍躲在泥巴內只露出頭部等待獵物而得名。

48

婕德

婕德很清楚什麼時間點感受到火花，或者說感受到煙花在身體裡綻放。

當時她正走向租來的汽車，準備去鎮上幫忙買點日用品，途中隔著臥室窗戶看見凱文在人協助下更衣。毫無預警，彷彿一腳踩空，婕德就這麼墜落。她拚命喘氣，覺得身體忽然變得像羽毛那樣子輕飄飄，無法判斷何時能夠回到地表，能確定的只有時間凍結，那瞬間彷彿世界只剩下他們兩人存在。

之前兩人獨處也有過幾次心神蕩漾，只是婕德無法理解。現在情緒鋪天蓋地，她完全懂了，所以也明白那幾次經驗是怎麼回事。似乎越是不設防、越活在當下那種感受越頻繁，在他身邊出現越來越多異樣反應。只是今天……今天的身心波動以往只在網路上讀到。

婕德望著他們走出臥室穿過客廳來到外頭，兩人視線交會，然後天雷勾動地火。確實比預期花了更多時間，畢竟身處的情況也極為特殊。如今埋藏的情感連結被引爆，不單單是動了心、更不是同情病人，而是超越這種種的巨大深刻，即使對方離開世界也不因此斷絕。形式最純粹的愛——卻嚇壞了婕德。

「妳還好嗎？」凱文問。

「嗯，當然，」婕德回答，「怎麼這樣問？」

「妳看起來臉頰有點泛紅。」

婕德微笑以對，卻發現要直視他眼睛好困難，因為自己該愛上的人是凱文才對，怎麼會是攙扶他出來的馬克呢？

49

尼克

從學生時代喜歡小甜甜布蘭妮、中間交過好幾任女友以至於唯一求婚的對象莎莉，尼克一直以為自己明白愛是什麼，現在卻沒把握了。過去經驗都無法與最近接觸亞歷山大的感受相提並論。

不少人羨慕尼克的生活：和心愛女性居住在地價不斷上揚的公寓，工作能夠揮灑創意、與興趣結合，和朋友們交情不錯，雖然與父母哥哥不常見面但維持聯繫且相互扶持。他一直對人生很知足。

但自從亞歷山大進入生活——或許應該說成為生活重心——尼克發覺以前的滿意只是假象。越是和亞歷相處，他就越對現況感到不滿。

初次見面後短短幾星期內兩人關係迅速升溫、沉醉於彼此陪伴，於是抓緊所有機會碰面，共進午餐之外下班後也結伴去車站。聊天起來彷彿認識十幾年的老友，話題從地球兩端截然不同的學生時代到尚在追尋的人生目標。也有時候他們默默相伴，什麼也不必說。亞歷山大提到父親罹患失智症，目前藉藥物勉強維持，但母親已明言撒手人寰是遲早的事。正因如此兩人關係註定短暫，亞歷和女友已經買了前往紐西蘭的機票，一個半月之後就離開。

所以除了各自的女友，亞歷要回國也成為他們盡量避談的禁語。然而種種阻礙就像一頭猛衝的大象，他們努力堵住大門，卻也心知肚明現實的壓力不可能永遠被拒於門外。

「搞什麼？你怎麼會忽然變成同性戀？」迪帕克驚呼。

「我不是。」

「那就是雙性戀嘍。」

「也不是。就因為不是，所以我才頭大。」尼克嘆口氣將臉埋進手掌，迪帕克開了一罐啤酒遞過去。「對了，這些事情可別告訴蘇梅拉，你也知道她管不住嘴巴，絕對會一股腦兒都告訴莎莉。我還沒想好怎麼應付。」

「嗯，不會說出去。」迪帕克承諾道，「本來就很多事情不跟她說。但是你剛才說『還沒』，意思是有考慮和小莎分手嗎？」

「啊？沒，當然沒。過幾個月就結婚了幹嘛分手？」

「兄弟，要是你心不在她身上就別娶她，那樣不可能長久。」

「我心在她身上啊。我發誓，我是真的愛她。不過亞歷和我之間……那感覺不一樣。」

「怎麼個不一樣？」

「你應該懂呀。你和蘇梅拉不就是DNA配對出來的嗎？」

迪帕克點點頭，但眼神裡找不到一抹該有的信心。

「與別人在一起不會有那種感覺，就好像世界上其他人都不重要了似地，與那個人合而為一……無論世界變得多爛多糟，只要有那個人陪在身邊就能熬過去。」

尼克喝下一大口酒，罐子擱在杯墊上。

「這下你可真是進退兩難，」迪帕克回答，「不過我不懂你幹嘛抗拒，既然配對成功了，為了自己好不是該堅持嗎？」

「總不能出軌吧。」

「兄弟，你現在就叫做出軌。出軌也沒那麼不堪，人有時候總得先考慮自己，而且計劃永遠趕不上變化。如果她配對成功就會去尋找自己的幸福。」

「你覺得她會？」

「當然，每個人都會啊？世界上誰不想在外頭偷吃，重點只是理由好不好。」

尼克早懷疑這朋友對妻子不怎麼忠實，但沒打算過問太多。

「算了，我自己再想想吧。你要和我聊什麼？不是說有事想告訴我？」

「唔，之後再說也沒差。」

「有什麼關係，就說吧，剛好讓我稍微轉移注意力。」尼克追問。

「嗯，就是……蘇梅拉懷孕了，我要升格當爸爸。」

「哇，老迪，這是好消息啊！」尼克真心為朋友高興激動，探身過去握著他的手問：「多久了？」

「才剛滿三個月，狀況都不錯。」

「都？」

「看起來是雙胞胎。蘇梅拉家族裡常常有雙胞胎。」

「好極了！包一個尿布就有得忙，現在要換兩人份看你怎麼辦。」尼克笑道，「以後你就甭想什麼五人足球、平日喝到掛，還是以為蘇梅拉沒看到就拿出大麻捲菸溜到陽臺去……」

「是呀，她開始發胖，我們也沒辦法做了。再這樣下去我就要靠Tinder維生了。」

尼克沒搭腔，以為迪帕克會說自己是開玩笑，但他沒再多說什麼。於是尼克自己接了下去：

「唔，你們雙方都得適應了，不過一定沒問題的。」

「準備踏上崎嶇不平的人生道路嘍。」

「的確。」尼克附和之後喝乾啤酒。

50

艾黎

艾黎在Range Rover後座，一腳下意識不斷踮地板。

她每年回家探親一次。平常與家人接觸就夠焦慮了，這回還帶了提姆。提姆察覺艾黎情緒不穩，輕輕壓著她手掌捏一下，露出笑容加以安撫。

「我出了名的有長輩緣喔？」他開口，「經過多次實驗證明我不會亂拿東西，也不會對妳奶奶講出什麼不三不四的話。」

「我奶奶已經走了。」

「那就算我講了什麼不三不四的話也沒關係，對吧？好啦，笑一個。」

「抱歉。其實只是我好一段時間沒和他們相處了，間隔越久感覺越生疏。」

「都是一家人，能有什麼麻煩？」

艾黎嘆息，「後來能聊的實在不多。不是他們的錯，是我不好。公司做起來以後我慢慢就沒有私生活時間了。

「一開始覺得，想成為事業成功的女性不得不放棄家庭和感情，要得到別人正視就得展現某種氣質、在對的場合與對的人往來，即使犧牲與家人互動也在所不惜。等我意識到自己的傻已經來不及，錯過太多婚禮、洗禮、聖誕節。即使後來給他們買車、付貸款，還給晚輩設立信託基金，終究無法彌補那麼多年的空白。」

「追根究柢，他們只是希望有妳的陪伴參與吧？」

「我想是吧。」

「那就對啦，今天晚上當作生命新一章開始。妳有很多家人已經是幸運的事情，像我一直和老媽相依為命，她過世之後我就只剩自己一個。」提姆淺淺一笑。

「不對，你還有我。」艾黎將頭靠在他肩膀。

距離她前去提姆住處拜訪、透露自己是發現DNA配對機制的科學家已經過了將近四個月。提姆沒怪罪她隱瞞，兩人站在公平立場之後嘗試認真交往。他有些不修邊幅，並非艾黎以往喜歡的類型，可是敞開心胸任基因帶領之後那些稜角都變得不重要，她像是陷入磁場般深受吸引，而且感覺非常愉悅。

這段期間兩人忙完工作之後約會了不少次，有時候在萊頓巴札德區提姆家裡過平凡人生活，每週也有兩天艾黎會派車去接他。結果之一是她開始留意到自己居住的環境：用的壁紙一卷高達五千英鎊、義大利進口大理石地磚，地下室裝設家庭劇院但使用次數少之又少。如此奢華只因為她一度以為美輪美奐的居家就代表人生光彩。

艾黎縮減工作時數，規定自己每天六點離開辦公室。除此之外也不再流連倫敦各種高級餐廳，轉而光顧郊區小酒吧，星期天跟著提姆看足球賽、晚上窩在沙發看電影。若非還有安德雷等人躲在車上監控提姆住處周遭，她幾乎忘記自己和一般人有何差異。

「快到了。」艾黎說完車子就駛進她度過兒時歲月的街道，人生的頭十八年都居住在德比郡[46]郊區沙地鎮。當地風貌至今沒有多大變化，一九五〇年代落成的獨棟建築彷彿自絕於時間。但仔細觀察仍會發現不少住家換上塑鋼窗，草坪被地磚取代以停放更多車輛。望著周圍寧靜祥和，艾黎總覺得背棄了養育自己的家鄉，心裡冒出一股慚愧。

「哎呀，大家快讓路給女王陛下！」瑪姬站在門口嚷嚷過後張開雙臂包住妹妹迎接，「她有帶朋友喔！」

艾黎家客廳爆出一陣歡呼，接著家人鄰居都湧過來。裡頭立體聲喇叭播放接招合唱團精選集，牆壁掛上板子寫著「恭賀老媽七十大壽」，餐桌被推得靠牆蓋上桌巾，上頭擺滿派對餐點、塑膠杯、餐具、紙盤等等。

「噢，讓我好好看看。」瑪姬自顧自拉著提姆轉幾圈，彷彿他是轉盤上一道菜供大家物色。「這次幹得漂亮。」姊姊轉頭向艾黎說話，還摟著她臂膀。

「孩子，過來吧。」母親也走過來上下打量女兒，「妳是不是都沒好好吃東西啊，怎麼瘦得皮包骨了呢。旁邊帥哥是誰呀？」

「我男朋友，提姆。」艾黎回答。

「史丹佛太太妳好。」提姆主動打招呼並上前握手。

「叫我潘嬸就好了。」她回答，「去拿杯喝的，然後過來我們好好聊聊吧。總算有個看起來正常點的了，你都不知道上次她帶來那個男的多誇張——整天走來走去到處觀察，只是想算出來該花多少錢買下這塊地。真是神經病。」

接下來一個鐘頭提姆好像被架著遊街示眾每個房間走一遭，陌生人不斷端飲料塞進他手裡，聽到許許多多家族成員名字但恐怕不到明天就全忘光，還和兩個小外甥女跳舞、和姊夫妹夫聊足球、被領去參觀她父親新蓋好的棚子。艾黎在旁邊看得甚是欣慰，暗忖兩個世界終於完美融合。

「真是的，該不會一直都在拷問你？」兩人被母親帶去廚房時她忍不住問。

「沒有啦，」提姆微笑，「反倒聽了不少妳以前的事情——原來妳從小就是書呆子類型，而且到十七歲胸部還沒發育？」

「媽！」

「這有什麼好害臊的啊，小艾。」她母親轉頭對提姆繼續說：「她到學開車的時候都還平得像洗衣板呢。不過這孩子從小就埋首書堆，一頭栽進科學裡。有一次居然從學校偷了鎂粉和試管回來，結果把臥室窗簾搞得燒起來。」

艾黎搖搖頭，知道自己臉紅了。

提姆倒看得很開心，「我去下洗手間，還有什麼祕密待會兒全告訴我。」他朝艾黎眨了下眼睛才出去。

「所以？」母親語調透露某種期待。

「所以……？」艾黎裝蒜。

「所以解決全世界愛情問題的人，自己終於找到能作伴的對象啦？」

46 位於英格蘭中部，地形以山區為主，七成五人口聚集於二成五土地上，此處聚落重心多為農業。

「或許吧。」艾黎笑道。

「欸，問我的話，我挺喜歡的！」瑪姬在花園抽完菸進來就插嘴，「能和我們玩在一塊兒，感覺挺實在又風趣，加上不怕妳。就紀錄來看真是難得一見。」

「妳呢，喜歡人家嗎？」母親問道，「如果和妳DNA配對成功，代表你們彼此相愛，是這樣說的沒錯吧？」

「嗯，」艾黎笑著回答，「我喜歡他。」

「哎呀這可巧了，」提姆的聲音從後面傳來，「我正好也很喜歡妳。」

51

曼蒂

曼蒂盯著黑白立體影像。這就是肚裡的孩子。超音波檢驗師印了兩張出來，一張給媽媽、另一張給孩子的祖母。派孅陪著曼蒂過來做第十二週的掃描。

「看起來好像四季豆長了外星人的臉。」曼蒂回到派孅家裡拿出掃描圖取笑道。

「什麼外星人，這可是我孫子。」派孅語氣似乎有點受傷。

「媽，人家只是開玩笑。」蔻依說，「其實挺可愛的！妳們有沒有問是男是女？」

「沒有，時候到了自然就會知道吧。」

「是男孩，」派孅插話，「我有預感，里察會生個兒子。」

半年前她決定懷里察的孩子，派孅和蔻依知道以後開心得哭了。雖然處理過程有律師在場引導，但曼蒂簽了很多始終沒看懂上面的法律用詞和術語的表格，也沒過問為何里察的DNA使用權會在派孅手上。她滿腦袋只有對未來的興奮期盼，無暇思考合法與否的問題。

派孅出錢讓曼蒂前往哈雷街一間私人生育診所接受人工授精前的健康檢查，測驗項目五花八門，給她測量內分泌、驗血、做超音波掃描和性病篩檢等等。有些東西曼蒂看著英文字母都無法確定發音，像子宮鏡檢查（hysteroscopy）和子宮輸卵管造影術（hysterosalpingogram）。

兩週後進入排卵期，醫師將里察的精子置入曼蒂子宮頸之後便要她回家順其自然。過了三週月經依舊，曼蒂哭得傷心，勇敢跨出第一步卻沒能懷上里察的孩子是個很大的打擊，她知道是自己期望太高才摔得太深。

隔一個月曼蒂又回去診所做第二次人工授精，這回還沒看驗孕棒上藍色記號就知道答案：她懷孕了，症狀與之前兩次相仿，第一天早上醒來就頭暈目眩、噁心感壓抑不住。後來抓著驗孕棒坐在冰冷的浴室地板瓷磚上，曼蒂想起以前懷了尚恩的孩子卻二度流產，默默祈禱事不過三、歷史不會重演。

老實說曼蒂不知道自己該有什麼感受。邏輯上她認為要高興興奮才對，但真正順著全身血管流動的只有恐懼。她努力克制還是忍不住啜泣。

曼蒂最先告知好消息的對象是蔻依。兩人這段時間走得很近，情同姊妹。她請蔻依陪同，一起去告訴派嬸。

「既然我都要當奶奶了，妳可以叫我一聲『媽』也無所謂。」派嬸噙著淚說。

曼蒂客氣微笑，心裡卻不怎麼踏實，覺得與派嬸關係是不錯，但又沒有真的那麼親。不必日復一日埋首自己討厭的工作以後，曼蒂花更多時間找派嬸和蔻依作伴。派嬸有份超市收銀員工作，但喪假尚未結束，蔻依住在幾個路口外而已，所以三個女人常常日夜相伴。

曼蒂留在派嬸家過夜頻率更高，既然懷孕了就不繼續待客房，直接入主里察留下的房間。那張床上有他的氣味與無形陪伴，曼蒂終於能夠一夜好眠。也只有在他房間裡曼蒂能夠馳騁想像，無須面對現實中自身處境。

懷孕第一期結束，曼蒂開始有信心對朋友提起自己待產，可是想到對家人宣布喜訊就頭痛。隔閡越來越深是自己的錯，事到如今她也不知如何化解。

然而猝不及防，門鈴響了，寶菈和凱倫站在外面。

「到底怎麼回事？」寶菈還沒跨過門檻就逼問，「不接我們電話、久久才傳一次訊息過來，妳外甥子女上次看見妳都多久以前的事了？」

「是里察不讓妳出門？」凱倫也直截了當說，「是的話就說出來，我們想辦法。又不是配對了就可以限制妳行動。」

「不、不是的。抱歉，我知道我不是好姊姊、好阿姨，這幾個月……情況有點特殊。」曼蒂迎接兩人進客廳，她們坐在沙發上滿臉困惑，看著近日態度冷淡的姊姊一個人踏著地毯來回踱步。

「妳說情況特殊是指？」凱倫開口，「究竟出了什麼事？媽很擔心妳，我們也一樣。」

言語難以描述，曼蒂索性將毛衣向上拉，露出雖小卻已經明顯隆起的腹部。凱倫與寶菈的反應和預期一樣：高聲尖叫、跳上去好好抱了她。

「幹嘛不告訴我們？」寶菈聲音依舊興奮。

「寶寶一切平安嗎？」凱倫關心問。

「經過兩次流產我特別注意頭三個月的情況。凱倫妳別擔心，寶寶沒問題，發育良好，沒發現異常。」

「里察怎麼想呢？有機會見到準爸爸了嗎？」

「他人呢？」寶菈轉頭望向廚房和餐廳那頭。

「妳們兩個還是先坐下吧。」曼蒂淡淡道。

「難道他玩完就溜了？我就說吧小凱，遲遲見不到人就是這樣？我們老姊被甩了！但怎麼可能呢？我以為配對成功的話就分不開才對？」

「沒有，不是他甩掉我，里察也根本不知道我懷孕，因為……因為里察一開始就不在了。」

兩個妹妹蹙起眉頭面面相覷，不確定怎麼詮釋這句話才好。

「不就是他離開妳了嗎？」寶菈問。

「和平常說的離開不太一樣。」

「不然是怎麼離開，難道人死了？」凱倫問完見姊姊不講話也跟著臉一沉，「噢——」

「男朋友過世了，妳居然一聲不吭？」寶菈小聲問，「好沒道理。」

曼蒂深呼吸之後繼續解釋，「從一開始里察就不是我男友……」她放慢節奏慎重道：「我們兩個人根本沒見過面。我是配對成功了，但接著就發現他出車禍，被人肇事逃逸，已經不在世上。」

凱倫盯著曼蒂滿臉憂慮，後來輕握她的手。「那姊妳怎麼懷孕的？」

「小凱我沒瘋，懷孕不是幻覺。里察十幾歲就被診斷出癌症，所以留下自己的精子樣本。這幾個月下來我和他家人相處得很熟，他媽媽讓我考慮要不要用里察的精子幫他留個後代。」曼蒂自己說完也意識到聽起來多可笑，希望她們能懂。

可是凱倫迅速抽回手，客廳裡氣氛驟變。

「妳什麼？她把兒子的精液隨便給個陌生人，然後妳居然答應了？」

「不是這樣。」

「不然是怎樣？妳懷了一個死人的孩子！這……這樣不對吧？」

曼蒂搖搖頭，手指刷過頭髮。她很希望能將內心感受傳達給兩個妹妹：即使對方身體不在，自己依舊感覺到愛，彼此深刻的連結足夠跨越任何阻礙。然而兩人目光帶著批判，顯然無法認同她的決定。

「對不起，曼蒂，妳知道我很想支持妳，但我還是覺得這麼做真的很不妥當。」寶菈先發難，凱倫在旁邊點頭附和。「為妳根本沒見過、已經亡故的男人生孩子，促成這事情的又只是個妳認識不久的女人？太荒唐了吧。」

「這和那些接受匿名捐精的女人有什麼不同？」

「當然不同啊！妳這個捐贈者已經過世了耶。」

「他和我是DNA配對，我愛他。」曼蒂脫口而出以後自己都想收回最後那句話。

「曼蒂，妳怎麼可能愛上根本沒見過面的人呢？妳只是沉浸在戀愛的感覺，然後被他家人灌輸奇怪的念頭。妳沒有、也永遠不可能真正進入他們家庭裡，這是被當成代理孕母……出租子宮……嬰兒保溫箱。」

她聽了脾氣上來幾乎無法壓抑。「胡說什麼！妳們自己也不認識人家，更不知道這幾個月我是怎麼過的。跳脫妳們那種傳統形式的關係不一定就不對不好吧？不是每個人都和妳們一樣……

能找到配對，過幸福快樂的日子。」

「其實我沒找到配對。」凱倫靜靜冒出一句，曼蒂和寶菈大驚失色。「蓋瑞和我都做了測試沒錯，但我們並沒有配對成功，只是對外宣稱有。」

「為什麼？」曼蒂問。

「因為不和配對成功的人結婚，大家都抱著看好戲的態度。雖然不是故意，但就會另眼相待，撒謊矇混過去輕鬆多了。我和他真的相愛，所以妳也一樣，一定能找到適合的人，我們有的妳也可以有。」

「可是我不想，那樣只是湊合而已！他不會是妳的一切，妳也不是和對的人生孩子，一輩子都只是將就。」

「不准妳這樣說我的小孩！」凱倫也生氣跳起來，寶菈從旁拉著勸阻。「我的小孩才不是湊合來的！」

「我不是那個意思，是我表達不好。」曼蒂眼眶泛淚，「可是妳們根本不想聽我說。」

「妳跟我們回去媽那邊。」凱倫語氣強硬，「寶菈，去幫她拿幾件衣服，我來收日用品。」

「住手！」曼蒂尖叫，「不要只會批判我、一直說我的人生過錯了。到底關妳們什麼事？」

「我們是姊妹，當然關我們的事。妳現在腦袋根本不清楚，怎麼可能和一個死掉的人談戀愛……妳需要幫助。」

「我只需要妳們兩個滾蛋。」曼蒂氣得揪著凱倫手臂往大門拽，寶菈目瞪口呆連忙追過去。

「滾！」她怒吼，兩個妹妹驚恐之餘心不甘情不願離去。

兩小時後曼蒂到了派嬸家，覺得在這兒才能得到真正理解自己的家人陪伴。傾訴事情經過之後，派嬸給她一個十分療癒的擁抱。

「謝謝媽。」她聽見自己脫口而出。

52

克里斯多弗

對不同人來說代表各式各樣或大或小事情的數字。如果是年齡，這數字彷彿里程碑。如果是住宅區道路，這數字則是速限。它是元素鋅的原子序數，披頭四《白色專輯》的音軌數量，耶穌基督受洗的歲數，巨石陣裡直立巨岩的個數。

三十。

但對克里斯多弗而言，三十代表作品完成，英國史上最大的謀殺懸案誕生。倘若事情照著計劃來，三十名女性遭到絞殺的屍體在倫敦各處被發現，卻沒有任何人有一丁點線索能指認嫌疑犯，連凶手動機為何也沒人猜得到，整個事件突如其來揭幕又突如其來落幕。

艾宓上班時間他大都獨處，開始思考一年半之前整個計劃怎樣浮現腦海。還單身但性慾得不到滿足的克里斯多弗對花錢買春、去酒吧釣人或參加會員制性愛派對之類感到厭倦，興趣轉向交友軟體，下載幾個實驗以後，訝異原來在手機滑兩下就能輕輕鬆鬆約成功。後來則發覺原來使用者多半是尚未配對成功的人，會在軟體出沒是想找人陪伴或填補配對對象出現之前的空白。

接著令他再次訝異的是，居然有那麼多女人隨隨便便交出電話號碼，甚至有時候連地址也大方告知——明明與自己素昧平生。個資落入有心人手中出什麼事情都不奇怪，克里斯多弗最初這麼想，隨即他便有了主意：要是那個有心人就是自己又如何？每個人言行、動向、社交圈都被手機監控了，他有沒有可能在這種時空環境中殺人而不落網？越認真思考越覺得興奮。

克里斯多弗研究連續殺人犯一段時間了，很好奇他們受到什麼驅使，如果不是精神病，為什麼常常吻合心理變態的描述。有專家認為凶手是想逃離日常生活裡的某種壓力，藉由殺人這樣強烈的刺激轉移焦點就不必面對真正癥結點。克里斯多弗不覺得自己有什麼揮之不去的焦慮，既然觸發點不存在，會不會他就只是想試試看能否做到殺了人還逍遙法外？反覆思考之後克里斯多弗漸漸執著起來，非得親身體驗不可。

最有啟發性的案例是開膛手傑克，但重點並不放在傑克如何作案、挑選被害人或者那股掩不住的仇女情結。距離他在倫敦興風作浪將近一百三十年，犯下五次凶案卻至今無人知曉其真實身分，因此世人津津樂道。克里斯多弗也想達到同樣高度，而且規模必須更大。他要自己犯下的案子成為未來許多年裡的研究主題，沒有人能揭穿他、判斷他的動機，更無法理解殺人事件戛然而止背後的意義。

過程最大的挑戰不在於選擇目標或實際動手，而是不能在現場留下證據並避過警方搜查。一旦身分曝光就毫無神祕感，那麼不出幾十年便會被社會遺忘，這是克里斯多弗最不樂見的結果。而且他知道自己沒有所謂良知，縱使沒殺過人也不覺得終結陌生人的性命何難之有。

他是一認真起來就愛計較的性子，與自己也要較勁，所以為了不半途而廢一開始就得訂個遠大目標。要像哈羅德・希普曼[47]那樣行凶多達兩百六十回以上既不可能也沒意義，在他眼裡希普曼的殺人手法毫無技巧與挑戰性可言，那些年邁病弱的老人本就好比盤中飧。克里斯多弗最後決定的數字是兼顧挑戰程度和可行性的三十。

經過一年他成功殺害十二人，與佛瑞德和羅斯瑪麗・韋斯特夫妻平手。若前進到十五則比約克郡屠夫多了二、追上丹尼斯・尼爾森[48]。儘管主動想超越前人，克里斯多弗卻不屑被視為同類，他自認智力和志向都更勝一籌：以前那些連續殺人犯不像他做了通盤徹底的規劃，行動不依循大腦指揮，而是本能和欲念在推動。

殺人案轟動全國，首都被腥風血雨籠罩，警察任他擺布束手無策，至此克里斯多弗內心湧現前所未有的驕傲。正因動機並非貪婪或衝動，而是縝密細緻的計劃，警察想要逮到他永遠都會慢一步。

只要殺掉第三十個目標就大功告成，克里斯多弗不再需要證明什麼，屆時說撤就撤絕對不留戀。警方調查勢必要持續好幾個月才會逐漸罷手，經過幾年時間找不到任何新線索就變成另一樁沒人想碰的世紀懸案。那段期間就讓艾宓給生活增添新鮮感，消耗他的時間精力。

他盤腿坐在地板上，小心翼翼將十三號的拍立得照片放進護套、黏在客廳書櫃上白色相簿的一頁。之前艾宓差點翻開看了。所謂最危險的地方就是最安全的地方，他這麼告訴自己。

至於將女侍者鼻環拔下來究竟有多痛，這問題克里斯多弗沒來得及得到解答，能夠實驗之前對方已經失去意識。無論如何，十三號有她的一席之地，因為是首次介紹給艾宓的目標。為了紀念，鼻環與連帶扯下的鼻中隔軟骨被他放在照片套底下一起夾進相簿。

闔上相本，回到書桌前，克里斯多弗繼續安排夜裡拜訪十四號的行程。

---

47 Harold Shipman，一位英國家庭醫生同時也是連續殺人犯，利用其醫師身分殺害兩百多人（檢警確認兩百一十五人）。

48 蘇格蘭的戀屍癖連環殺手，受害者推估為十二至十五人。

53

婕德

怎麼會有這種事？婕德反反覆覆不停自問，問到自己都覺得自己像跳針的唱片。她需要整理思緒，所以去了最近的市鎮，大概二十英里遠。飛了半個地球來見配對對象，明明沒見過本人卻已對他深有共鳴，然而面對面相處過後婕德才發覺兩人之間擦不出火花，至少她這兒沒有。縱使牽了手、一起歡笑、聊了生與死和之間的時光，也樂於彼此陪伴，但連個吻也沒發生過。

然後天外飛來一筆：該對凱文有的感覺、所謂的火花，婕德在他哥哥馬克身上找到了。不對勁，她對自己說：和馬克根本沒講過幾句話啊，而且人家每次看到妳都想閃得遠遠的。但這麼一想反而串起來了，難怪馬克會是那種態度——他也有感覺。婕德之前誤會成莫名其妙的厭惡或敵視，原來都是他想隱藏自身感受。所以全都說得通，例如馬克遇上婕德就會結結巴巴或視若無睹，都因為他經歷了一樣的濃烈愛慾，只是馬克更早察覺，也和現在的婕德一樣深感不妥。

婕德想到去年聖誕和姊妹淘一起去戲院看了部叫做《叛逆心》的電影，珍妮佛．勞倫斯和布萊德利．庫柏飾演一對明明配對成功但卻不來電的情侶，女主角還催眠自己認為她愛上了男主角的死黨。臺詞提到一個詞是「轉移」，婕德拿起手機開Google搜尋。「轉移現象是指下意識將對某人的感情轉移到另一個人身上。」

「沒錯！」她低呼，並判斷自己下意識害怕愛上凱文。與罹患絕症的人相愛當然只會有一個結局，看他近期惡化的速度也真的時日不多。婕德認為自己的心、甚至也許是DNA發展出防衛機制，將情感轉移到馬克身上。

婕德頭向後靠著車子座椅。想通之後對自己少了份憎惡，不是她冷血無情過分現實，只是遭遇劇變的生命在尋求出路。

她也知道該怎麼做了——學馬克那樣保持距離就好。既然兩人同處一室馬克就表現得特別彆扭，那婕德也別再一直試著對話，置之不理也罷。如此一來那些不該有的情緒或許來得莫名去得更倉促。

到鎮上買好東西回去放好以後繞進凱文房間，開了Netflix正在找電影的時候他忽然問：「如果我沒生病，妳覺得現在會怎樣？」

婕德聽了寒毛直豎，「我也不知道。」

「之前通電話，妳說兩個人註定在一起的話那就要結婚生小孩之類。」

「對啊，正常狀況下大概會吧。」

「抱歉沒辦法成為陪妳的那個人。」

「說什麼傻話。」

「我明白自己不能給妳幸福或一個圓滿家庭，但可以給妳這個。」凱文從鬆垮的慢跑短褲口袋掏出一個小絨盒遞過去，「來，打開看看。」

盒內是一枚鑲著許多碎鑽的銀戒。婕德望向他一頭霧水。

「我知道一切和預期不同，可是這幾個星期真的是我人生最快樂的時光。我愛妳，希望可以娶妳。」

婕德用力吞下口水盯著他。凱文神情緊張，端著絨盒的手指微微顫抖。可以的話婕德也想真正愛他，但即使面對此刻身心脆弱至極的凱文，她還是找不到那份情感。

「妳別覺得有壓力，不是非得答應……」凱文補上。

婕德已經做了決定，露出最甜美的笑容。「我願意，」她回答，「我們結婚吧。」

54

尼克

強保羅說到他們公關公司旗下的真人秀明星，年紀還小、吸太多古柯鹼結果出醜。桌邊眾人聽了笑個不停。

他妻子盧夏妮則是小報記者，所以夫婦倆有說不完的名人八卦，有他們作客氣氛總是歡愉。莎莉、蘇梅拉、迪帕克聽得開懷，只有尼克沒跟著笑，習慣性地望向落地窗外，心裡渴求能身在別處。不是這兒就好。

尼克態度疏離、莎莉花了大半天準備的馬來西亞料理也沒吃幾口。她看在眼裡，好幾次故意伸手搭上尼克手臂。以前這麼做能令尼克揚起嘴角，今天他卻只想閃開。喝得也比平常猛，夏多內白酒一杯接一杯，完全不顧隔天一定會宿醉。

「你們婚禮準備得如何？」盧夏妮問。尼克還沒醉得失去理智，將竄到喉頭的呻吟吞回肚子。

「也沒什麼好弄。」莎莉語調稍微尖銳，恐怕對尼克今天的態度頗有微詞。「反正就我們兩個人去紐約，找好攝影師就行了，回來再辦個派對吧。」

「早知道我們也該這樣才對，」蘇梅拉瞟了迪帕克一眼，「還不必用到我爸媽的老本。話說回來，你們還是不考慮先去做個DNA配對試試看嗎？」

「喂，別老提那個。」迪帕克打斷，「人家過得好好的妳老愛管閒事。」

「問問而已嘛。」

尼克目光朝莎莉飄過去，但她卻沒望過來，自顧自忙著給迪帕克添酒，很明顯被蘇梅拉那麼一問之後兩頰微微泛紅。她將兩人做過測試以及配對結果都瞞住閨蜜令人意外，同時尼克也感激迪帕克沒將祕密公諸於世。不過今天晚上蘇梅拉的言行特別令他生厭，感覺懷孕之後更加氣焰囂張，故意在自己面前吹噓他們夫妻天造地設、即將步入人生下個階段。相較之下尼克的世界隨時可能崩潰，於是更難忍受蘇梅拉臉上的洋洋得意。

好幾次他咬住舌頭免得語出驚人場面尷尬，索性茫然凝望窗外完全不參與其他人對話。氣氛逐漸緊繃，狀況外的盧夏妮和強保羅也不敢多嘴。

「後來我們決定就不做配對了。」莎莉謊稱，「反正彼此瞭解就好了，對吧？」她看了尼克一眼，希望得到附和，但尼克全無反應。應該說過去兩星期他一直沒怎麼理睬未婚妻，不像以前會用字母磁鐵在冰箱排出貼心話，白天手機傳訊內容同樣死氣沉沉，於是莎莉真的以為他最近加班時數越來越長。莎莉問他為什麼冷淡，他全推說是幾個案子壓力太大。起初莎莉信了，但她畢竟不是笨蛋，尼克看得出她心裡有數，已經察覺事情不再單純。

「好吧。只是沒配對的族群興起離婚潮，可別跟風啊。」蘇梅拉又說下去，「我很看好你們的。」

「妳當初和迪帕克見面是什麼情況？」尼克忽然開口，這半小時第一次出聲。

「之前說過啊，」她立刻回答，「我表哥在孟買辦婚禮——」

「不是說這個。」尼克插嘴，「是說你們兩個初次見面或第一次交談的時候有什麼感覺？妳怎麼知道迪帕克就是對的人？」

「慢慢認識啊，不都是這樣？」蘇梅拉被他質問得也臉紅了，「約會幾次之後，我開始覺得這就是共度一生的對象，後來也得到DNA配對的證實。」

迪帕克點頭附和，但不知怎地，尼克卻能看穿那是虛與委蛇。或許因為他自己最近就很擅長敷衍搪塞。

「可惜事實不是這樣吧？」尼克探身抓了酒瓶給自己倒一杯。

「什麼意思？」蘇梅拉問。

「意思就是妳沒像其他配對成功的人那樣，心裡像是冒出煙火、發生爆炸或是雷電交加什麼的。」

「每個人反應不同啊。」

「不對。蘇梅拉，妳沒那些感覺是因為妳和迪帕克根本沒配對成功。」

「尼克你在說什麼啊？」莎莉驚慌失措，眼睛掃過桌子對面幾位客人。「抱歉，你們倆別放在心上。」

強保羅和盧夏妮四目相覷表情尷尬，卻也藏不住眼神裡那抹興味。

「一個可能是你們害怕結果，根本沒做配對測試。另一個可能是做歸做，但結果沒有配對成功。」尼克冷笑道，「後來一直睜眼說瞎話，騙大家相信你們天生一對地久天長。可是我見過配對成功的人，他們的相處模式和你們完全不同。所以說妳根本不知道遇見命定之人究竟是什麼感覺吧？和對的人在一起，會覺得世界好像要融化、自己彷彿被海嘯捲走，除了他之外別人都不存在。」

莎莉聽見「他」的時候猛抽一口氣。

「妳沒體驗過，一無所知。自己過得亂七八糟，就別對我、對任何人指手畫腳。」

撂下這番話以後，尼克伸手撈起還沒喝完的白酒瓶，腿一蹬將椅子向後彈開，大步上樓重甩房門將自己關在臥室內。

55

艾黎

她甩上身後隔間門才大大鬆口氣。公司舉辦聖誕派對，她每次想進來洗手間路上都會被各方人馬拉來拉去寸步難行。

提姆進入生活之前艾黎十分孤僻且充滿防備，幾乎不參加這種活動。她覺得在群眾面前放鬆好難——上臺或上鏡頭因為有明確目的所以是另一回事，融入人群閒話家常總是挑起她內心的焦慮。但在提姆鼓勵下，艾黎終於一點一點跨出舒適圈克服心理障礙，雖然大家還是爭先恐後希望得到她注意，但她漸漸也能享受派對氣氛了。

回想起來，前一年聖誕節自己陷在工作裡頭幾乎不管別的事，明明營運成績很好，卻不知能與誰分享那份喜悅。十二月二十五號將近，她想都沒想直接吩咐人租飯店場地請所有員工出席聚餐。雖是無心之過，但即使她買單也沒用，把自己生命的無趣強加在所有人頭上，聖誕節歡樂氣氛蕩然無存。「太掃興。」她這麼告訴自己，發誓開創一番新氣象。

於是今年艾黎找上公司的康樂福利委員會，給他們一張空白支票、核准租下老比靈蓋特市場舉辦派對。這裡曾經是水產市集，後來轉型為可以眺望泰晤士河的大型活動場地。員工針對聖誕主題準備大量道具，巨型北極熊玩偶、白雪覆蓋的聖誕樹、冰雕和雪橇營造出冬季樂園氛圍。大家享用五道菜組成的大餐，接著玩輪盤、紙牌，甚至還有吃角子老虎機，一支搖擺樂團現場表演到半夜。

艾黎三不五時掃視會場確定提姆是否玩得開心，結果發現他一直和不同人聊得熱絡。善於社交、能夠自得其樂確實是一大優點，即便艾黎無暇顧及也不必擔心太多。

她提早送了聖誕禮物給提姆：帶他去薩佛街[49]買了人生第一套量身訂製的西裝。店家迅速完成送交，之後提姆幾乎天天穿。艾黎倒也不在意，反正他穿起來好看，如果買一櫃子衣服能讓他開心又何樂不為？但根據過去經驗，對方財力不雄厚時，一直送禮反而會造成窒息感。

喘息時間結束，她沖水以後出去洗手。

「嗨，艾黎，今天晚上好好玩！」打招呼的是凱特，人資部門主管，公司元老之一。看她兩眼迷濛的樣子就知道有點醉。

「嗯，還不錯。」艾黎微笑。

「明天應該很多人上班都會昏昏沉沉喔。我自己最嚴重啦。」

「今天就是不醉不歸啊。」

「妳那個新男友和大家混得很熟呢。」

「感覺有點對不起他，整個晚上沒空和他聊幾句。」

「反正他自己應付得來。至少我印象中他是這樣的人。」

「嗯，妳認識他啊？」艾黎問。

「認識啊，」凱特顯得有點訝異，「但老實說我一直以為他沒進第二輪面試。」

「唔，我怎麼聽不大懂。」

「一兩年前我面試過他，他叫馬修對吧？應徵電腦程式那邊的工作，米莉安請產假所以有了個空缺。人很好、經驗也算豐富，只是有其他人選分數更高，我就沒有把他往上報。你們不是這樣認識的嗎？第二輪面試見到面？」

「感覺妳好像認錯人啦。」

「是喔？可能我搞錯啦。總而言之他人不錯，祝你們聖誕快樂喲。」

「也祝妳聖誕快樂。」艾黎心中浮現一絲不安。

49 倫敦歷史悠久的購物街，以客製男裝為主。

56

曼蒂

「快了喔，小四季豆。」曼蒂一邊對著肚裡寶寶說話一邊給膨脹的胸部腹部抹乳液。「大家都急著想見你，再幾星期你就要出來了，然後吵得我一輩子晚上睡不好。沒關係，你做什麼都可以，我會一直陪你。」

她瞥向臥房鏡子，慶幸妊娠紋沒繼續蔓延。

最近曼蒂長住派嬸家，開銷靠資遣費支應。生活變動劇烈，她很感激派嬸一路扶持，包括為她聯絡信任的醫師、報名附近健康中心的產前課程、幫忙安排生產計劃並主動表示願意陪產，還騰出一個櫃子堆滿孕婦需要的維生素、礦物質和葉酸補充品。偶爾曼蒂也覺得被管得太緊，但撇開派嬸就只剩蔻依，她還是需要有人從旁協助。

雖然和寶菈、凱倫起衝突已經是五個月前的事情，曼蒂至今仍不願與原生家庭聯繫，包含母親和克絲汀在內所有人的簡訊不回、電話不接。她很生氣也很失望，沒人願意傾聽她的感受、體諒她要當媽媽的決定。但除了憤怒，曼蒂心底還藏著深沉的孤獨憂鬱：之前她陪著兩個妹妹經歷懷孕分娩，輪到自己了身邊卻半個人也沒有。

「妳做得沒錯，」派嬸安撫道，「都流產過的人了，就應該避開會造成壓力的人事物。」

曼蒂瞭解歸瞭解但還是難過，幸好派嬸和蔻依幾乎時時刻刻陪在身旁緩和那份孤寂。兩人伴她度過一切：內分泌變化引發的愛哭、情緒震盪和早起害喜等等。曼蒂意識到如今她們才堪稱家人，一個已經離開世界的男子為三個女性串起不可思議的緣分。

入住里察的臥室以後，兩人的衣服都掛在衣櫃，她的香水瓶也與里察的鬍後水排排站。睡覺時曼蒂只躺一邊，留下位置給里察，夜裡會抱著他生前最愛穿的套頭毛衣將臉挨上去，希望孩子也能沾染到他的氣息。

一天下午派嬸與蔻依組了張木頭小床放在里察房間角落，旁邊堆著派嬸買的藍白色嬰兒服。她十分肯定曼蒂肚子裡是男孩。

曼蒂轉緊乳液瓶蓋套上衣服，暗忖還有個問題沒談過：小孩出世以後能在這兒住多久？她知道自己不想走，在這房間有股安全感，彷彿得到里察的靈魂看顧，他會帶來安寧、保護母子不受外人侵害。其實三個大人都擔心事情走漏會鬧上媒體，從曼蒂兩個妹妹的反應就能想像輿論一定會將她當成神經病。

她躺在自己那側想找個舒服姿勢，如往常抬頭望向里察貼在牆上的照片。每天晚上曼蒂透過牆上和相簿裡的照片試著更進一步瞭解里察，此刻目光落在他們一家人去迪士尼樂園和湖區度假的影像。一張照片裡，里察與蔻依坐在單車上，背後磚屋門牌寫著「喜樂山」，風景優美祥和。曼蒂開始想像如果有機會，里察是否會帶自己去他們家的度假小屋、是否會與自己分享那個特別地點。看他照片太多太頻繁，曼蒂覺得對里察一顰一笑一舉一動熟悉得就像自己的臉和身體。

另外三張照片裡，里察躺在醫院病床，朋友圍在四周。她猜這是化療期間拍的。

曼蒂留意到兩張照片裡面出現一個年輕女子，有些面善，回想之後恍然大悟——不就是舊手機上寄裸照給里察的那個人嗎？她特地翻出手機確認，再度看見對方一絲不掛的模樣。

女孩和里察年紀相仿，也就是比曼蒂小了大概十歲，外表當然也看得出來：乳房堅挺、腹部平坦、嘟嘴裝可愛的神情是年輕人特權。當下她就敵視這個不知名女孩，畢竟此時此刻懷著身孕更覺得自己邋遢臃腫。不過曼蒂酸溜溜地心想，她寧願拖著胖嘟嘟妊娠紋滿布的身子，總比當隻竹節蟲又猛打膠原蛋白來得好。

話雖如此，曼蒂還是很好奇這女孩子與里察究竟走多近。都互傳自拍裸照了、牆上也有貼她的照片，關係應該頗親密，不知道是更進一步還是停在網路性愛？難道那六個保險套就用在她身上？曼蒂心裡湧起無法遏制、非理性的衝動，不調查清楚不行。

於是曼蒂打開 iPad 點出里察的 Facebook 頁面，很快找到那女孩——她叫做米雪·尼可，住處離派嬸家大概十英里，她沒有為檔案設定隱私所以曼蒂一下讀完很多貼文，越看心裡越生氣。結論是里察和米雪曾經交往約十個月，推測在他亡故前不久才結束關係。曼蒂懷疑就是里察將檢驗樣本送去 DNA 配對那時期。

米雪的 Facebook 上面保留許多兩人合照，里察那邊倒是都刪了。對曼蒂而言算是個小小勝利，不過她起了疑心：為什麼蔻依和派嬸從未提起這個女孩？

接下來幾天曼蒂忍不住一直連到米雪的 Facebook 緊盯最新動態。她和里察確實郎才女貌十分相配，裡頭有很多他倆在夜店外頭滿臉笑容、假日與朋友上館子聚餐的照片。曼蒂好奇里察看上米雪的什麼，外表是自然，但她聰明嗎？能逗人開心？能言善道？又或者只是床上功夫很厲害？

這麼漂亮的女孩里察還不滿意嗎?看起來她很喜歡里察,里察為什麼還想要做測試尋找配對對象?

好奇心十分熾烈,起初曼蒂以為也是內分泌造成的性格變化,後來漸漸察覺那是自己真實想法。雖然透過派嬸和蔻依已經瞭解里察很多,他的另一面還是只有女友看得見。曼蒂想知道里察是怎樣的伴侶、得到他的愛是什麼感受。

她得見見這位米雪,所以開了Facebook聊天室開始打字。

57

克里斯多弗

「你去哪兒啦？整個早上都聯絡不到你。」

克里斯多弗終於接電話，艾宓語氣很無奈。他瞟了眼螢幕，發現自己已經漏接整整十一通來電，趕緊摘下塑膠面具免得聲音聽起來模糊，同時察覺皮膚又黏又油。「抱歉，我在書桌前面睡著了。」嘴上這樣解釋，實際上他睡在十五號目標住處的沙發上，暈眩中揉揉睡眼東張西望，留意到房間光線充足，一看手錶居然已經早上十點四十七分，心整個涼了。

以前從未在犯案現場如此粗心大意，但想兼顧生命裡兩個不同面向——與艾宓交往，又要完成殺害三十人的大計劃——克里斯多弗精疲力竭，時常依賴蛋白營養棒、能量飲料和咖啡才能保持清醒繼續做事，副作用是焦躁感與頻繁的胃痙攣。

壓力不只反映在生理也影響到心理。太多事情不能讓艾宓知道，可是他偏偏渴望能與艾宓分享，這矛盾越來越劇烈，有時候他甚至認真考慮和盤托出，想像若兩人是真愛她就必然能理解，但終究無法確定自己對艾宓有沒有看走眼、她是否寬容至此。兩人認識不算久，艾宓卻已經成為他生命中不可或缺的一部分。

「找到第十三具屍體了。」話筒傳來艾宓低語，「媒體還不知道，我本來也不該對外透露。

你猜猜看死者是誰。」

上星期那間餐館的女服務生，他很想說出來，穿鼻環的漂亮女孩。本來就要殺，能與妳共享更美好。現在妳手上也染了血。

「這怎麼猜。」他站起來伸展脊椎與僵硬的脖子。

「是上星期我們去的那間餐廳的女服務生，有印象嗎？」

「唔，不大記得。」

「長得挺漂亮，黑色頭髮，有穿鼻環。」

「啊，她呀，想起來了。怎麼會呢，發生什麼事？」

「與之前一樣，被絞死以後丟在廚房。凶手還扯掉她鼻環，真變態。」

克里斯多弗走進廚房，十五號目標還倒在安排的位置沒有變化。死亡經過七小時面部凹陷、皮膚泛灰，不知為何開始招來蒼蠅了。克里斯多弗翻翻口袋，確定拍好的兩張照片還在而鬆了口氣。現在這模樣放進相簿會破壞整體美感。

「真可憐。」他一邊回答一邊檢查背包，確認東西都收進去了以後，掏出黏毛滾輪將躺過的沙發一吋一吋清理乾淨。

「一看見照片我就認出來了，但也就只是加快辨識而已。」

「妳還好嗎？」

「應該還好，只是感覺這案子離自己更近了些。」

妳不明白有多近。

58.

婕德

「還可以吧？」丹恩退後一步欣賞成品，「以前想像兒子的婚禮是不覺得接待處這樣子就好啦，但計劃趕不上變化。」

他望向婕德，臉上表情似是期待她能說點什麼表示一切OK，但婕德最多也就只能過去抱他一下象徵性支持。

前一天她幫著蘇珊、丹恩和農場工人們在院子草坪搭架子立起大片白帆布，又給擴音系統接線放音樂，擺好木頭桌椅並鋪上桌巾，以一叢叢粉紅與白色小花插在果醬玻璃罐作為裝飾。今天早上——距離她不請自來現身農場才一個多月——婕德就要成為凱文·威廉森的妻子。

凱文選擇最靠近農場的小鎮上一棟煤渣磚教堂作為婚禮場地。外觀老舊、與婕德以前去過的教堂很不相同，尤其門口並沒插著大大的木頭十字架掛上浸信會招牌，恐怕多數路人見了只會以為是間廢棄倉庫。教堂內，磚塊堆疊蓋上木門板就充當祭臺，褪色白涼椅代替木長凳，唯一一扇窗戶上黏貼五顏六色的彩紙模仿彩繪玻璃。看起來廉價簡陋卻也因此異趣橫生，反正這幾個星期生活裡沒半件事情正常，婚禮如此不落俗套也是理所當然吧？

觀禮者不多，都是熟人。除了凱文一家、再上一輩僅存的一位、兩個表親，再來就是幾名農場工人。或許出於私心，婕德沒有告知父母，反正事情發生得太快太突然，他們不可能飛來參加。

婕德行李本就少，搭配當天衣著沒花太久，結果婚禮用的時間居然也沒比較多。年邁親切的牧師捧著翻得破爛的聖經唸誦，婕德全程注視未婚夫，同時感覺得到馬克的目光落在自己身上。她不敢轉移視線，深怕與馬克互望一眼就會壞了整齣戲。馬克不僅是伴郎，也站在弟弟身後以免他體力不支連拐杖都撐不住。然而凱文性子挺拗，說什麼都不肯坐著行禮，還時時凝視婕德滿臉幸福洋溢。

其實這陣子父母常常傳訊息來，他們不懂婕德究竟出國做什麼。她不禁心想，還好他們人都不在現場，要是看見女兒在濫竽充數的教堂下嫁給一個末期癌症患者，甚至再發現她愛上的根本是人家哥哥，想必好說歹說也會拚命阻止。婕德不至於被父母勸退，但婚禮沒有他們見證多多少少是個遺憾。

雖說只是形式，牧師詢問眾人是否要對兩人結合提出異議時婕德還是上演內心戲，希望馬克忽然跳出來表達他至死不渝的愛意。可惜那是浪漫喜劇專用劇本，往後過著幸福快樂日子的結局與她無緣。

牧師宣告他們成為夫妻。婕德保持鎮定，與丈夫接吻，馬克全都看在眼裡。

當初來到澳洲全憑滿腔情緒推動，但與凱文結婚卻是理智的決定——更精確地說，是出於良心，將更有需要的人擺在前面。有短暫片刻婕德覺得自己真了不起。

然而心底始終有個微弱聲音說她鑄下大錯嫁錯郎，不過事到如今已經無法回頭了。

59 尼克

臥室窗戶上纏了裝飾小燈，溫暖柔和的乳黃色光芒籠罩，但尼克絲毫無法放鬆或鎮定。緊繃程度前所未有。明明是自己和莎莉請朋友到家裡聚餐，結果他掀了蘇梅拉和迪帕克的底、大鬧一場還氣沖沖躲進臥房，此刻只能靠著床頭坐在床上，還好拿了一瓶酒上來可以繼續喝。尼克看看手機想知道亞歷有沒有傳訊息，可惜通知欄一片空白。他怒氣上來又把手機朝床墊摔。

「你剛剛說了『他』。」

尼克嚇了一跳，莎莉不知何時站在門口，自己完全沒聽見聲音，也不知道客人是還在樓下或已經回家。

「什麼？」

「剛剛在樓下，你把我們最好的朋友批得體無完膚。至於為什麼你要說那種話，天知道。」莎莉短促的笑聲有種歇斯底里的情緒。「然後你說『除了他之外別人都不存在』，是說亞歷山大對吧？上次約診以後，你有感覺了？你說像海嘯一樣的愛情……是愛上他了吧。」

尼克沒回話。他連抬頭直視莎莉雙眼都辦不到。最近對未婚妻撒的謊已經太多了。

「我真他媽的是個大傻瓜。」莎莉笑道，「你最近一直和他見面？」

尼克仍舊不發一語。

「我問什麼廢話呢。」她自顧自道，「什麼加班到半夜，週末要和主管一起構思新宣傳策略……都是和他在一起對吧？」

尼克無可奈何只能點頭。

「所以你是同性戀。」

「我已經不知道自己是什麼、究竟遇上什麼狀況了。」

「但你對他有感覺是事實。」

尼克遲疑片刻後回答：「嗯。」

「那他對你也有感覺嗎？」

「我猜有吧。」

「意思是不確定？」

「沒攤牌過。」

莎莉又笑了，眼神閃過一絲危險光芒。她質問的音量越來越大。「怎麼可能，難道你們兩個見面只顧打炮，連說話的時間也沒有？」

「沒做過。」

「你覺得會有人信？」

「不信也沒辦法。但我說的是真的，我和他之間……不是那樣子。」

「你想吧？」

「我不太確定自己到底想要什麼。」

尼克說的是實話。他對亞歷山大的感覺很強烈，逐漸模糊了心理與生理的界限，的確已經想像過幾次和他有肌膚之親的情況。

他還嘗試上網找些同性的色情影片來看。沒特別衝動，但也沒特別排斥。

「就算你們之間不是肉體關係，情感出軌也一樣是出軌吧。」

「對不起。」尼克呢喃著將臉埋進手掌。

「為什麼這樣對我？」莎莉哭了，坐在床角，視線落在前方裸露的牆磚。「明知道我爸我媽為了偷吃滿嘴謊言，明知道對我來說忠實有多重要，結果你還是——」

「不是我起頭的。」尼克忍不住打斷，「是妳對我們的關係不滿意，是妳一摳再摳，摳出一個爛瘡，然後我撕開結痂就變成這樣子。當初什麼也不動，現在根本沒事。」

「但我沒猜錯吧，我們就不是一對！看起來在交往，但彼此很清楚心裡根本沒有你說的那種『煙火』存在，更別提你和他在一起都『爆炸』了。」

「過原本的生活，不做那什麼狗屁配對，我們兩個還是能過得幸福美滿。」尼克對莎莉的怒氣十分無奈。

「那你不要再去見他不就得了！」她大叫。

「妳沒有配對成功，根本不懂那是什麼感覺！」

莎莉整張臉簡直要噴出火，可是張嘴要還擊時又忽然停下來，整個人癱在地板痛苦地蜷縮著，手腳將自己裹在繭裡保護。

之前兩人關係的主幹其實是莎莉。尼克沒見過這種狀態，擔心自己真的傷她太深，本能伸手搭上莎莉的肩膀。沒想到她被這麼一碰竟然縮得更遠，不過先前在餐桌邊尼克也是同樣反應。

「抱歉，我不應該那麼說的。我不是那個意思。」

「反正說都說了。」莎莉回應，「而且你說的沒錯，是我親手把你推進去，現在又不知道怎麼處理才好。」

「我也不知道。」

莎莉抹掉臉頰上的淚珠，邊顫抖邊吸氣。「只有一條路了，尼克。雖然說出來我很心痛，好像要發瘋，可是我得放手。如果不是配對成功的人也就罷了，我會爭到底。但和基因有什麼好爭的，而且也爭不贏。」

尼克也滑下兩條淚痕。「妳在說什麼啊？」

莎莉深呼吸後開口：「你不該和我繼續下去。去和亞歷山大在一起吧。」

60 艾黎

基於提姆提議，兩人決定聖誕節在德比郡艾黎老家那邊過。

想到一百三十英里路程卡在返鄉車潮裡她可受不了，所以又有個小驚喜：她讓安德雷載自己與提姆去埃爾斯特里私人機場，搭直升機飛到距離老家很近的小學操場降落。

至少有五年時間，艾黎找盡藉口不回家過節，她擔心久未謀面的興奮消退之後與大家根本沒話聊。不過提姆幫她重新理解家族關係——想要覺得自己是家族的一分子，就必須先真的成為其中一分子。

行李放進艾黎在老家的房間以後他們隨一家人去鎮上酒吧慶祝聖誕夜，隔天則和大家留在家裡。感覺和小時候的聖誕節一樣，不過家族擴展到每個人的配偶、多了蹦蹦跳跳的外甥和孫子女輩。與去年相比天差地遠，那時候她躲在辦公室寫公司翌年的成長策略報告。

享用傳統午餐後，小孩子圍著艾黎送的遊戲主機對打，父母在沙發上睡熟了。她幫忙收拾桌子、準備將髒碗盤送進廚房時卻在門框底下停住。提姆與姊姊瑪姬就著水槽正在洗滌，廣播傳來基爾斯蒂．麥科爾與夏恩．麥葛文合唱的〈紐約童話故事〉，他們一人一部跟著現場演出。

艾黎忽然想起公司派對那天和人資主管的對話：凱特說她面試過提姆。然而看著他與自己家人的互動如此自在自信，又覺得懷疑他是否太過小人之心。現在不是努力嘗試與配對對象相愛，而是真正在戀愛。

她很後悔自己與家人疏遠這麼久。尤其認識提姆之後感觸更深，他唯一的親人就是媽媽，卻也早就因為癌症天人永隔。

不知是空調的緣故，還是吃了太多東西，艾黎覺得自己身子湧出一股暖流，彷彿整個人要發光似地，但她不去質疑自己的感受。很長一段時間她以為生命無法面面俱到，或者說自己沒那種資格。現在望向自己最深愛的幾個人，她得到不同的答案。

過了節禮日[50]，隔天早上提姆與艾黎搭上直升機返回倫敦。他堅持兩個人去艾黎家裡住幾天，別過去萊頓巴札德自己住處，卻不肯詳細說明原因。

「老天，這地方再乾淨一點就能當手術室用了吧。」一進去他就開玩笑道。

「什麼意思？」艾黎聽了很不解，因為提姆第一次到訪時也有過類似發言，尤其提到牆上都沒貼照片、窗臺也沒什麼小玩意兒。照他說法是「完美無瑕但少了點靈魂」，為此聖誕節前夕艾黎特別費了心思佈置。「覺得我做的聖誕佈置不夠漂亮啊？」

「小艾，之前我說我們來擺點東西的意思是妳和我自己去買，不是要妳找設計師去利柏提百貨買一棵超大的假聖誕樹和雜七雜八的東西幫我們弄好呀。」

「唉，這樣啊？抱歉我沒聽懂呢。」

[50] 十二月二十六日，在英國為國定假日。

「我猜那邊的書妳根本都沒翻過吧？」提姆故意走到高及天花板的豪華落地書櫃前面，屋裡有八座之多。

「呃，其實讀過幾本。」

「我才不信。」

艾黎也走向書櫃，氣呼呼手扠腰、眼睛在書本上梭巡，淨想著找本自己熟悉內容的書來讓提姆認輸，可是注意力自然而然落在陌生的書背上——書名居然叫做《提姆與艾黎》。朝他瞟一眼之後艾黎還沒反應過來，他招手示意靠過去看仔細。

拿起來之後她大聲讀出封面：「九十五個喜歡艾黎．史丹佛的理由。」

「過來過來，坐下慢慢看。」提姆這麼說，她就拿著書走到沙發邊。

「這什麼？」

「打開看不就知道了。」

裡面一頁頁色紙上提姆的筆跡寫下為何喜歡艾黎，還貼了相關照片。

「『第一個理由——喜歡看完《手札情緣》和《生命中的美好缺憾》以後一直清喉嚨假裝沒哭的妳。』」她大聲唸出來。「哪有這回事！『第二個理由——喜歡只會畫DNA雙螺旋的妳』……你從哪兒找到這個的？」艾黎指著上面的相片，顯然是從她筆記本掃描下來的影像。

「做這個花了你多久時間啊？」

「其實想十個都很難了，何況九十五個。」他沒回答問題又打趣道，「往下讀啊。」

艾黎一頁一頁細看，常被提姆挑的照片給逗得大笑，也很驚訝好多從來沒被別人察覺的習慣和癖好都被他看在眼裡，覺得自己真的被這男人捧在掌心上。

來到最後一頁。「既然有這麼多理由，那我想問……」提姆抽了口氣，「妳願意嫁給我嗎？」

她掩著嘴轉頭盯著提姆，沒想到提姆不知什麼時候早就從口袋掏出小小黑色錦盒掀開蓋子，裡頭軟墊夾著鑲有單顆鑽石的訂婚戒指。

「聖誕夜裡我問過妳爸，他說好。別叫我單膝下跪什麼的喔。」他笑道，「不過，我是真的希望和我配對成功的人能點頭答應做我的妻子。」

艾黎張開雙臂抱住提姆，靠著他肩膀啜泣。

「這算是願意嗎？」他又問。

「願意！」艾黎叫道，接著一把將戒指套上。「我願意、我願意、我願意！」

61

曼蒂

咖啡廳門剛打開曼蒂就認出她了。和照片——以及裸照——一樣，甚至應該說更漂亮，看得曼蒂牙癢癢。米雪現在是短髮，但更加金光耀眼，牛仔褲褲管好窄，上身衣服曲線畢露，黝黑皮膚不僅顯得健康還突顯一口皓齒。「騷包。」曼蒂咕噥，下意識將外套拉緊遮掩便便大腹。儘管很期待為人母，為了舒適不得不犧牲時尚造型屈就彈性衣褲還是令她尷尬，好希望能換上高跟鞋、穿一件浮腫腳踝套得進的窄筒牛仔褲。

她擠出笑容招手要米雪過去咖啡廳後側角落坐下。花了一週時間訊息往返才說服對方見面，真的面對面了曼蒂卻又不明白自己所為何來，只是心底一股無形力量要她堅持下去。

「請妳喝杯咖啡？」曼蒂先開口。

「不了，沒辦法待太久，是趁午餐時間溜出來。」米雪態度客氣但直白。「而且還是不大清楚妳為什麼想見我。」

「唔，就像在聊天室說的一樣，我和里察是DNA配對，所以想多瞭解他。畢竟我和他沒機會認識，然後發現你們倆……很親密。」

米雪仔細打量她一陣才倚著桌子探身。「好，那妳想知道什麼呢？」

「你們之間是怎樣的關係呢？相愛嗎？」

米雪聽了一笑。「里察和我分分合合。最早是我大學準備畢業那年開始，他已經在健身房工作。」她稍微停頓，看得出有點猶豫應該透露多少。「我是挺喜歡他的，但他呢？嗯，我猜一開始也有喜歡我吧，不過後來漸漸疏遠，到頭來我是覺得里察要的只是人脈。」

「真的啊？」曼蒂有點訝異，卻又竊喜美女還不是被當工具。

「嗯，而且我覺得他腳踏好幾條船，健身房那些年紀比較大的好像也沒放過，總是和人家眉來眼去、結過婚的還更明顯。後來也不認為他想找個固定對象定下來吧。」

「喔，」曼蒂一聽彷彿洩了氣的皮球。「但也許這就是他去做DNA配對的原因？他知道和妳不適合才沒打算繼續。」瞧見米雪眼裡閃過一絲受傷情緒，她有點後悔話說得太過。

「大概吧，」米雪倒也不反駁。「可是聽妳說是和他配對成功我也滿驚訝的，當初里察很堅持絕對不做配對測試。」

「是嗎？」

「他說了什麼失去追逐的快感、沒有風險的活著不是真正活著之類，反正就是打死不願意由別人決定他要愛上誰。」

「也許他後來改變主意了。」

「是有可能，但我覺得很怪。」

曼蒂靠著椅背盯著桌面，覺得幾個月下來，在派孄和蔻依幫助下描繪出的里察形象從腦海逐漸褪去。

「我想我自己也一樣，心裡明白他不是那個對的人。」米雪繼續說：「網路上很多文章說到與配對見面會有什麼感覺，和里察約會我是一點也沒有。不過他人很好，相處起來滿舒服。但話又說回來了，介意我說話直截了當一點嗎？」

「請說。」

「接下來這番話不是因為妳和他配對成功所以我嫉妒之類。但如果他沒出事，不管你們兩個看起來多相愛，我還是懷疑里察無法從一而終，覺得他可能玩玩就跑。」

「這樣嗎？」曼蒂語調平板，「可是聽起來是有點醋味。」

「老實說我還真沒那意思，單純是他這人太放蕩不羈。後來他還是想環遊世界，腦袋裡根本沒有結婚生子這種事情。應該說他根本不想要。」

「不想要什麼？小孩嗎？」

「嗯哼。他討厭小孩。有一次我們去星期五餐廳約會，才吃完開胃菜就走，因為隔壁桌是兒童派對，逼得他差點發瘋。里察甚至跟我坦白過，雖然自己也說得不好意思，但就很慶幸他姊姊沒生，否則得一直假裝喜歡小孩子的話很痛苦。」

「那為什麼會冷凍精子？派嬸和蔻依說他一直想要娶妻生子？」

米雪瞪大眼睛。「妳認識派嬸和蔻依？」

曼蒂點頭。

「給妳個忠告：離她們越遠越好。兩個神經病，難怪當初里察一直不讓我和他家人見面。」

「神經病？為什麼這麼說，她們做了什麼嗎？」

米雪湊近，壓低聲音表情嚴肅。「只能說信不信由妳了。里察出事之後過了才幾週，她們兩個發現我和里察交往過，居然直接跑到我住的地方去。那天對話一開始和我們現在有點像，說是想瞭解里察、或許有什麼她們也不知道的事情——但是呢，那天晚上講到最後，她們居然說要把里察的精子給我懷孕。到底腦袋哪兒有毛病？」

曼蒂寒毛直豎不由得警戒起來，小聲追問：「她們希望你為里察生小孩？」

「說『希望』未免客氣了，根本強人所難，我一輩子沒經歷過那麼尷尬的事情。」

曼蒂緊緊握拳，雖是親耳所聞卻難以置信，不好好調整呼吸可能會恐慌症發作暈過去。

「我拒絕了，可是她們兩個還……該怎麼說，無所不用其極？表示願意給我錢、負擔所有費用之類。」米雪解釋，「而且真的什麼都想好了，要我搬過去待產之類。接連幾個星期不斷打電話、傳訊息、寫email……最後我威脅說再騷擾就報警她們才肯罷休。我真的嚇到了，所以這次妳說想見面談談也讓我戰戰兢兢。」

「這也可以諒解吧，」曼蒂還試著幫忙找藉口。「她們受到很大打擊，還沒能完全接受里察死了這件事。」

「死了？」米雪一臉迷糊。「誰告訴妳里察死了？他還活著啊。」

62

克里斯多弗

「天吶，妳究竟多胖？」克里斯多弗氣喘吁吁拖著二十號目標穿過走廊走向廚房。

他已經算是健壯，汗珠卻源源不絕從額頭往面罩內滾落。這女人的資料照片和實際體型相去甚遠，即使花了一下午作為事前偵察跟在對方屁股後面逛了Top Shop、Zara、H&M，克里斯多弗始終以為那副臃腫模樣只是寒流來襲所以穿得比平常多，結果回到家裡就看出來二十號目標單純肉多。

而且她住的公寓居然是樓中樓，廚房在臥室上方，克里斯多弗發現以後只好臨機應變更改方案。撞球落在臥房外塑膠地板上，她出來查看，鐵絲纏繞頸部，至此與之前都相同。鐵絲埋進鬆垮皮膚消失不見，克里斯多弗握著木柄的雙手更用力，結果扯得目標重心不穩、壓著他往牆壁衝撞，然後兩幅畫作連著裱框砸下來。他拚盡渾身力氣穩住腳步扶好二十號，兩人一起倒地的話或許會重演被九號狠咬拇指那種慘劇。

所幸克里斯多弗精準鎖緊她的頸動脈，心臟無法供血給大腦，二十號不到一分鐘便失去意識。然而要她完全停止呼吸又多花了三分鐘。

這女人耗盡他全身力氣，二頭肌、前臂又硬又痠，休息片刻回復後克里斯多弗拿塑膠袋罩住目標頭顱和頸部，以橡皮筋捆好，然後隔著手套將她拖走，沿著走廊經過客廳上樓梯往廚房移動。上去才三分之一他就得停下來喘口氣，好不容易終於將死者屍體整齊擺放在廚房內。

克里斯多弗講究秩序，每個女人都要以同樣姿勢放在同樣房間。倒不是計劃一開始就這樣決定，只是頭三個女孩子住處正好都有廚房成為絕佳隱匿位置。四號死在餐廳裡，他本想擺著不管，但離開前一刻回心轉意，因為很清楚自己個性：那一夜、隔天，以至於之後每次行動克里斯多弗都要擔心四號是否會變成不守規矩的特例，唯一陳屍處不同的死者。當然她沒有——克里斯多弗平等對待每個目標。

他把塑膠袋取下，死者頸部傷口滲出的血液都被封入袋內。接著克里斯多弗替二十號將衣服拉整齊，不留下皺褶之類能看出屍體被拖行的痕跡，並取出黏毛滾筒在她身上仔細抹一遍，除去可能掉落的面罩布料纖維與自己的眉毛睫毛。

再來則是拿著噴霧罐沿原路灑出魯米諾，這種藥劑與血液中的鐵質接觸就會散發淡藍色螢光，如此一來克里斯多弗便能確定哪兒有血跡。最後他以消毒棉片將整個區域清潔乾淨、掉下來的畫也掛回原位，腦袋裡再次確認是否有遺漏的步驟。

兩張拍立得照片好好收進信封，克里斯多弗準備離開卻又忽然停下腳步。他想起一件事：自己還沒嗅過二十號的頭髮。嗅目標頭髮是儀式行為，無論對方是誰、長什麼樣子都得做。今天早上在浴室盥洗時艾宓忽然跑進來，克里斯多弗從背後為女友上洗髮精、按摩頭皮，看著泡沫從她肩胛順著背部曲線滑落，然後蹲下來伸出舌頭從她臀部一路向上舔到頸子。世界上沒有任何東西或人嗅起來嚐起來像艾宓那樣令他滿足。難道是這原因導致他根本沒想到要嗅一下二十號？

不對，不只如此。克里斯多弗察覺二十號的死在自己心裡有瑕疵，不只因為殺害地點不好、也不只因為沒提早看出她的真實體態，而在於這是第一次他殺人以後絲毫沒有愉悅感。以前他對過幾天重返犯罪現場、將下個死者的照片擺在前個死者的遺體胸前、觀察腐敗程度等等都充滿興奮期待，現在心裡竟一點漣漪也沒有。

心思已經不在這兒了，停留在別的地方、別的人。艾宓一點一點造成改變，但克里斯多弗不知道自己會變成什麼。

63

婕德

農場院子那頭參加婚禮的賓客好多，多得婕德應接不暇無法招架，看凱文那臉疲憊模樣應該也是同樣感受。

「不然你先進去休息。」她對凱文這麼說，兩人緩緩走向臥室。

凱文的親朋好友來了超過一百人，大家聚集在倉促佈置的接待大廳，手裡一碟碟食物、自裝滿冰塊的大木桶拿出一罐罐啤酒。車庫前面開始烤肉，剛添了兒媳婦的丹恩負責做漢堡、給香腸翻面。

婕德聞到香味，也聽見窗外大家吱吱喳喳聊天。

「謝謝。」他開口，聲音很小，眼睛閉著呼吸短淺。

「謝什麼？」

「謝謝妳願意和我結婚。一定很為難吧，我都懂。」

婕德睜大眼睛但壓抑心中驚慌，實在不願凱文受傷，他該不會察覺妻子愛的不是自己而是哥哥了吧。「什麼意思？」她試探道。

「和我配對成功，但我剩下的時間不多……碰上這種事情，妳原本可以拍拍屁股回英國才對。可是妳沒棄我而去，真的很感激。」

婕德咬了下嘴唇，掐掐凱文發涼的手。她知道自己做得沒錯。等凱文入睡她才出去見客，即使農莊位置偏遠，但看得出凱文一家和當地居民關係良好，婕德被介紹給好多人，個個都很熱情，也都早就聽說她的事，一上來就握手、擁抱、親吻臉頰，口裡連聲祝賀。婕德十分明白：大家親切微笑底下藏著對年輕新娘的同情。

只有馬克不肯靠近，偏偏他才是婕德最想抽空長談的對象。這陣子兩人盡量避不見面，但距離越遠婕德情緒就越浮躁難耐。

「凱文能遇見妳真是幸運，」丹恩伸手搭在她肩膀上。「不對，要修正一下——是我們全家都很幸運，好久沒看過他像這幾星期一樣開心了。接下來的日子更難熬，可是凱文知道有妳在身邊就會好過得多。」

婕德客氣微笑，謝過丹恩這番話，心裡卻逐漸感受到結婚是個太沉重的決定，自己快要承受不住肩上的巨大壓力。她找了些理由搪塞，速速穿過會場遠離人群找個角落獨處。

回想起來，一個月前還覺得與配對見面是天方夜譚。如今美夢成真，現實卻又拐了個大彎，彷彿列車脫軌橫衝直撞，她想控制方向但不得其法，只求不被甩飛就耗盡力氣。

婕德悄悄躲進天井，慶幸還有一塊淨土不被打擾，可是隨即察覺有人跟來。還沒看見站在暗處的身影就知道是他，脈搏瞬間加速、手臂上寒毛豎起。

「哈囉。」婕德有些羞怯。

「嗨。」馬克跟著開口。

「你怎麼過來這兒？」

「想要靜一靜。」

「我也是。」

「要我換別的地方？」

「不必、不必。」婕德回答得可能太熱切了。她挑了距離馬克最遠的椅子坐下，眼睛隨便找了個角落盯著看。兩人都不知道該說什麼化解僵局。

「婚禮很成功，」馬克先打破沉默。「都忘記凱文可以笑得那麼燦爛了。」

「嗯，很棒。」她卻將戴著婚戒的手藏到背後。

「妳過來之前一定沒想到會變成這樣吧。不過凱文和爸媽都很高興。」

「你呢？」婕德注視他雙眼。「你也覺得我過來是好事嗎？」

「我差不多該回去了。」馬克忽然撂下話就起身。

「馬克，」他才正要跨出第一步就被婕德叫住，而且語調十分激動。「我們怎麼辦？」

他轉身，目光裡的渴望幾乎滿出來，婕德看得不禁要為彼此落淚。「不能怎麼辦。」馬克輕聲說完以後再次掉頭離去。

64 尼克

市中心區廉價旅館房間裡，尼克靠著衣櫃坐在地板上，一個人把小冰箱裡頭的酒全喝光。雖然牆上有禁止吸菸的告示，但他還是抽起萬寶路淡菸，菸灰直接甩在菸盒蓋子裡。

三天的髒衣服堆在角落，電視開著卻靜音。

四年前認識莎莉以來兩人從未這麼多天沒講話。以前就算她和大學朋友跑去泰國海灘做什麼排毒度假，也會想辦法寫電子郵件，不過這次，在雙方協議下尼克搬出公寓，兩人之間的聯繫真的說斷就斷。

亞歷站在旁邊，他買了一手赫力斯特德啤，取出一瓶遞過去。尼克用斗櫃櫃角撬開瓶蓋。

「還好嗎？」亞歷問。

「不知道。」尼克回答，「一個月之前還在籌備婚禮，現在忽然自己過來住旅館。腦袋裡只有我怎麼會這樣對莎莉、還有我很想和你在一起。瑪麗聽你說完是什麼反應？」

「很火大……一直強調為了去紐西蘭得放棄多少東西，說我傷了她的心、完全不顧她的感受，然後不停算錢給我聽。中間打了我幾個耳光，罵我王八蛋，連恨死我都說出口了。不過我猜她心裡也明白爭執下去沒有用，DNA配對的說明講得很清楚，成功的配對彼此間的吸引力是無法抵抗的。」

「我猜莎莉也一樣，只是最後她選擇支持我。即便如此我還是覺得自己很混蛋。」

「沒錯。」

兩人拿起玻璃酒瓶互敬。

亞歷過去跟著尼克一起坐在地板上，視線落在前方牆壁上安迪．沃荷的複製畫。藝術家為康寶濃湯罐頭營造出獨特的視覺印象，尼克空著的肚子開始咕嚕叫。

「我們或許也得談一下。」亞歷語氣很小心。

「有很多要談吧。」

「你想先說嗎？」

「不想。」

「我也不怎麼想，但總得有人先。」亞歷繼續道：「我們都知道，兩個人之間的……該怎麼說……」

「……反正就是『某種關係』吧。」

「這個……某種關係……是有期限的。我幾個月之前就訂好回家的機票，在我老爸過世之前恐怕都無法離開。之後也不一定會回來。」

尼克並非此刻才得知，但再聽亞歷解釋一遍還是有種船要觸礁的不祥預感。

「就算我會回來，」亞歷還沒說完，「或者你願意過去找我，也會進入下一個難題。我們之間保持現在這樣就夠了嗎，還是應該更進一步？」

「你是說，肢體上？」

「我想，應該是吧。」亞歷臉紅了，房裡尷尬沉默一陣。

「你想嗎？」尼克問，「應該需要先對彼此有性吸引力？」

「通常來說是這樣沒錯。」

「那……你有受到吸引嗎？」

「我不打算騙你，可是其實我不知道呀，兄弟。這對我來說是未知領域，對你也一樣才對。我嘛，喜歡做愛，應該說超愛的，我認為兩個人在一起性生活十分重要。要是你和我都不做，真的算是在一起嗎？我們的相處模式足以讓性變得無關緊要？否則以後是要出家修行，還是各自找女人處理？」

「問題好像很多。」

「想像這些東西塞在我腦袋裡是什麼感覺。」

「我也有個問題，」尼克說，「要是我們，你懂的，就是……試試看……結果一個人喜歡，另一個人不行，那怎麼辦？」

亞歷山大揉揉眼睛，別過臉聳了下肩膀。「雪上加霜。」

「深有同感。」

亞歷山大重重嘆息，雙手抓了抓頭髮。「不行，」他語氣堅決起來，「我們不能只是繼續『感覺』下去，現在有的感覺就已經夠我們煩一輩子吧。」

尼克望過去，亞歷歪著頭緩緩湊近。他閉起眼睛迎上。

那張嘴比他想像的男人雙唇來得更軟更暖，不過鬍碴則是比想像中更扎人。尼克下意識伸手捧著亞歷的臉，兩人靜靜吻著，接著亞歷的手來到大腿將他摟近，胸口相依，如同卯榫接合。

那瞬間，兩人感受著對方的心跳，竟發現頻率完全一致，彷彿拼圖終於湊出完整畫面。

65

艾黎

艾黎要求兩人訂婚先保密，起初提姆似乎無法理解。「別想成是我不願意公開，」她不得已明說，「可是相信我——一旦DNA配對的開發者宣布自己也配對成功，那個對象的生活保證一團混亂。」

「會有多亂？」提姆這樣反問，看他這麼天真，艾黎就更有種保護欲。

「媒體會挖出你一切資料，包括你所有前任女友和一夜情。」

「只要報導說我那邊很大、床上很猛，我倒是無所謂。」

「這是要認真的事情，提姆！連你過世的母親也會變成話題，假如你爸爸還在世恐怕都能被找到。曾經跟你接觸過的人都有可能收媒體的錢亂爆料，這個你要相信我絕對沒誇大其詞，身為過來人可以告訴你那種日子多痛苦。」

「慘了，」提姆揉揉眼睛，「那他們會發現我大學拍過一部A片？」

「什麼A片？」艾黎滿臉憂心。

他大笑。「妳這麼高智商的女人結果總是很容易被騙。」

艾黎鬆口氣，往提姆手臂捶了下。

「放心啦，我人醜但沒有家醜。」

告訴安德雷的時候他難得浮現微乎其微的笑意。對家人提起婚事時，她則特別吩咐先不要傳到外頭。

「我還以為提姆會走傳統路線。」瑪姬卻這麼說。

「哪種傳統？」

「先問爸同不同意把妳嫁出去啊。」

「他問了，聖誕節那時候。」

「爸不是這麼說喔？當然也沒什麼，就有點意外而已。」

「可能爸忘記了？」艾黎說完暗忖：提姆沒道理要說謊才對吧？

截至目前她成功沒讓未婚夫被狗仔曝光，少數出遊情況會一前一後錯開時間並從不同入口進入餐廳或戲院。能一個人獨佔提姆感覺很幸福，也很訝異媒體怎麼至今尚未發現兩人交往，畢竟都已經帶到公司的聖誕派對上。套在手上的訂婚戒指她也喜歡，白金圓環上那枚鑽石低調沉穩，雖然可想而知不是頂級珍品，但對艾黎而言，比起銀行保險櫃裡任何一件首飾都更具意義。工作時間或公開場合，她將戒指串上金鏈掛在頸間、垂進衣服裡不讓外人看到，但三不五時下意識伸手把玩。每天晚上要回家時，一進車她又取下鏈墜套在手指從各個角度欣賞。

有一天兩人難得沒約會，艾黎回到倫敦住處立刻覺得少了提姆好空虛。提姆去玩五人足球了，賽前和她用FaceTime視訊，艾黎把鏡頭轉到堆積如山批不完的公文時他忍不住笑了。

繼續對抗忙不完的工作之前，艾黎將管家準備的餐點放進廚房微波爐加熱，Spotify的歌曲清單都是一九九〇年代的獨立樂團，提姆為她整理的。那本求婚書還擱在櫃檯上，艾黎就是忍不住一讀再讀。

「第四十二個理由：喜歡小時候和我同髮型的妳。」她翻到這頁重讀，左邊是提姆從她媽媽那兒借來的學生照，照片上七歲女孩頂著現在看來很可怕的碗公頭。右邊相片內，提姆也是一樣髮型，穿著制服模樣挺可愛。

這本書目的是求婚，而內容如此私密、體貼、浪漫，是艾黎從未收到過的貴重禮物。而且她也明白兩人關係中一直是提姆主動積極，自己總會有意無意拉開距離。但她不喜歡這種感覺，更擔心有一天提姆會因此退縮。

忽然一個念頭閃過：提姆可以手工製作這樣一本書表達愛意，難道她就不能仿效？如果把照片和手機上的影片拼湊起來，也能組成微電影才對。

艾黎打開筆電找了個符合需求的網站開始動工。首先得從行動裝置回收可用的素材，所以登入iCloud，結果發現自己的平板已經登入提姆的帳號，應該是前不久借用過，她心想說不定也能偷偷找到些好材料。

帳號裡面存了聖誕節與艾黎一家人的合照、週末她們去柏林度假的紀錄，還有他自己學生時期的老照片。翻看不同時期的提姆，艾黎微笑著想像若兩人生兒育女不知道會長什麼模樣。隨後她又找到幾張小提姆和一位成年女性的合照，時空背景相當久遠，因此艾黎判斷這位就是他母親。然而這勾起一絲困惑——先前她說想看看提姆的母親長怎樣，提姆卻聲稱因為發生火災所以手邊沒留下照片。

其中一張是提姆母親背對鏡頭跪下，手上捧著插了五根蠟燭的生日蛋糕。再一張是她伸手搭著兒子肩膀，但面部失焦無法看清。艾黎繼續翻找，卻發現大部分照片裡面提姆母親的五官都很朦朧，彷彿有人刻意模糊焦點。

好不容易找到能辨識的照片，艾黎失聲驚呼。提姆的母親是她認識的人。

66

曼蒂

剛與里察前女友米雪談完，車子停在咖啡廳外，曼蒂打開車窗讓冷風鎮定自己。

以前沒有恐慌症發作的經驗，但此刻猛烈的心悸和暈眩、極度恐懼的情緒應該就是了。她想起產前課程學到的呼吸方式，反覆操作希望可以冷靜下來。若要找個理由重新酗酒的話，現在正是好時機。

「里察還活著。」米雪這麼說。

里察還活著。

「妳還好嗎？」米雪留意到曼蒂面色不對，雖然她點頭回應，但氣色真的很糟糕。

「妳說里察還活著是什麼意思？」她好不容易擠出聲音。「不是出車禍嗎？我都去過他的紀念式了。」

「出車禍但是沒死啊。」米雪回答。「他被送到韋靈伯勒一間私立療養院。嗯，當然也可以說和死了差不多，大腦受傷太嚴重了。」

「那為什麼會有紀念儀式？」

「就我所知，是他媽媽和姊姊發現救不回以前的里察，最後就把人送進療養院，還要里察的朋友別去探視，說是怕大家看了太難過。接著又說要辦個祈福紀念會，讓所有人為他禱告，奇怪的就是最後『祈福』兩個字不見了。」

曼蒂腦海閃過里察Facebook上針對車禍的留言、紀念會裡眾人說話內容，雖然當時很緊張所以記得不算完整，但的的確確從未有隻字片語明言里察死亡。用了「死」這個詞，持續引導她相信里察不在人世的就只有派嬸與蔻依。

「我不懂。既然人沒死，她們幹嘛辦那種儀式？」

「我也覺得莫名其妙，但她們是傷者家屬，誰敢跳出來質問？我猜里察的朋友因為不能探視，就只好參加那個活動聊表心意吧。不過他媽媽和姊姊過來找我的時候，態度反倒更像是為了徹底忘記里察才要找個肚子生小孩當替代品。我才沒那麼無聊。」

兩人談完，她起身時外套滑落，隆起的腹部被米雪看見，那表情曼蒂永生難忘。

「不會吧——」米雪低呼。

曼蒂只想趕快衝出咖啡廳。

在車內好不容易平復情緒，她從包包取出手機上Google輸入關鍵字：「私立療養院」和「韋靈伯勒」。

搜尋結果有五筆，問到第三間才確定米雪說的全都是真的。

將郵遞區號輸入衛星導航，轉鑰匙發動引擎上路，曼蒂終於能見到朝思暮想的男人。

67

克里斯多弗

「心理變態通常無法像一般人那樣戀愛，」克里斯多弗獨自一人在工作室內大聲朗誦，「但不代表不可能戀愛。」

他太虛榮，不肯戴普通眼鏡，但拋棄式隱形眼鏡正好也用光了，只好將臉湊近螢幕，否則看不清楚文字。

「心理變態者傾向短期、以性為主軸的關係，並且喜歡居於主導地位。」他繼續往下讀。「雙方相處多半沒有後續發展，原因在於心理變態者將其性伴侶的欲望視為淫亂的表現，然而自己有類似行為時卻輕易合理化。在他們思考中，自己可以出軌、可以與不同對象交媾，但伴侶那麼做的話，他們就會從道德制高點批判對方。」

克里斯多弗點點頭，不覺得自己立場有問題。二十出頭時的交往對象荷莉，發現他偷吃後竟膽大包天與別人上床，被克里斯多弗打斷了鼻子還不明白為什麼他會徹底斷絕關係。

他喝了一大口紅牛能量飲料。去二十二號住處將拍立得照片放在屍體胸口之後，回程路上他在路邊書報攤買了一整打回家，後來心裡一直埋怨自己居然隨便走去可能有監視攝影的店家。

「想與心理變態者成功交往，必須達到權力與控制的平衡。」克里斯多弗繼續讀，「心理變態者在關係中熱烈積極又才華洋溢，但若一開始就處在主導地位往後便無法改變相處模式。他們發現自己能夠支配伴侶、或者伴侶放棄自身控制權時常常失去興趣，轉而尋找其他性行為對象。也有少數心理變態者的樂趣來自將伴侶分享給朋友，在他們眼中所謂伴侶是財產的一種，隨時可以出借。」

回想起來，托莉符合這描述。儘管不情願，她在克里斯多弗堅持下一起去了交換伴侶俱樂部，當著男友的面一晚上與七個不同男人做愛。是克里斯多弗央求的，聲稱那麼做會挑起自己的情慾、鞏固兩人關係。少不更事的托莉輕易相信了，但送她回到住處樓下時，還在車上克里斯多弗就罵她淫蕩齷齪提出分手。

彷彿打開腦袋裡的名片盒一樣，克里斯多弗回憶過去性關係對象，幾乎所有女人都遭到自己羞辱貶低。一路以來他在兩性關係裡都是主導者，操縱女方做出脫軌行徑製造刺激。至今唯一沒遭到他劣行對待的只有艾宓。

他往下捲動繼續研究。「若容許心理變態者採取雙重標準則關係很可能失敗收場，因為伴侶與其地位不對等、得不到合理對待，就算努力挽回他們興趣也是徒勞無功。想要感情開花結果，伴侶不能讓自己受到控制，必須保持自尊。」

克里斯多弗按捺不住腳掌踮來踮去。透過這篇文章他更加瞭解自己，也間接地瞭解艾宓。

「由於牽涉DNA配對的研究歷史只有十年，心理變態者遇上配對對象究竟會產生多大的情愫目前沒有定論，不過初步跡象顯示心理變態者可以和常人投入得一樣深。」

他長嘆一聲，背向後靠，伸手揉揉眼睛。所以自己可以談戀愛，換言之那些非常態的衝動、惡行、暴虐底下，很深很深的地方，依舊埋藏著一點點正常。

68

婕德

或許凱文將僅剩的精神氣力全投注在婚禮上了，婕德回答「我願意」之後才過十五天就為丈夫出殯。

他惡化得太明顯，任誰都看得出來，只是沒人想提起，大家繼續日常生活的同時盡力幫凱文緩解不適。婕德照顧他吃藥，醫師每天從小鎮趕來兩次觀察是否需要加強止痛。凱文兩條腿本來就瘦得和火柴棒差不多，後來完全癱瘓。無論他清醒與否，婕德一直留在臥室陪伴、拍撫他手臂，偶爾凱文也會輕輕回握示意。以前她讀過文章說五感之中聽覺最慢消失，於是隨便找話題絮絮叨叨，只因不想讓凱文在抑鬱的靜默裡離開世界。

眼睜睜看著最好的朋友一點一滴消逝實在難受無助。最後幾天凱文身體幾乎完全不能動了，婕德用棉球蘸水敷在他口腔避免舌頭太乾，發現他嘴唇裂開就抹上凡士林，也跟著公公一起更換髒床單、以濕紙巾擦拭全身做清潔。她不免想像若換作自己有個萬一，有誰能像凱文那樣無私地愛自己？除了家人之外恐怕找不到。

凱文死前發出的聲音讓婕德十分害怕。隨著喉嚨發出刺耳喀喀聲，導致口臭的酸腐液體被肺部擠到嘴裡。嚥氣前那幾小時家人們圍在床邊等待他胸口最後一次起伏。

時候到了，婕德彷彿感覺得到凱文靈魂脫離肉體進入下個旅程。外面晨曦剛探頭，是二十五年來第一個沒有凱文的日出。

蘇珊與丹恩抱著彼此哀悼小兒子。婕德沒多想，本能伸手想安慰馬克，出乎意料的是他居然有所回應，張開粗壯手臂緊緊抱過來。那瞬間馬克所有感受流入體內，婕德體會到他身心累積好幾個月的哀痛潰堤和兩人對彼此的渴望。無能為力但又害怕深愛的另一個人也即將遠離，除了牢牢抱緊之外想不到別的辦法。

葬禮和婚禮由同一位牧師主持，但場地不是那間臨時小教堂，大家按照凱文遺願先在農莊集合，隨後前往北邊約一英里外的樹林。馬克與他父親親手挖墳將凱文葬在樹蔭下，祖父母的墓碑就在旁邊。

牧師告訴大家不要著眼在凱文時日短暫，應該讚頌他活出的美好，敘述他是個多麼優秀的年輕人、觸及了多少人的生命。然而婕德聽見她名字時覺得自己是個騙子，與凱文的友誼並不假，但她無法像凱文愛自己那樣愛他。

目送丈夫棺材入土，婕德此刻終於肯承認對馬克的愛意有多濃。從頭到尾就不是什麼轉移作用，對馬克的感覺發自內心，否則兩人可是並肩站在凱文墳前，為何心頭還是小鹿亂撞？婕德知道這太尷尬了，從馬克始終不肯與她目光接觸看得出他也無所適從。

雖然弟弟斷氣那一刻馬克真情流露，但很快他又一如既往隱藏所有情感絕不顯露，與婕德之間回歸禮貌微笑、客氣寒暄——她開始厭惡那種氣氛。

「雖然人走了，但又好像都還在這兒。」等前來致哀的客人散去，蘇珊解釋給她聽。「凱文很喜歡找他爺爺奶奶玩，所以在這兒他們互相照顧我也安心。就像牧師說的一樣，我們別哀傷，要記住他好的部分。」

她微笑以對，牽著蘇珊的手走回屋裡，與大家一起用餐之前她先躲進凱文房間。與凱文相識並得他求婚婕德心裡充滿感激，但此刻更欣慰的則是再也無須提起他並非那個命定之人，也就不會害他心碎。

婕德躺上凱文的床，想起好友多麼珍惜自己，是至今她唯一真正感覺被愛的關係，沒機會回報著實令人痛心。雖然她已經盡力而為，但感受到煙火綻放時婕德已經無法否認真愛是誰。此刻要釋放壓抑情緒有兩個辦法，可以捶打枕頭直到枕芯噴出，不然就是成年後第一次痛哭。婕德選擇後者。

69

尼克

廣告公司任職的最後一週感覺極度緩慢。

尼克坐在座位盯著電腦螢幕上的報表，內容是他在辦公室或者下班後該做些什麼好面對之後的人生轉折。他看著看著常常心思飄走，點開瀏覽器搜尋紐西蘭的新市鎮風貌。往後就要住在那兒了。

但撇開工作之外，尼克的世界彷彿以光速行進，他也享受那份新鮮刺激。最棘手的部分已經過去，他也完全肯定自己做出了正確抉擇，接下來就是與亞歷山大好好經營未來人生。

與莎莉分居過後沒幾天，尼克與亞歷的關係堪稱功德圓滿。兩人原本就一見如故，彷彿認識另一個自己，但生理層面的探索則像全新的球賽——恐怕不只是比喻。他們對如何觸碰彼此尚在尷尬階段、開發許多嶄新體驗和陌生手法，從中得到極大的感官滿足同時也還有很多未知。尼克後來想通：雖然是同性，不代表徹底理解另一個男人的身體。然而兩人都同意可行，也願意繼續嘗試。

之後是尼克試探性提議，表示自己願意與亞歷一起去紐西蘭。亞歷山大聽了理所當然十分開心，但也承認家人原本期待的是瑪麗、一個女性，換成叫做尼克的男人，真不知道怎麼開口介紹。不過兩人相信船到橋頭自然直。

廣告公司老闆同意給尼克六個月長假。他沒解釋背後真正理由，只說與莎莉分手了所以想旅行一陣子「尋回自我」。事實上他很清楚：亞歷山大在哪裡，他的心就在哪裡。

尼克將自己與未婚妻分手一事告知家人，但尚未透露真正原因是他和一個男人配對成功。先與亞歷山大嘗試半年，如果穩定下來再昭告天下。

計劃裡面最沉重的一關反而是告訴莎莉自己即將遠行。莎莉乍看之下沒有很心痛，尼克覺得只是逞強，她心底一定還為兩人逝去的愛而傷痛。

可喜的是莎莉並未試圖製造他的罪惡感，彷彿她也能體會配對成功多麼難以抗拒，明白這種狀況下除了順著本心別無他途。

兩人很務實地均分共度的過去：存款各拿一半，房子則在尼克同意下讓莎莉住到對未來有譜了再出售。畢竟他需要帶走的也就是衣服、藏書與作品集，其他可取代的東西不急於一時。接下來的六週尼克搬去和亞歷同居，也就沒繼續與莎莉聯繫。

某一天，辦公室內的繁瑣工作結束，尼克前往火車站。他的旅行證件快到期，所以訂了從伯明罕新街到倫敦的票要去更換。到達車站時距離發車還有段時間，尼克就去星巴克點了熱可可和點心打發時間，一邊挖下瑪芬頂端的藍莓一邊暗自微笑，這幾個月裡人生九彎十八拐，但終究沒將他擊垮。一開始真沒想到會因此挖掘出隱藏在彼岸的種種幸福，如今生命下一章就在眼前，尼克反而有點迫不及待了。

口袋裡手機振動，取出來一看竟是莎莉傳了簡訊。

「我得跟你談談。」

尼克翻了個白眼。也不是他無情無義，但兩人已無須多言才對。

「不是好主意吧。」他回覆。

「拜託。」

「哪方面的事？」

莎莉的回覆只是一張圖片，卻足以顛倒尼克的世界。那是超音波檢查結果。

70

艾黎

焦躁難耐的艾黎指甲輕敲辦公桌面玻璃板，眼睛盯著前面牆上那幅畫。兩年前行經騎士橋，隔著畫廊展示窗看見，一時衝動竟花了四萬英鎊買下。畫布上藍衣小女孩有雙很大的綠色眼睛，凝望畫框局限之外的世界某處。有群成年人在旁邊背對著她，好像壓根兒不知道女孩就在身旁。女孩太瘦了，像是街邊流浪兒，隔著沒扣好的外套與上衣隱約可見心臟輪廓，但必須十分專注才能察覺。她臉上與眼底流露巨大哀傷，彷彿遭到全世界遺棄，艾黎時常看得陷入其中無法自拔。多數人欣賞這幅畫卻對心臟輪廓視而不見，艾黎也從未刻意提起，然而提姆初次進入辦公室參觀就發現它的存在。

此時此刻艾黎注視油畫，心裡想的卻是提姆。更精確地說，她尚不明白提姆為何與女孩一樣選擇隱藏自我。

提姆一直藏著母親的照片，而艾黎則在找到的一瞬間認出對方。那是十五年前合作關係緊密的同事，名字叫做薩曼莎．沃德。艾黎發現配對基因以後組織一支研究團隊，同時肯定薩曼莎的表現，不僅讓她擔任研究室助理、同時隸屬代號「新芽」的小組——她以某些研究夥伴為樣本測試理論，而且當時急著做出成果的艾黎並未切實遵守所有實驗規範。

她印象裡的薩曼莎當時已是中年婦人，頭髮略有花白，輕聲細語而且不大講話。隨著研究規模與人員的擴大，薩曼莎和其他很多不再有用的人事物一樣離開艾黎的關注範圍。

艾黎特別將提姆與薩曼莎的合照存在自己的iPad上，現在重新叫出來看，母子長相毫無疑問很神似，笑容同樣特別溫暖，也都有杏眼和榛子般的瞳色。沒聽提姆提起太多，能想起來的幾次他語調都很正面，感激母親兼好幾份差，每天工作昏天暗地供他讀書上大學。艾黎能感受到他至今仍因為母親突如其來的心臟病發撒手人寰而內心哀痛。

但同時她也相信被以前員工的兒子闖進生活絕非偶然，最重要的是背後動機究竟是什麼。自己真的認識提姆這個人嗎？最簡單的解決方案自然是當面對質，但艾黎想先拐個彎調查看看。

「有什麼狀況嗎？」見老闆親自走進人資辦公室，凱特立刻開口問。

「想找妳幫個忙，而且需要先封鎖消息。」艾黎吩咐之後兩人到沙發坐下。

她朝凱特湊近，壓低音量。「記得妳說過對自己認別人長相的能力很有信心，對嗎？」

「唔，是啊。」凱特答得很緊張。

「聖誕派對那時候，妳說妳記得我那個男朋友曾經到公司來面試，但名字卻不同。那時候叫做馬修的樣子？」

凱特點點頭。

「有多肯定？」

「妳別生氣喔。」凱特說話聲音都顫抖了。

「不會。但為什麼這樣問？」

「派對過後我調出馬修的檔案、面試紀錄和履歷看過，因為我實在不太相信自己會認錯人。」

艾黎脈搏加速。「查出什麼？」

凱特起身走向辦公室另一頭，高跟鞋在大理石地板上踩得咔咔響。她開檔案櫃翻文件夾，最後取出黏有白色標籤的遞過來。艾黎才瞟了封面整顆心就沉到底，因為上面寫著「馬修・沃德」，換言之他百分之百就是薩曼莎的兒子。

「抱歉，我知道應該通知妳，可是又不曉得該怎麼開口。他的線上資料全部都從檔案庫刪除了，雖然我會留紙本但裡面並沒有照片。加上我每次用數位相機拍出來的照片都是一片黑，試過手機也一樣。我記得還就這件事情跟他開過玩笑。」

「妳有和別人提過嗎？」

「嗯？沒有。當然沒有。」

「謝謝。」艾黎離開人資部趕回自己辦公室，本來盯著筆電的烏菈抬頭似乎要問問題卻沒有機會，因為她快步進去之後立刻狠狠甩上門。

坐下以後她懷著恐懼心情開始研究文件夾裡的東西，首先略讀一遍馬修・沃德的履歷，與發現配對對象以後請人調查提姆得出的報告做比對，兩邊都是電腦相關工作，然而除此之外就沒有共通點，從讀過的學校到生日、老家、考試成績、電郵地址以至於國家保險編號全部都不同。

再來需要有影像證明一年半之前馬修・沃德確實進入過這棟大樓。經過櫃檯的訪客都要留下書面與電子紀錄，所以她登入線上保全系統查看面試那天的出入名單，卻找不到對應的姓名。

於是艾黎透過烏菈和大樓保全的負責單位調閱指定日期時段的監視錄影。等待期間她在辦公室內來回踱步，望著倫敦天際線努力壓抑體內湧起的怒氣。

監視畫面經過加密傳送進郵箱，檔案涵蓋一樓正門、電梯、接待櫃檯、主要通道。她依序播放，遲遲找不到任何形似提姆或馬修的身影。

艾黎將影片倒轉又快轉，目不轉睛想在那一小時期間找出蛛絲馬跡，想不到真的赫然察覺了異狀：從接待櫃檯錄下的畫面最上方，出現微乎其微的閃爍，緊接著時間整整跳躍一分鐘。嘔吐感衝上喉頭，顯而易見有人連進系統篡改眼前所見的監視錄影。之後發現電梯、正門前的片段都一樣，遺失大約六十秒。

最後檢查的檔案是面試地點前方走廊。根據凱特的紀錄，時間是面試馬修之前那一刻。艾黎望著螢幕，驚恐不已——以為叫做提姆的男子揹著包包現身，身上穿的帥氣西服顯然是量身訂做。他踏著自信穩健的步伐，在晤談室前方最後一個監視攝影機前停下腳步，轉頭直接望進鏡頭內。

艾黎彷彿渾身血液凝結。男人的面部被拍得清清楚楚，他朝鏡頭說出唇語：「哈囉，艾黎。」

71

曼蒂

「來看他的人不多。」年輕護理師帶曼蒂穿過走廊。里察所在的療養院瀰漫消毒液與芳香劑氣味，亞麻地板一塵不染，牆上掛著傳統英國風景的水彩複製畫。走廊盡頭是個採光良好的開放式寬敞房間，裡頭不少坐在輪椅上的人，精神狀況有好有壞。

「他住在這裡多久？」曼蒂問。

「到現在大約十個月吧。一開始家人還算常來，現在也比較少見到了，有點感傷。」

「有提到為什麼不來了嗎？」

「沒有，但如果我告訴妳這兒有多少病人完全沒訪客，妳可能會嚇一大跳吧。甚至有些人進了大門以後就再也沒見過家屬。」

「聽說里察的家人禁止朋友探視？」

護理師點頭。「這種禁止不具強制力，但就是要求我們不要鼓勵別人探訪。」

「唔，謝謝你們還讓我過來。」

「既然和他DNA配對成功，身分總是不太一樣。」

曼蒂本來以為是情緒緊繃肚子才有種奇怪感覺，但隨即腹腔內側被踹了一腳。她揉揉肚皮哄小孩別怕，其實自己也提心吊膽，不知見到里察會是什麼場面。

「到了，」護理師推開一扇門。「床邊有椅子，然後正常對話就好，和別人怎麼說話就和他怎麼說話。」

曼蒂做好心理準備才踏進去，入內後東張西望直至最後一刻才望向里察躺臥的病床。與寢室牆上或她存在手機的照片對比根本不像同個人。這麼長一段時日曼蒂每天凝視幻想的里察英姿煥發身強體壯，此刻床上男子只剩皮包骨被塑膠軟管與呼吸裝置纏繞。

里察手臂像樹苗一樣細，下巴長疹子，給他刮鬍子的人動作不夠溫柔。頭髮長了，老派的旁分手法笨拙。皮膚透灰，睡衣掛在身上顯得過大，然而無論外觀如何、即使要靠接在喉嚨咔嚓咔嚓叫個不停的呼吸機才能將氧氣打進他這具孱弱軀體，曼蒂仍舊肯定自己全心愛著DNA配對對象。

她拉了椅子過去坐下，隨著距離縮短心跳越來越快，最後本能握了里察的手，一道電流隨血管流竄到體內。

「嗨，里察。」她開口，聲音顫抖，不知道該說什麼才好。「我叫曼蒂，你還不認識我，可是我聽過許多關於你的事情。」

她不知道該期待什麼。過去幾個月各種不可能都成真了，於是曼蒂心底依舊巴望有奇蹟——里察聽見自己呼喚、嗅到自己氣味、感應到自己存在以後有回應。但，他動也不動。

「這兒環境還不錯。」曼蒂望向窗外，療養院四周都是花園。「護理師也很親切，應該有好好照顧你吧。」

突然間她眼睛發酸，第一滴淚水順著臉頰滑落之後就潰堤不止。

「抱歉。」曼蒂繼續說，「怎麼會這樣……不是應該兩個人見面以後轟轟烈烈相愛才對？電影都是那麼演啊。診所放的那些八卦雜誌上有真人真事專欄，每個配對故事也都好甜蜜。就算明知道我們兩個和別人不一樣，我還是忍不住一直想像兩個人在一起會有多麼幸福美滿。我反反覆覆看你以前的照片、小時候的錄影，看了不知道多少小時。之前以為你死了，卻又覺得好像已經認識你。好不容易今天真的見面，你還活著，我肚裡有你的孩子，本來該是人生最值得慶祝的一刻才對吧，結果完全相反。你還是不認識我，連我就在旁邊也不知道。」

曼蒂拉起里察手掌摩擦自己面頰卻覺得好冰涼，趕快握緊幫忙保暖。可是那觸感前所未有，彷彿他的肌膚穿透過來，里察的、自己的以及孩子的脈搏在曼蒂體內共鳴。

電光石火一瞬間，里察身體觸電般輕輕抽搐。曼蒂張大眼睛盯著他，暗忖一定是自己眼花，沒想到里察肢體又跳了下，簡直像是心臟接受電擊重新啟動。

曼蒂目光離不開里察的臉。他眼瞼也開始眨動，起初十分緩慢，但速度逐漸加快，含著呼吸器的嘴角微乎其微上揚。曼蒂屏息以待，等到里察瞳孔真正聚焦在自己身上。就是現在，等待此時此刻好久好久。

她衝出病房在走廊狂奔求援。

「里察．泰勒剛剛動了！」曼蒂逮到護理師一股腦兒叫道，對方聽得目瞪口呆。「拜託過去看看！」

「他動了？」對方重複一遍。

「嗯，我拉他的手過來摸自己的臉，結果他身體動了，後來手也動、還睜開眼睛。拜託妳找個醫生好嗎？我想他可能醒過來了。」

72

克里斯多弗

他已經掙扎了整整八十二天。一邊是殺害三十名女子的遠大計劃，一邊是維護與艾宓急速增溫的關係。

哪一邊都不容易，尤其他和艾宓每兩天就同居，週末也都在一塊兒，導致沒有太多空檔能夠好好追蹤最後五個人。所以一有機會他就開電腦，覺得有必要時便在艾宓的飲料裡面摻入微量異丙酚[51]。藥也是暗網買來的，生效以後她會失去意識最多達七小時，足夠克里斯多弗在家裡不受干擾好好做功課直到凌晨，甚至解決掉二十四號、二十五號再回家也沒關係，艾宓渾然不覺。

「愛」這個字是艾宓先嘗試著說出口，克里斯多弗聽了很驚喜。那天早上兩個人牽著她姊姊的狗在漢普斯特德荒野[52]散步，狗兒叫做奧斯卡，是隻薑黃色看起來有點髒的邊境㹴。艾宓的姊姊出去度假一週所以請她代為照顧，克里斯多弗一直不懂養寵物做什麼，但兩人一狗走了很遠，路上和艾宓攬著彼此手臂，內心感受非常好。艾宓開口之後，克里斯多弗說自己也愛她。多年下來他其實與不少人講過同樣的話，可是以前那樣說是為了從對方身上得到某些東西，對艾宓說愛是第一次發自內心。

他不禁想像如果後半輩子都這麼過是什麼感覺，或許有一天兩個人也能養隻狗，還可以在鄉下買間別墅？再來就是結婚、成家，以前認為不想要不需要的生活一下子變得近在眼前，只因為他找到了DNA與自己相配的人。

他發現艾宓不在身邊的時候自己一直思念，而兩人相處時心裡有種奇妙感受，唯一能相提並論的是殺人快感。或許應該說是好幾個月前計劃剛開始那時候殺人後得到的愉悅，現在情況變了，全因為艾宓。即便兩人沒有肢體接觸時，克里斯多弗仍覺得身體很敏感，眼睛跟著她的時候目光自然就溫和了。他越來越期待計劃大功告成、能夠心無旁鶩與艾宓相伴的那天。

殺人這件事沒有之前那樣令他開心。本來臨死的喘息聽起來美妙至極，如今只是為達目的必經之路。隔幾日再造訪死者住處放置下個受害者照片也一樣，不過例行公事罷了。只要不涉及艾宓，做什麼他都嫌累贅。

兩人交往很低調，尚未將彼此介紹給別人認識。克里斯多弗根本沒朋友可言，對艾宓謊稱大學時代好哥們分散世界各地，想見上一面不容易。事實上他沒念大學，偶爾聯絡的人只有兩個兄長，至於那些表哥表姊之類雖然才五個而已，但克里斯多弗根本想不起來他們名字、搞不清楚誰是誰生的。

同樣地，艾宓也沒有對克里斯多弗詳述家裡的狀況，只提過自己是唯一的女孩、上面有四個男生，父母與兄長很保護，其實不希望她從事警官這樣有風險的工作。家人不能理解為什麼艾宓

51 一種短效麻醉劑。
52 大倫敦地區著名的自然景觀公園，歷史可追溯到西元九八六年。

一直對結婚成家興趣不大。

「我還想在崗位上奮鬥個至少三年。」她曾經解釋，「我爸媽是不同世代的人，沒做過配對檢驗，但態度倒是相信。要是告訴他們已經配對成功了，我絕對會被逼瘋，所以等時候到了再說吧。」

「那同事呢，知道妳最近和我見面？」克里斯多弗心裡想像的是，艾宓會以英俊多金的男友為榮——只不過他正好也是警察最想逮捕的人。

「約會的事情是知道，但我沒透露太多，比較想扣著你當作不可告人的小祕密。」

克里斯多弗以微笑掩飾失落。心裡淘氣的一面想著與艾宓見面的同時，最好能遇上調查連環殺人案的組員。想像自己熱情與那些警官握手，對方渾然不察遍尋不著的殺人魔遠在天邊近在眼前。

「沒關係啊，」他回答，「每個人都有不可告人的祕密，不是嗎？」

73

婕德

凱文的葬禮過後約莫兩週，婕德開始感覺住在他家這座農莊會成為自己生命的局限。目睹如此年輕的人過世雖然心很痛卻又能夠勉勵自己。凱文那麼想要擁抱生命卻被剝奪機會，婕德意識到紀念他最好的方式就是享受世界，將人生下一章活得精采。

凱文沒留遺囑也沒什麼財產，在他父母提議下婕德將租車還了，預計的澳洲東岸旅程就開他留下的老四輪驅動車。「感覺像他和妳一起上路。」丹恩這麼說。婕德打算不住一般飯店，都訂青年旅館，方便認識同年紀朋友，也彌補當初沒和大學同學去美國的遺憾。

她估計五星期時間能看完有興趣的景點，之後開回維多利亞州交還凱文的貨車，與他家人告別就可以回英國。只是回去了也無法繼續過去的生活。辦不到了。必須有番新氣象。若說婕德從凱文的死學到什麼，答案就是生命要用來活，不能虛度。

葬禮過後馬克保持冷淡讓婕德很受傷。她安慰丹恩和蘇珊，有時候肩膀都借給他們靠著啜泣，但除了凱文剛走的那幾分鐘外，她與馬克毫無交集。

也因此一直與他待在同個空間反而特別煎熬，每次看見他或感覺到他在附近都想質問、或者說想撲過去。現在注視馬克依舊感覺得到心裡煙火綻放，有幾次趁他搬稻草去餵牛、比較早下工去水池泡澡時，婕德覺得他沒在注意就偷瞄那副健壯身軀和發達肌肉。

住在農莊以後婕德也養成習慣，上床休息之前會去池子游泳放鬆，她覺得一上路旅行大概就會想念水池了吧。另外婕德也對自己承認：晚上去游泳有一部分是希望能遇見馬克，只是遲遲沒發生。但就在這天晚上，她頭埋進水裡準備第五趟來回，忽然察覺馬克的身影出現在池子另一頭。

他站在一把沒合起的大陽傘下面注視婕德每個動作。婕德停在原地撥掉眼裡的水珠，擔心只是想像、對方根本沒在看自己。她踮著腳站在水池中央，兩人互望不說話，直到婕德再也控制不住脾氣。

「幹嘛？」她叫道，「找我有事？」

「沒事。」馬克回答時表情帶著訝異。

「那你盯著我幹嘛？」

「我沒有。」

「你已經很多天不和我講話，對我視若無睹，我一露面你就急著走。怎麼看都是我惹到你了吧。結果你現在居然站在那兒看我游泳，這不是莫名其妙嗎？所以我再問一遍：你想幹嘛？」

馬克愣著凝視她，張開嘴巴想說什麼又吞了回去，掉頭要走卻又立刻停下腳步，結果卻在婕德眼前扒下T恤甩在地上，跳進水池游到她身前幾吋才起來。他稍微側頭吻住婕德，起初還不敢躁進，但很快火熱起來。與馬克嘴唇相觸的瞬間婕德頭暈目眩，儘管覺得該閉上眼睛卻又忍不住，因為想要看見他眼裡那股渴望。婕德的回應同樣充滿激情，手臂緊抱他、指尖在他背上來回不斷摩擦出火花。

好一會兩人終於分開，婕德退後一小步直視他雙目。「為什麼這時候來？」她問，「前兩個星期是怎麼回事？」

「聽我爸媽說妳要走了。」馬克雙手刷過浸濕的頭髮，「我得在妳離開之前確定自己這輩子失去了什麼。」

婕德來不及回話，馬克一個轉身游回岸邊爬上去衝進屋子，留她自己待在水中。仍舊不懂怎麼一回事，婕德只能閉上眼睛讓身體緩緩沉入水底。

74

尼克

「妳知道自己懷孕多久了？」尼克竭力保持語氣平緩。

他回到之前住的公寓裡，雙手交叉胸前來回踱步。莎莉坐在沙發上，身上一襲特大號套頭毛衣，手掌掩著腹部。

「幾星期之前發現的。」她淡淡回答。

「為什麼之前都不說？明明有很多機會可以提。」

「我該說什麼好？『喂，尼克，有件事告訴你，雖然你有男朋友了，但我懷了你的孩子』這樣嗎？」

「那為什麼等我要去紐西蘭了才說呢？感覺好像妳想把我留下來一樣。」

莎莉狠狠瞪著前未婚夫。「他媽的，尼克你給我聽清楚！這世界不是圍著你和你莫名其妙的戀愛轉動好嗎，重點根本不是你，是在我身體裡面長大的東西。早知道什麼也別說就好。」

「那妳為什麼要說？」

「因為我不知道能不能自己一個人解決。我希望自己有那麼堅強，可惜就是沒有。做決定之前，我認為你也有權知道。」

「什麼決定？」

「夠了，尼克，你又不是白癡，怎麼可能聽不懂。我還不確定我想不想又能不能一個人養大小孩。」

「妳不能拿掉。」

「不能嗎？」

「不能。」

「看著我。」

莎莉語調裡的銳利令尼克嚇了一跳。看來她確實承受了很大的孤單寂寞。「妳想說什麼？」

「你沒資格告訴我能做什麼不能做什麼。你已經決定拋下我去和別人在一起。」

「但妳自己也說我別無選擇！是妳自己叫我走的！」

「那是我發現懷孕之前，被你搞大肚子之前。」

「被我搞大肚子？只有男方能懷孕嗎？」

「在布魯日的時候你可沒把我推開。」

「是那時候？天吶，莎莉，都多久以前的事情了，妳怎麼會現在才發現？」

「發現之後推算日期才知道。」她悶哼一聲，「果然該相信直覺，根本別對你說。」

尼克心裡自私的那一面確實也埋怨莎莉為什麼要說出來，讓自己一無所知飛到地球彼端就好了不是嗎？

「小莎，妳希望我怎麼做？」他問。

「沒有希望你怎麼做，只是覺得你該知道。」莎莉望向他，「原本以為你自己會有判斷，看來是我想太多。我自己處理就好。」

可是尼克知道了就沒辦法撒手不管，良心過意不去。

「我不希望妳墮胎。」

「我也不太想，但是尼克，天下沒有那麼多兩全其美。如果你留下來，那就兩個人協調看看怎麼搞定這團糟。如果你要走也沒關係，我總會想出個辦法。你自己決定吧。」

75

艾黎

艾黎和提姆繼續日常生活裝作彼此世界一切正常，外人看來必然以為他們是對典型而幸福的佳偶，唯一出錯的地方是艾黎心中清楚自己與配對對象的戀愛只是假象。

每天早上五點三十分，安德雷將艾黎從提姆住處送到倫敦辦公地點。每天傍晚提姆煮菜等他們過去，兩人一起欣賞他用數位盒錄下的節目或各自拿著平板鑽進網路世界。

被心懷不軌的男人釣上鉤艾黎已經夠氣憤了，更糟糕的是她很清楚自己多麼放不下，得等到親眼看見監視畫面上，他朝鏡頭做嘴型說「哈囉，艾黎」才夢醒幻滅。之前始終想幫提姆找藉口開脫，比方說交往以後才發現自己母親曾經是艾黎手下的研究員、又或者他自始至終不知道母親做什麼工作之類。可惜錄影不會說謊，提姆的身分和動機絕對不單純，一言一行都經過縝密計算和演練，而她心裡陰魂不散的問題自然就是：為什麼？艾黎能推論的部分包括提姆登錄DNA配對應當是不久前的事，否則自己早就能夠配對成功。但另一方面他曾經來應徵工作，而且超過一年之久，難道是記者偽裝？競爭公司想滲透內部？然後配對成功只是他走大運？這理論荒謬到難以自圓其說，可是艾黎還沒想到別種解釋。

能肯定的另一點是早在兩人相遇相識之前，提姆就料想到有一天遊戲會走向終局，而且無論如何艾黎都將透過監視畫面察覺他另有圖謀。問題是在識破提姆所有盤算之前，這齣戲不得不繼續演下去。

倫敦蘇荷酒店準備好套房，艾黎在保鏢陪同下匆匆穿過玻璃大門直上三樓衝進房間免得被狗仔隊跟拍。安德雷在前方開路，左右還各有一人護送。貼身護衛隊已經得知老闆中了提姆的計，安德雷提議採取暴力手段逼供，或者跟他一刀兩斷切割乾淨，然而艾黎無法接受。對她而言解決困境固然是當務之急，但避免暴力事件也同樣重要，只能靠毅力堅持到底。不過她至少答應了與提姆約會時隨身攜帶警報器。

走進現代風格豪華套房，烏菈過來為老闆脫下外套，房間中央擺了桌子，周圍一女三男她都不認識。艾黎摘下墨鏡開始祕密會議。

「艾黎，這位是崔西．范騰，旁邊三位是她的組員：傑森、班恩、傑克。」烏菈介紹與會者，「調查提姆背景的工作就由他們負責處理。」

其實艾黎以前從未會晤公司僱用的私家偵探。徵信手段時常違反各種個資相關法令，她以前不在乎，現在更可謂非常時期。

「可以開始了嗎？」崔西態度很務實，立刻翻開桌上幾本彩色資料夾。艾黎對她的印象很特別——明明從事遊走法律邊緣的調查工作，崔西外表卻毫不起眼，甚至有種慈母風味，然而一開口那股直截了當、追求效率的口吻瞞不了人。「首先容我代表徵信部門致上誠摯歉意，上回的確是我們失職。基於時間因素，之前做的調查不夠徹底，當然這不成藉口，我向您擔保絕不會有下次。」

艾黎點點頭不動聲色，別人看不出她原諒與否。

「關於您的未婚夫，可靠訊息少之又少，我們判斷這是一場長期且精心的策劃。」聽崔西這麼一說艾黎又渾身不對勁，只能用力將鞋跟扎進地毯保持外表鎮定。「現在先報告已知事實：提摩西．杭特，本名馬修．沃德，出生於劍橋郡聖尼奧特斯，父母為薩曼莎和麥克．沃德夫婦。」

「他跟我說從未接觸過親生父親。但其實父母結了婚？」

「對，」崔西回答之後拿出結婚與出生證明遞到桌子彼端給艾黎過目。「沃德夫婦沒有其他兒女，馬修在劍橋郡的教育紀錄可以確認到十六歲，在校與中等教育測驗的成績都不突出，目前無法確定他是否進入專科或大學就讀。雙親婚姻關係長達二十六年，卻在八年前離婚並各自找到新對象。三年前他母親在北安普頓郡奧多市遭遇住宅火災喪命，根據相驗報告死因是吸入煙霧窒息。來應徵時繳交的履歷表上許多先前任職公司沒有立案，恐怕是憑空捏造，我們查不到任何可信的工作紀錄。」

「聽起來，將近二十年時間，提姆……應該說馬修這個人，根本不存在？」艾黎問。

「目前看來如此。他成功抹煞了自己的一切蹤跡。」崔西再翻開另一個資料夾遞過去，又是一份份列印與影印出來的官方文件。「提摩西第一次正式登場似乎就是到我們公司求職，在此之前沒有任何文書紀錄，我們上次調查得到的資料不是假造就是經過篡改。與所屬足球隊聯繫之後，隊員表示他一年多前才加入，而且幾乎不參與社交活動，大家都與他不熟。」

「從他過來應徵這點判斷，他應該早就料到有一天我們會察覺履歷資歷全是假的？」

「我也這樣認為。」

「再推敲下去，我想他真實用意只在於進入公司大樓，對著鏡頭說唇語，就希望某一天我會看到。」

「這人籌劃很久，動機究竟是什麼我還不敢妄下論斷。」

艾黎搖搖頭。「既然你們沒找到他現在工作的地方，那每天他自稱去上班的時間究竟在幹嘛？」

「如果您想知道，我就安排一隊人去跟監。」

「能不能聯絡上他父親？還在世嗎？」

「還活著，但住在蘇格蘭蓋爾布雷斯的中風病房，配偶剛走不久。我們詢問了病房管理單位，他已經無法與人溝通。」

「所以完全找不出關於提姆的情報，連DNA也沒線索？」

「完全沒有，即使藉由面部影像辨識軟體分析照片也毫無所獲。DNA資料從公司資料庫消失，我們從您住宅取得指紋，但同樣是死胡同。似乎現有一切都是故布疑陣，誘導您往特定方向追查。」

「該死。」艾黎咒罵之後人往椅背一靠。背部與腋下冒出冷汗濕透了，她雙肘撐著皮椅扶手試著保持冷靜。害怕的事情全部成真，應該說比想像的還要惡劣許多。提姆是她的配對對象，但不知為何想要毀滅自己。

接下來艾黎意識到房間一片死寂，大家連正眼看她都不敢。她也覺得自己蠢到家、面子全丟光，恐怕往後別人會在背後嘲笑億萬富豪女強人內心只是個傻丫頭。她坐不住了，起身戴上墨鏡穿回外套，與崔西等人隨口道聲謝就速速帶著烏菈和安德雷離開現場。

返回辦公室車程，駕駛努力避開倫敦晨間的擁擠車流。艾黎的哀傷逐漸轉化為憤怒，彷彿痛失所愛、美好的未來隨之粉碎。自己深愛的提姆被一個陰險狡詐的陌生人害死了似地，這感覺她無法承受。

車子鑽來鑽去，穿過倫敦橋，然後停在碎片塔前方。抵達之前艾黎就氣得大聲吩咐烏菈，助理瘋狂在平板電腦做筆記：住處每道門鎖、每個密碼都要更換，也要重新申請手機門號與私人郵箱，刪除她和提姆之間所有互動的文字和影像，也切斷兩人能夠聯繫的一切管道。

電梯飛上雲霄來到七十一樓，艾黎尋思該在何時何地、以何種方式與提姆攤牌，最後計劃就在今天晚上帶著安德雷的保鏢小隊去他家堵人，無論採取什麼手段也要逼出真相。

可惜先發制人的權力從來不在她手上。闖上辦公室房門時，竟看見提姆坐在自己位子，雙腿蹺在桌子上。

「哈囉，艾黎。我們也該談談了對吧？」他臉上笑容依舊燦爛。

76

曼蒂

醫生關門為里察進行診治。三十分鐘時間曼蒂覺得極其焦躁，想像力全速運轉，深信是他接觸到自己與寶寶以後回復神智。經過難以忍受的等待，醫生終於開門叫她進去。

「抱歉，」醫師帶著同情宣布，「可是我真的沒觀察到明確的腦部活動。」

「以前聽說有些病人聽見歌曲或熟悉的聲音會從昏迷中甦醒，他有可能是同樣情況嗎？」

「昏迷的病患當然有可能，不過妳這位朋友並非昏迷。」醫師回答，「我們坐下來談吧。」

曼蒂坐上扶手椅，詹金斯醫師則靠在病床床緣。「我解釋一下：昏迷的病人完全沒有反應，不會動、對聲音沒反應，也不具痛覺，大腦為了對應遭受的痛楚直接關閉機能，但研究顯示他們保有接收周遭訊息的能力。泰勒先生不同，車禍之後他腦部重創，由昏迷轉變為長期植物人狀態，這之間差異很大，代表泰勒先生失去意識而且對環境沒知覺。然而他身體還有反應，就像妳先前看見的那樣，手臂和眼睛會動，甚至能打呵欠或發出類似語言的聲音，問題在於那些行為都不是當事人自己控制的，只是自然的神經反應。這個狀態持續下去的話……我們推測會持續，隨著時間拉長他康復機率會趨近零。非常抱歉，葛利菲斯小姐……」

曼蒂用袖口擦擦眼淚。「不是那樣吧，」她回答，「你剛剛說他對周圍沒知覺，但他一定知道我來了。是我拉他手過來碰我臉的時候他才有反應。」

詹金斯醫師遲疑一陣以後蹙眉道：「我明白妳和泰勒先生的關係，兩位是DNA配對吧？」

「嗯，不過今天是第一次見面。」曼蒂說完覺得尷尬，但她想讓醫生明白情況特殊至極。「另外，我懷了他的孩子。」

詹金斯醫師望著她的表情不僅疑惑，大概也覺得這女人瘋了。

「說來話長，但是是真的。」她趕緊補充。

「唔，文獻裡有些案例說病人對配對者有反應，牽涉到小孩更顯著。學界推測是懷孕婦女的荷爾蒙性質特殊，即使病患失去意識感官還是受到刺激。可是要稱之為治療或復原還是太勉強，我不敢否定可能性，但會認為是非自主的化學反應，而不是大腦真的有運作。」

「我不是很懂。」

「意思是說可能並非『里察』這個人格回應妳的觸碰，而是這具身體，也就是他的受器、荷爾蒙、神經系統與肌肉等等能夠自動偵測配對者出現並受到影響，未必經過大腦認知。」

曼蒂像洩氣的皮球癱在椅子上。方才以為又一個不可能成真了，配對者之間的連結喚醒命中註定的男人。可惜那只是化學物質開的天大玩笑。

詹金斯醫師離開病房，曼蒂留在裡頭陪里察靜靜度過一小時，祈禱他的身體還會再對自己起什麼反應，結果卻連個小小抽搐也等不到。無奈之下只能吻他額頭，承諾會再來探望。

「對不起。」走出大樓回去停車處途中曼蒂對肚裡孩子說話，忽然感覺嬰兒換姿勢掀起一陣痛。今天累積太多壓力，身體會不舒服很久，但她已經打定主意：回去收拾衣服行李，與派嬸和蔻依對質完，就徹底抽離層層的謊言。

77

克里斯多弗

艾宓和克里斯多弗手攬手走在碎石滿布的寂寥海灘。

儘管天空灰暗、起了風也飄了雨，她還是提議沿著索思沃爾德海岸朝奧爾德伯勒走回去，於是兩人換上毛衣，外頭罩上同樣藍色的雨衣，是先前在鎮上買來預備的。

途中經過一座小馬場，樹下圍籬門後關了三匹黑色大型馬。克里斯多弗想起自己十幾歲的時候也曾經見過這種地方，不過那兒外頭道路車流量比較多，所以當時他將圍籬門鎖打開，想看看會有什麼結果。道路對面有條壕溝，他躲進裡面等待，沒多久就看見馬兒從裡面闖出來。第二匹想逃走的馬撞上一輛金龜車，頭顱衝破駕駛座那側擋風玻璃，人馬都當場死亡。自此之後克里斯多弗就很喜歡馬。

「要不要找個地方喝咖啡取暖？」艾宓問，克里斯多弗用力點頭。他不喜歡冷，也討厭長途健行，若非遛狗或有特定目的地，實在不知道為何要辛苦走路。可是他喜歡與艾宓相處，而戶外活動似乎能給艾宓好心情，那麼他也滿足了。

順著海岸繼續走，穿過外牆都是明亮色彩的別墅區，上了混凝土斜坡之後，大街左右都是服飾精品、藝廊和小吃。他們想挑一間氣氛舒適的咖啡廳。

有個年輕女子頭髮濕了表情煩躁，用力踩腳踏車急著找地方躲雨。有一瞬間克里斯多弗想像她被汽車輾過的模樣，以前在倫敦搭地鐵常有類似念頭，望向手扶梯對面的陌生女人，然後心裡想著上人家好還是殺人家好，最後是殺比較多，但認識艾宓之後他忽然很少在腦袋裡玩這種小遊戲。

進入咖啡廳，他們找了暖爐出風口前的位置烘乾運動外套等服務生過來。

「你好像很少出門踏青，應該沒那麼糟才對？」艾宓看著窗外，雨勢轉大重重打上玻璃。

「好吧，天氣除外。」

「不會啦，還不錯。」克里斯多弗的回答很真誠，他確實不在乎那些自然風光，但有艾宓陪著就好。

「偶爾離開倫敦一下可以轉換心情。」

克里斯多弗很能體會。起初艾宓提起父母在海岸有間度假小屋、希望兩人嘗試一次小旅行看看，他內心那情緒幾乎可以形容為焦慮。距離三十人目標只剩四個，實在不想節外生枝，分心就容易出錯，談戀愛以後風險越來越大。可是他又真的很想與艾宓有個完整週末，相比之下殺死那些目標反而沒那麼重要。

克里斯多弗也考慮過是否停在二十六就算了，其實已經達成最初目的：讓七百萬人的大都會陷入恐慌，創造全球媒體頭條，許多人對案情和背後神祕人深感著迷，提出一連串問題：「動機是什麼？」「如何挑選目標？」「犯案地點有規律嗎？」「噴漆版畫代表什麼呢？」

能夠回答的當然只有他自己。想到過程的嘔心瀝血卻不能露面受人景仰，克里斯多弗偶爾也感覺疲憊無奈。然而為了讓一連串犯罪成為真正的傳奇，那都是必要犧牲。

「克里斯，能不能問你個問題？」艾宓開口，他們的奶泡拿鐵也送上來了。她好像有點緊張。

「說啊。」他回話時將馬克杯對稱擺好，艾宓沒用全名稱呼他似乎已經不是大問題。「在想什麼呢？」

「其實也沒什麼，」她輕按克里斯多弗的手彷彿試圖安撫。「只是覺得該瞭解一下。雖然我自己也不喜歡講這種話啦，但——你覺得我們兩個的關係要往哪裡發展？覺得我是命定之人嗎？會不會想和我定下來，就像其他情侶那樣？」艾宓兩頰微微發紅，克里斯多弗看了嘴角上揚。她搶著繼續說下去，語速還越來越快。「雖然我們配對成功了，但不知道對你而言是不是足夠？而且就算你覺得可以，也一直沒有認真告訴我。和我以前認識的男人比起來你是不太一樣啦，這沒關係，只是有時候真的沒辦法猜到你心裡想什麼。」

克里斯多弗蹙眉。「妳說『不太一樣』是什麼意思？」

「嗯，就是你真的很不動聲色吧？感覺得到有什麼事情你始終沒告訴我。換作以前的男朋友，讓我這樣想的話也差不多可以提分手了。畢竟我是當警察的呀，就算最親近最喜歡的人還是自然而然會去懷疑，但是你的話……不太一樣，好像你有隱瞞也無所謂了。」她遲疑片刻，克里斯多弗暗忖真希望艾宓說得對、自己的祕密能夠無所謂。「就算知道你隱瞞什麼我也沒有因此受不了，這有點難解釋，我不但不缺乏安全感反而恰恰相反——我變得更信任你，認為你保有自己的祕密無妨，不至於讓我受傷。」

克里斯多弗心底湧出強烈衝動，想將多年來覆在心上的防護罩一層一層褪下，披露他是怎樣的人、做了怎樣的事，希望艾宓明白即使過去也有人愛他，他卻始終不懂如何接受，直到此刻。艾宓出現之前他不知自己為何而活，如今天性中的黑暗終於得到淡化，於是第一次真正在乎別人，不想再隱藏。

他沒有立刻回應，先閉上眼睛，再張開嘴的時候本想和盤托出，不過自我保護機制啟動了，聲音發不出來。他立刻想到：倘若這時候放棄計劃，等於給後半輩子留下唯一而無解的遺憾，內心深處也會因此有一絲對艾宓的憎恨，埋怨她為什麼擋在自己與殺人之間。然而那份怨恨就會像一顆種子，隨時光流逝成長為大樹，遮蔽艾宓散發的光芒。想到怨氣潰堤之後會怎麼對待艾宓，克里斯多弗自己都覺得害怕。

「妳想要的，就是我想要的。」他淡淡回答，不過發自內心。

克里斯多弗盯著桌子不敢注視艾宓雙眼，擔心四目相交的話，她會發現自己愛上了沒靈魂的男人。

78 婕德

預計的澳洲冒險第二階段應該在兩天後啟程，可是婕德卻又不像之前那麼想離開凱文家的農莊。

是馬克那一吻帶來改變。原本基於忠貞和禮數不敢彼此靠近，但在水池任情感爆發一次就夠，兩人開始彌補失去的光陰，只要不會被發現什麼地方都能幽會：陪馬克去鎮上買東西手要一起握著排檔桿，同桌用餐時總會擦過對方臂彎，她還開始幫忙趕牛進棚、裝上擠奶器。與馬克相伴的每分鐘都覺得心臟會從胸口蹦出來。

像上癮一樣，她戒不掉馬克。得到越多越渴求。

收好行李即將啟程環遊澳洲，那股渴望也達到巔峰。想到之後五個星期都沒馬克在身邊就覺得喘不過氣，心底叫她留在農莊的聲音越來越強烈。

出發前一夜，婕德覺得接吻、牽手、偶爾的親密真的不夠。她從無名指摘下銀戒放在床頭桌，闔上客屋大門，悄悄朝主屋裡馬克的房間走過去，握門把時覺得掌心濕黏，只能在心中祈禱他不會拒絕。可是房門竟然沒關緊，推開一看，馬克躺在床上卻睜著眼睛望向她，似乎也期待婕德出現。

而且馬克還掀開被子一角要她也躺上去。

「明天和我一起走？」事後婕德低聲問。她渾身無力，有點喘不過氣。

「妳知道我辦不到。牽扯太多。」

「你覺得我不懂？嫁給他的是我。」

「然後他老婆剛剛讓我上了。」

「這什麼話？」婕德往旁邊一彈。「是我人盡可夫嗎？」

「抱歉，我不是那個意思。」

「你那口氣不就是我很下賤，隨便誰都可以。」

「真的不是那意思。我知道我不該那樣說。」馬克握起她的手。

「你和我都明白才對，這不是我們能控制的情況。」

馬克點點頭。

「所以，和我走。不一定非得明天，過個一星期、兩星期也無妨，和你爸媽說你想出去散散心就是了。給彼此一點時間相處，好好想清楚該怎麼辦。你該給我個機會。」

「婕德，農場還需要我。」

「我也需要你。」

「我不能這樣對家人、對凱文。該怎麼跟大家……跟半個月之前才來參加葬禮的人說，我愛上自己弟媳婦？」

馬克終於說了愛，婕德臉一紅、身子彷彿著火。「但如果我也愛上你，真的有那麼十惡不赦嗎？」

他只是歉疚地搖搖頭，然後倒在床上盯著天花板，好像期待上天給個啟示告訴他該怎麼做。

婕德赫然感覺到自己的赤裸與尷尬，遭到拒絕、滿懷挫折之下她套上T恤與內褲，起身開門準備回自己房間。

「馬克，你這是在糟蹋我。」她忿忿不平。「要是你想不通，很快就來不及了。」

婕德轉頭要跨出房門時，驚覺蘇珊站在走廊盯著他倆，神情混雜憤怒與失望。

79

尼克

尼克完全沒胃口了。就算強迫自己嚥下食物也總有反胃的感覺，無可奈何之下他又尋求香菸、口香糖、加味水這些東西的慰藉。發現自己即將為人父的驚愕總是會褪去，尼克就像當初和莎莉分居一樣躲進伯明罕市中心的小旅館裡。回去亞歷的公寓有太多自己的東西擾亂思緒，空白乾淨的地方才能保持專注集中。

連著幾個小時獨處，他站在九層樓高的窗戶邊凝望城市起起伏伏的天際線，也意識到只要鬆開窗框的四個螺絲就能拆掉安全栓將其完全打開。頭兩枚螺絲落在掌心以後那念頭在腦海更加清晰，雖然尼克很快屏棄卻又繼續用茶匙將另外兩枚也取下。如果選擇這條路，自己再也不造成任何人麻煩。

這一晚他沒回覆亞歷任何訊息，因為不知道該說什麼好。自己沒去倫敦辦證件，而是與前女友見面，而且發現自己年底就要當爸爸了。亞歷的文字訊息內容越來越擔心，撥號或語音留言越來越頻繁，尼克決定直接關機。

敞開的窗戶吹進微風拂過尼克臉龐。他毫無所覺，心裡只想著以前自己很想要小孩，莎莉反而猶豫。當時兩人協議先結婚，過幾年以後順其自然，沒想到一趟布魯日度假就將他們打回原形還得承擔後果。

「要讓事情走下去，還是斷在這裡，都看你的決定。」莎莉說這番話的時候神情落寞，尼克相信是發自肺腑。「我只是把事實攤開給你看，要不要當個父親你自己思考。我能確定的就是我自己做不來，這不是威脅你，也不是什麼最後通牒。」

只是站在尼克的角度看沒這麼簡單。

他很務實，思考了所有可能性，想看看是否能陪伴孩子長大的同時與亞歷相伴。例如照計劃移居紐西蘭，現在飛機票一年比一年便宜，一年回英國一趟不成問題，省一點的話或許可以兩次，其餘時間就靠FaceTime或Skype視訊遠距離參與孩子成長。這樣做當然不理想，可是幾十萬從軍外駐的父母不也這麼做嗎？更何況沒道理莎莉就不能帶孩子過去度假。但這種安排是否成立取決於她對「自己來」的定義為何，莎莉恐懼的是一個人養育孩子，尼克其實也希望能盡量陪伴。至於她給的另一條路，尼克打從心底無法接受。

要求亞歷山大留在伯明罕太過分了，他得回去照顧重病的父親。病況時時刻刻惡化，他看得出亞歷多在乎最後這段相處時光。將心比心，換作尼克也會把家人看得比自我更重些。

他還想得出很多擦邊球的辦法解決問題，結果卻都相同：如此一來尼克只是孩子生活的花絮，而他無法滿足於此。真的為人父，他就想認真將兒女養大。

然而又有一個憂慮浮現在腦海，是個很可怕的念頭：萬一他以後怨這孩子斷絕自己與配對對象的良緣怎麼辦？倘若望向嬰兒的眼睛，只反映出自己瞳孔中的空虛？

尼克打了個冷顫。

想到無法與靈魂的另一半相見，而且不知道得持續多長時間，尼克彷彿連身體都痛了起來。不能與亞歷分享生命中的歡愉，不能望向他進房時臉上那抹憨傻的笑容，不能感受他熟睡時胸膛的起伏，尼克真的渾身上下都覺得不舒服。兩個人在同個城市都這樣了，相隔天涯兩端該怎麼辦？那寂寞感從骨髓湧出，他知道自己難以承受。想滿足所有人就像拿根掃帚對抗海浪那般毫無希望可言。

尼克用力嚥下口水，盯著窗戶安全栓上僅剩的兩根螺絲。他做出選擇，一旦決定就無法回頭。

80

艾黎

「哈囉，艾黎。我們也該談談了對吧？」提姆堆滿笑臉、語調自在輕快，可是那笑意太過浮面。兩人之間隔著玻璃桌面，他靠在椅背端著玻璃杯啜飲之後又攪了攪裡面冰塊。飲料櫃上名貴蘇格蘭威士忌的水晶玻璃瓶栓子也沒塞回去，顯然是故意擺得顯眼要艾黎看見。

這不是令她神魂顛倒的那個提姆。面前的人叫做馬修，自己對他幾乎一無所知，明明算是素未謀面艾黎卻已經憤恨不已，她手探進外套口袋準備按下安德雷準備的呼救裝置。

「我知道妳身上有警報器可以把巨人叫過來，要按就按隨妳便，我不會阻止的。」

艾黎轉身打算出去發警報，但馬修又開口。

「不過，如果妳按了警報器，就一輩子都沒辦法知道為什麼我要大費周章整死妳。」

她停下腳步背對馬修。

「一輩子都在尋求解答的科學家，應該很受不了這種被蒙在鼓裡的狀態。」

艾黎走向飲料櫃給自己調了杯琴通寧，拉正裙子在房間兩張沙發裡挑一張坐下，蹺起腿等著提姆過來對面。方才剛開門就打照面所以心慌意亂，鎮定之後艾黎堅定信念：想聊也是他過來聊，休想要她迎合。

「在蘇荷酒店開會還順利嗎？」馬修撂下這句才走近。行蹤被對方掌握的確出乎意料，但艾黎不動聲色。「妳的雲端帳號該換個難一點的密碼，人在哪兒我清清楚楚，假裝在上班也沒用。」

「彼此彼此，你也不該用我的iPad登入自己帳戶。」

「還以為是我不小心嗎？從頭到尾都沒有意外，艾黎。每一步都按照我的規劃展開。」

「那你什麼時候要說重點呢，馬修？」她淡淡問。

「啊，第一次這樣叫我，我挺喜歡呢，小艾。話說回來，妳知道為什麼我會挑提摩西這個名字嗎？典故當然是聖經，提摩西的含義是『榮耀上帝』。妳覺得自己是神、應該被人敬拜對不對？」

艾黎挑眉。馬修沒等到更多反應才繼續說：「找到那個小基因就開始指點大家該和誰白頭偕老……怎麼看都有上帝情結吧。」

「這種控訴聽得很膩了。」艾黎故作姿態嘆口氣。「別浪費時間，你到底想幹嘛？總該有個動機，看起來錢的可能性最大，是打算拿不到錢就把事情拿去和記者爆料嗎？」

馬修又喝一口酒。「猜錯了。我對八卦新聞沒興趣。再試試看。」

「我本來就不知道你對什麼『有興趣』。」

「說得對極了，那親愛的準新娘，我介紹一下自己吧。我的興趣就是用妳做夢都想不到的方式顛覆妳的人生。」他露出冷笑，彷彿向艾黎敬酒。

「具體計劃是什麼呢？」

「時候到了自然會明白。但首先我想說，真可惜沒能在旁邊親眼看看妳從照片認出我媽時是什麼表情。」

「記憶並不那麼深刻。」艾黎謊稱，「老實說，她職等不高，沒那麼重要也沒那麼突出。」

「她可是最早接受測試的那批。從這點判斷多多少少能留下一點印象才對，尤其考慮到她根本不知道自己成了受試者。」

艾黎朝他射出銳利目光。馬修意有所指，她也聽得明明白白。

「妳好像不打算糾正我。」他繼續說下去。

「早期我的確……借用了……一些人的DNA來建立資料庫。」

「一些而已嗎？聽說老夥伴們在背後叫妳『芝麻街的奧斯卡』[53]，因為妳花了好大一番工夫翻垃圾桶收集人家用過的塑膠杯和叉子，目的當然就是不經過他們同意偷偷從上面採取DNA當做研究資料。」

艾黎內心那把火又燒起來。她早就付出巨款確保相關圈子裡的人對當年研究過程三緘其口。

「所以？」她問，「稱得上什麼世紀大案嗎？」

「不只違法，也不道德。」

艾黎笑了。「輪得到你教我什麼叫做倫理道德？拜託，馬修，換個新花樣。」

「這樣啊，那就聊聊妳有了點資本之後，居然找人賄賂公務員取得國家DNA資料庫的紀錄檔案？還有妳怎麼收買診所、醫院、殯儀館好得到更多樣本？」

「我無法為第三方行為負責。」

「妳從已經死掉的人、快要死掉的病人，還有囚犯身上採取DNA，畢竟資料庫夠大才有辦法找更多金主支援。仔細研究公司檔案會找到知名戀童癖、性侵犯，甚至殺人犯，其中不乏配對成功的案例。再挖深一點還有嚴重精神疾病患者，甚至早就過世的兒童。死掉的孩子啊，艾黎！這妳又要怎麼解釋？」

「去找間草創期毫無爭議作為的全球規模大企業來看看。」艾黎別過臉，雖然的確都是她親手所為或刻意縱容，但仍拒絕為此受辱。「成敗論英雄，」她回答，「我的發現改變整個世界，能說這結果不好嗎？」

「記不記得我媽的配對結果？」

「當然不記得，那麼久以前的事情，我猜測以當時的資料庫應該找不到對象。」

「那我爸呢？」

「你爸？我兩小時前才知道有這號人物存在。」

「他也是妳的早期實驗樣本。雖然是公務員，但資料被妳偷去用。後來出了公開版本的配對測試，一個女人跑來說是他的配對對象。那時候我爸媽本來都要規劃退休生活了，沒想到他就拎著行囊和見都沒見過的人搬去蘇格蘭。」

「馬修，我無法為所有——」

「別再跟我扯什麼自願受試還是別人人生亂七八糟不能要妳負責的屁話，我過來就是要告訴妳：今天輪到妳的人生被毀滅。應該不介意我續杯吧？」

---

53 兒童節目《芝麻街》角色，特徵為愛發牢騷和喜歡垃圾。

81

曼蒂

去療養院探望里察結束，回到派嬸家裡她慶幸兩人正好都不在。

曼蒂需要時間做準備才能質問派嬸和蔻依為何謊稱里察已死，而且當務之急是先離開這地方。她上樓進自己房間——里察的房間——忍著淚水再潰堤的情緒不哭，下午堆積的壓力會不會影響胎兒令人憂心。

原本充滿期盼的一天經過九彎十八拐，比詹姆斯．派特森的小說更多曲折。曼蒂好累，好想躲回自己家熟悉的環境，一進屋鎖好門就浸在滿是泡泡的熱水澡裡練習與現實和解。過幾天塵埃落定，她要回頭修補和母親與妹妹們的關係，已經大半年沒好好見面，現在是她生命中最需要真正親屬陪伴的時刻。

她收拾散落房間各處的衣物塞進行李箱，與寶寶有關的東西就按照派嬸安排的位置整理好，幾袋玩具、尿布、娃娃車也沒動，這些東西之後自己買就好。前門傳來開啟聲，一股作嘔感覺湧出，曼蒂趕快關好行李箱拉上拉鏈。

「哈囉！曼蒂妳在樓上嗎？」蔻依進門就吆喝，「媽懶得做菜，我們買了外帶的炸魚和薯條……」

她話說到一半戛然而止，因為曼蒂拖著行李箱走下樓梯。「怎麼了嗎？」派嬸開口問。

「我有事得回家幾天，」曼蒂說，「也需要一點時間獨處。」

派嬸和蔻依面面相覷神情困惑。「出了什麼事？寶寶嗎？他沒事吧？」蔻依先問。

「嗯，寶寶很好。」

「那為什麼忽然要走了呢？以為妳住在這裡很開心？」

曼蒂沒有立刻回應，而是先好好打量面前兩個陌生人。她意識到自己真的不認識對方，派嬸和蔻依從接觸第一天開始就沒說實話，想起她們灌輸的謊言、虛假的承諾，一股怒火燃燒起來。

「我知道里察的事情了。」曼蒂說得緩慢而堅定。

「知道什麼？」派嬸問。

「今天見了米雪．尼可，她是里察的前女友吧，和我說了非常多有趣的事情，比方說他是花花公子而且根本不想要小孩。但還有更多祕密不是嗎？」

「她滿嘴胡說八道，」派嬸立刻叫道，「米雪只是心有不甘，沒辦法接受里察和她分手。」

「所以妳們沒去求人家為里察生小孩，就算人家拒絕了還一直騷擾？」曼蒂視線緊盯派嬸。

「怎麼可能有那種事情，親愛的。里察過世之前親口說過根本不愛她。」

「『過世之前』！派嬸，適可而止吧，我知道真相，整個下午都在療養院那邊陪里察。」

派嬸一聽訝異得伸手捂嘴，蔻依別過臉不願面對。

「為什麼對我說謊？」曼蒂質問，「為什麼跟我說他死了？」

「不是故意的。」蔻依雖然聲音顫抖還是試著介入。「妳出現在紀念會上，當時我們以為妳知情，等妳到家裡來我們才發現原來妳以為他走了，所以……」她往派嬸瞥一眼，「媽覺得不要再刺激妳比較好。我有想過應該告訴妳才對，只是拖得越久越找不到合適的時機。」說完蔻依又和派嬸交換一個不安的眼神。

「妳還帶我去什麼撒骨灰的地方啊，派嬸。天下有這樣的母親？兒子根本還沒死啊！」

這下子連蔻依都大驚失色。「媽？」她低聲詢問，可是派嬸無視。

「跟死了沒兩樣。」派嬸說，「乖孩子走了，我想要他回來。至於妳，妳不也想要小孩嗎？對妳說謊是我不好，但結果對雙方都有好處吧？」

「也就是說一開始就打算用我的孩子取代里察？」

「他無可取代。」派嬸氣呼呼地說。

「不然呢？護理師跟我說妳們都不去探病了。遇見我之後根本對他不理不睬，只是付錢讓他住在那兒而已。」

「很痛苦啊。」蔻依插嘴，「看著以前精力旺盛的親人變成一具空殼，我們心裡太難受了。」

「喔，好可憐。不過妳弟弟是不是更可憐？被孤伶伶丟在療養院的是他，而且妳們還不准朋友去探視。」

「妳憑什麼批評我們。」派嬸走向站在樓梯的曼蒂。「妳覺得他現在成天臥床，靠呼吸器、鼻胃管、導尿管才能活很不堪對吧。搞清楚，那是妳運氣好，根本不認識以前的里察妳拿什麼做比較？躺在那裡的只是一具身體，哪裡稱得上是里察，是我兒子？什麼都不懂的人別來對我指手畫腳。」

「媽，曼蒂，妳們冷靜一下。」蔻依想勸架但沒人理會。

「對妳而言我究竟算什麼？裝小孩的容器？」

「當然不是。只想要子宮的話去找代理孕母就好。」

「妳們找上米雪不就是要代理孕母嗎？我出現之前就問過她了。」

「那時候是我們太錯愕，」蔻依再插話進來，「事情剛發生情緒沒平復很難過。可是現在已經想清楚了，對吧，媽？所以我們才會把里察的DNA送去做配對，希望找到真正該幫他生孩子的人，那就是妳呀。」

「什麼？」曼蒂訝異得手都鬆了，行李箱砰一聲摔落地面。「是妳們幫他申請做測試？」

蔻依遲疑，「妳講得好像我們十惡不赦，其實沒那麼誇張。」她低頭。「媽也想不到更好的辦法啊。好了，曼蒂，妳先把行李放好，下樓來我們好好談談。我們是一家人，孩子也是。」

曼蒂搖頭失笑。「大錯特錯，我根本不是這個家的一分子，也沒傻到讓我的孩子和妳們牽扯上關係。妳們兩個打從一開始就滿口謊話，誰還敢信？我要回家讓生活上軌道，不需要妳們兩個來攪和。」曼蒂抓起行李箱拖著下樓。

「不想當一家人就算了，」派嬸大步跨過幾級階梯衝到曼蒂面前。「休想把我孫子搶走。」

曼蒂被派嬸拉扯手臂，重心搖晃身子往前一撲。雖然搶在屈膝之前抓住扶手卻不足以阻止孕胖身軀倒下、額頭撞上欄杆，血液帶著溫熱滑過臉。她一手扣著欄杆一手觸摸傷口，發現傷口很深，整個身子又癱軟。

「我打電話叫救護車。」蔻依嚷嚷著就要跑去客廳拿電話。

「傻丫頭站住。」派嬸叱喝，轉頭從自己袖內抽面紙壓在曼蒂傷口上。「妳好大的膽子，想害死我孫子？」

「是妳滿口謊言咎由自取。」曼蒂泣訴。

「我可是真的把妳當親生女兒對待，原本四個人可以過得幸福美滿，誰叫妳多管閒事硬要找麻煩。妳喜不喜歡不重要，就算找法官過來也沒用，這孩子生命裡不可能少了我，沒人能逼我們祖孫分開。」

曼蒂被嚇壞了，而且頭昏眼花，只想趕快逃離派嬸，於是甩開對方撐著自己的手急著提行李箱。但一邁步下樓她就雙腿發軟栽了個大觔斗，受傷的頭二度撞向扶手與欄杆，接著滾落最後幾級階梯、面朝地板縮成一團動也不動。

82

克里斯多弗

二十九號赤褐色頭髮散發的氣味分子進入克里斯多弗鼻孔、與鼻黏膜結合，化作神經訊號流向大腦。

可惜她用的果香洗髮精是廉價品牌，味道讓克里斯多弗很不悅。回想起來這是第一次氣味能產生負面情緒。

他本想乾淨俐落、追求效率，但二十九號脖子很窄，他又將鐵絲纏太緊，結果劃破皮膚。克里斯多弗不得已只好略微鬆手，擔心動脈也被割破的話會噴得到處都是血，清理整個房間肉眼未必能見的微量血跡太花時間，何況他也沒那心情。

不過扯得不夠緊代表得等更久——他默數發現足足耗了八分鐘才讓二十九號徹底失去意識癱倒在地。不得不說這女人挺有骨氣，又抓又踹又咬、掙扎沒完沒了，儘管徒勞無功。畢竟經過九號那件事情克里斯多弗學乖了，加上掌握更多經驗和奇襲優勢，勝算壓倒性地大。

二十九號癱軟在地上，克里斯多弗俯身再度給她頸部纏上鐵絲，施以適當力道確保大腦得不到氧氣。玻璃折疊門的倒影上，獵人與獵物糾纏難解直至一方死去，但他凝視片刻便轉頭，覺得那不是自己、或者說他認不出往昔的自己。

二十九號緩緩死去過程中咽喉冒出咕嚕聲，與頭髮氣味同樣令人不快，而且克里斯多弗還得忽略她鼻孔流出的黏液、嘴角噴出的唾沫。

等她終於斷氣，克里斯多弗鬆手坐在旁邊情緒崩潰，盯著天花板時腦海充斥另一個目標的身影。二十七號陰魂不散的糾纏成了轉捩點：因為她和艾宓，雖然克里斯多弗是心理變態者，卻也漸漸生出同理心與良知。

二十七號死了約莫三天之後，克里斯多弗回到她住處廚房要留下二十八號的拍立得照片，沒想到竟目睹生命中第一次也是唯一一次震驚又迷惘的景象。

她腫脹變色雙腿間多出一個形狀完整的死胎，體積很小、不比一顆蘋果大。克里斯多弗看見之後第一反應不知所措，怔怔望著暗忖難道給自己壓力太大導致幻覺，但無論怎麼閉眼再睜眼結果都一樣，胎兒並未消失。

二十七號的名字叫做多明妮嘉．柏思科，他絕對不會忘記，因為只有這個母親與她的孩子在克里斯多弗眼裡能稱為受害者，也因此他忍不住拿茶巾好好裹住胎兒安置在母親臂彎中。

克里斯多弗想像倘若自己看見艾宓和兩人的小孩躺在面前，冰冰冷冷毫無生氣，由於另一個人的暴行而斷送所有未來可能性。成年以來他初次眼角噙淚，沒來得及止住頭兩滴濺在那對母子身上。

回家上網搜尋才得知那嬰兒的情況極為罕見，醫學術語是棺內分娩，推測是多明妮嘉遺體腐敗過程中腹部不斷累積氣體，最後壓力將胎兒推至體外。

那天後來克里斯多弗努力拼湊關於多明妮嘉的資訊，將郵件、簡訊和社交平台動態滴水不漏調查清楚，結果發現她在四封郵件中提及自己懷孕，收件人是故鄉敘利亞的幾個朋友。比對日期得到另一個結論——這四封信收發時間正好是他和艾宓去度假的週末。

克里斯多弗知道與艾宓交往導致自己鬆懈，投注在她身上的精力太多，沒辦法好好追蹤目標狀態。假如事前察覺多明妮嘉有孕在身，他會直接將她從名單排除。

名單只剩下一個人了，但他是否能堅持到底自己也不確定。

83

婕德

衣衫不整站在婆婆面前，剛和她兒子做完愛臉上紅暈都還沒退，但對象又不是自己下嫁的那個兒子……婕德覺得自己實在太狠心。

蘇珊房間透出一絲光線照亮她的臉，那抹哀痛在昏暗中更顯龐大沉重。她打量兩人，深感厭惡，轉身便朝客廳走去。

馬克的內褲被婕德脫下來扔到房間角落，他急急忙忙拾起穿好再套上T恤，鑽過婕德身旁往母親追過去。

「媽！」婕德聽見他開口，自己拿了掛在馬克房門後面的毛巾布睡袍披在身上。雖然雙腿不大有力氣還是跟著過去，這件事情必須兩人一同面對。

「你們怎麼可以！」蘇珊低呼，眼淚已經撲簌簌流下來。「凱文是你弟弟，馬克。也是妳丈夫吧，婕德？你們怎麼這樣對他，人才剛下葬，不就是所謂屍骨未寒嗎？」

「對不起，」馬克連忙道，「不希望妳知道的。」

「是啊，你當然不希望人知道，誰看不出來你們打算偷偷摸摸繼續下去。」

「不是那樣的。」

「妳也是！」蘇珊怒氣未消，手指朝婕德一比。「我們真心歡迎妳，對妳視如己出，希望妳把這兒當作家。妳又是怎麼對我們？都在和自己丈夫的哥哥上床？」

「沒有什麼『都』，」婕德回答，「才第一次。」

「以為我會相信這種話？」

「對。因為我沒說謊。」

「你們兩個懂得什麼叫說謊？馬克，還以為我和你爸有教會你做人處事的道理。」

「有……你們有。」他想辯解。

「怎麼看都沒有吧，實在太噁心了。」

「原本我和凱文之間就沒有彼此吸引。」婕德態度斬釘截鐵，希望場面不要太難看。「我們兩個沒那種化學反應……我也不知道為什麼。」

蘇珊蹙眉瞪她。「怎麼可能沒有，都配對成功了不是嗎！他在妳面前的樣子我們都看在眼裡。」

「我是愛他，但那不是戀愛。我知道我們配對了，可是沒有那種感覺，至少我這邊沒有。或許是少見的案例……」

「意思是看他重病就沒興趣了吧。」

「不。蘇珊妳想想，要是我都不想嘗試為什麼會留下來？」

「婕德，凱文對妳神魂顛倒，他眼裡寫得清清楚楚。既然配對了，怎麼可能沒感覺？妳應該也要愛上他！」

「這我也不懂，但請妳相信我，我真的努力試著愛上凱文，希望自己愛他和他愛我一樣多……但是我辦不到。」

「那是妳根本沒——」

「媽，她說的是實話。」馬克打斷，「婕德本來就不可能愛上凱文，他們兩個沒有配對。」

兩個女人同時轉頭瞪著他。馬克用力吞下口水才繼續：「我確定凱文沒和她配對，因為……她的配對對象是我。」

84

亞歷山大

亞歷進入人去樓空的旅館房間，找到尼克留在裡面的字條。

前一天發了很多訊息和語音但是尼克都沒回，到早上還是聯絡不到，最後亞歷索性向客戶取消約診，搭計程車過去尼克落腳的旅館。他知道尼克訂的車票往返時間，今天上午就會回來，在旅館應該堵得到人。然而過了幾個鐘頭都沒見到人影，亞歷實在太擔心，說服了櫃檯讓他進去房間確認狀況。

卡片解開門鎖，亞歷屏住呼吸很怕自己究竟會看見什麼。房間空著，乾乾淨淨，不過垃圾桶倒是被塞滿，除了香菸盒與小冰箱裡的酒瓶，還有揉成球的一團團包裝紙。

旅館保全跟著過來，站到大大打開的窗前一臉困惑。風撩起窗簾前後擺動，卻吹不散吸附在纖維上的濃濃菸味。「這要罰款。」他咕噥道，英語不是很標準。

亞歷東張西望，床鋪收拾整齊，但枕頭上擱著信封，收件人是自己名字。那筆跡他認得出來，一股寒意在體內竄起，再次屏住呼吸先衝到窗戶邊望向九層樓底下另一棟樓的混凝土屋頂。

85

艾黎

馬修直接將整瓶威士忌從櫃子拿到沙發這兒來。

他給自己斟酒同時，艾黎努力掩飾內心動搖，裝作對所有控訴恫嚇漠不關心。然而相處那麼久，彼此有什麼本領也不是祕密，她看似堅如磐石的防護罩擋不住對方的視線。馬修又在對面坐下，十分誇張地深呼吸一口氣。

「因為妳的實驗，我爸不要我媽，還逼她幾個月內把房子賣掉。我媽沒什麼財產，為了找便宜的房子搬到好幾英里外，和家人朋友越來越疏遠。」他繼續回憶當年。「孤單寂寞加上被丈夫遺棄的羞恥感只能靠酒精麻痺，我媽喝得一年比一年更凶，最後當然因為酗酒丟了工作。妳能想像一個兒子看母親喝得爛醉如泥小便失禁還得幫她換褲子嗎？能想像她在超市發酒瘋被送警局，我去接她回家的時候心裡是什麼感受嗎？」

艾黎雖然有股衝動想搖頭，但覺得會讓他得意所以作罷。

「妳怎麼可能懂？」他說下去，「好笑的是就在她人生摔到谷底的時刻，居然配對成功了。」

艾黎沉吟片刻，將酒杯放到桌上。「那你還抱怨什麼？最後她不也得到救贖？」

「以為事情這麼簡單？那個人叫做鮑比．修斯，」馬修解釋，「起初的確像個好男人，我媽和其他配對成功的人一樣馬上就栽進去。但結果那傢伙是個心機深的混帳東西，看準我媽為了不要再被拋棄會言聽計從，就算發現他對小女孩有特殊癖好也睜隻眼閉隻眼。我說的可是真正的小女孩喔，警察在筆電裡找到三千多張圖片是鐵證。他居然說什麼電腦從eBay買來的時候就存著那些鬼玩意兒，我媽還蠢到真的信了，為他繳罰金、貸款打官司，等那傢伙被關進大牢她也身無分文背了一屁股債。我媽的人生為什麼如此不堪？不就因為她和我爸在不知情之下就被拿去做測試，滿足妳扮演上帝的欲望。妳坐在象牙塔居高臨下，無法體會心愛的人莫名其妙性情大變是什麼滋味。」

艾黎眼睛朝他射出一股憤恨。「你真這麼覺得？」

「可不是說我啊，完全兩碼子事。」他語氣不屑。「說的是原本堅強聰慧的女性無論生理心理都在兒子面前徹底崩壞。妳知道嗎，她其實是喝醉了點菸才弄到自己身上燒起來，所以是被活活燒死的，燒得不成人形，叫我認屍我根本認不出來。」

馬修雙臂扣在胸前。艾黎喝一口琴酒，暗忖對方用意是訴諸情感，用母親的悲慘遭遇刺激自己產生罪惡感。不過他指控越激烈，艾黎藏在心裡那把火也燒得越熾熱。

太小看她了。馬修又怎知道當年力爭上游的自己犧牲多少？DNA配對研究最初遭到學界蔑視，艾黎隻身對抗需要何等毅力？地位可不是天上掉下來的，她也被無數歷練磨去一層層往日的自我才能有今天。面前的男人，作為提姆能觸及艾黎心底那塊柔軟，作為馬修還癡心妄想同等待遇未免太傻。

「地球上好幾百萬對夫妻或情侶做了測試之後發現彼此沒有配對成功，」她一開口語氣極度堅定，「可是人家沒分開，因為他們相愛。研究初期或許我抄了捷徑，但我不可能代替配對成功的人做抉擇。我沒有逼你父親丟下你意志薄弱的母親，也沒有塞酒瓶給她甚至強灌她喝下去。追根究柢，自己的行為必須自己負起責任。」

「那妳需要負起什麼責任呢，艾黎？」

「我的行為讓恐同、種族歧視和宗教仇恨幾乎自世界絕跡——配對基因不會篩選性傾向、膚色或當事人信仰的神，形形色色的人以過去難以想像的方式結合。而你呢，說說看你做了什麼減少人與人之間的隔閡。」

「問題是妳也創造了另一種隔閡，另一種『他們』與『我們』的分別，好像先天的愛才是愛，後天的愛比較廉價似地。妳沒發現自己所作所為與希特勒對待猶太人的手法如出一轍嗎？納粹採取各個擊破的方式，等他們成了少數再當作過街老鼠加以撲殺。無法配對成功的人未來不也一樣？任由妳一步步逼到死角？」

艾黎笑道：「你扭曲的程度比想像還可怕。」

「配對成功的人財務狀況比配對不成功的人要好，配對成功的人減稅額度更高、保單條款更好。他們居家生活幸福感高，間接提高生產力，影響職等升遷。可是配對不成功的人自殺率高，容易離婚和憂鬱症——」

「離婚和憂鬱症比例去年是下降的，因為越來越多人找到適合自己的人過得很快樂。同時無論男女，家暴案件也同樣減少。」

「那是因為遭到配對對象身心虐待的人根本不報案。他們擔心和配對對象以外的人相處得不到滿足，所以不敢冒險。」

「但是現在出入境和移民也不再困難重重。」艾黎繼續反擊，她決定火力全開要辯到馬修無地自容。「配對成功以後旅居世界各地與對象定居都能快速通關，少了很多繁文縟節。」

「於是關鍵幹部跑到其他城市，全球將近五分之一企業受創。」

「馬修，那些數據你要多少有多少，但只有一件事情你無法否定：DNA配對是既成事實，你喜歡或不喜歡都得接受。」

他卻露出胸有成竹的表情。「我沒打算否認，但我也不覺得DNA配對還能撐多久。」

「這輪不到你決定。」

「是由世人決定。」他這麼說，「人類整體的意志永遠是最後贏家。」

「你在胡扯什麼？」

馬修起身，雙手擱在身後。「再來點喝的？」

艾黎搖頭之後看他給自己倒了第三杯威士忌，明明是曾經愛過的人卻真的完全認不出來了。馬修展現的一切都異於提姆，他的狂妄、刻薄以至於坐姿都大大不同。在自己面前偽裝那麼久，真是辛苦了。

「妳都知道我是什麼樣的人了，心裡還是愛我的對吧？」馬修的聲音混著冰塊在酒液中啪嚓作響傳過來。

艾黎沒回話。

「肯定是吧。換別人在妳生命裡扮演上帝感覺就不是滋味了，嗯？」

「別自欺欺人，你並沒有扮演上帝，只是和當初詐騙你母親那男人一樣陰險下流罷了。但我不像她那麼可悲，這點小事沒辦法變成我後半生的轉捩點。對你的感覺是DNA一部分所以無法改變，不過愛就到此為止，過了今天再也不會見面。」

「明明對我那麼多不滿仍舊相信我們配對成功是嗎？」馬修語調充滿輕蔑。

「當然，雖說我個人並不喜歡這個結果。」

「這就是有趣的地方了，小艾。因為我們根本沒有配對成功，從一開始就沒有。」

艾黎眼睛微閉。「什麼意思？」

「儘管是科學背景，但妳太渴望有人陪伴，完全沒想過要去質疑這種結果。」

「我並沒有『太渴望有人陪伴』，你出現之前我一個人過得也很好。」

「妳無論過去還是現在都一樣，是個心如死水、腦袋只有公司的蠢女人，能找到的約會對象也只有那些除了錢什麼都沒的傻瓜。以前妳找了各式各樣藉口不和家人往來，生命只剩下工作。有了我以後妳才得到全世界，諷刺就在於事實上我跟妳根本毫無瓜葛。」

「已經十七億人接受過配對測試，至今沒有發現配對錯誤——」

「那是之前。妳和我就是錯誤配對喔，小艾，因為我駭進你們的伺服器操縱配對結果。」

「胡言亂語。」艾黎心裡不敢面對這種可能性，氣得雙臂交叉胸前道：「我們伺服器的安全性與世界前幾大企業相比有過之無不及，一天到晚有駭客想破解但都不得其門而入。公司不惜成本找了最好的軟體和團隊來保護資料，為的就是對付你這種人。」

「妳說的當然都沒錯，只可惜天衣無縫的系統也無法預知妳有多虛榮。還記不記得一陣子之前收到過標題是『年度女企業家獎』的電子郵件？妳忍不住點開看了吧。」

艾黎是有些模糊印象。那封信不知為何出現在自己私人帳號內，明明是只有少數人知道的信箱。

「郵件裡面的連結妳也點了，卻打開一個空白頁面對吧？」馬修繼續道：「只不過對我來說那並不是空白頁面，而是妳開了一扇小門讓我特製的惡意軟體能過去，之後我就能遠距連接你們的網路、修改你們的檔案。妳有權限的我就有權限，接下來只要把我的DNA編碼改成與妳對應就大功告成，可以好整以暇等妳自己來聯絡。所以我才要過來面試呀，否則怎麼摸清楚你們用的程式語言和系統？另外幫我向那位人資主管道個謝，她為了找台能給我拍照的相機，沒給筆電上鎖就走掉，對我侵入你們網路真是幫了大忙。話說回來，告訴她以後該給面試的人搜身——有種叫做鏡頭遮蔽器的東西，可以藏在口袋讓周圍的數位相機都失靈[54]。」

艾黎聽了真希望地面立刻開個大洞把她吞進去，也知道自己雙頰一定紅了，不只後悔毫無戒心就讓這男人入侵自己生命，也懊惱自己怎麼還真的全盤信任他。

「妳愛上我根本是自由意志，」馬修還沒說完，「因為妳太渴望愛才說服自己接受一切，所以別把這林林總總怪在DNA頭上——唯一有罪的就是妳自己。」

艾黎沉靜片刻控制急促的呼吸。

「至於我的動機，其實有好幾個。」馬修整個人陷進沙發。「羞辱妳是其中之一，不過也順

[54] 與DNA配對一樣並非真實存在的技術。

便讓妳親身體驗何謂人性的貪婪。人嘛，大部分都一樣，只要妳跟他說更好的在後頭，太多人願意拋下一切去追求，原本擁有多少、多寶貴他們才不在乎。就像妳對我的感覺根本不是DNA配對，兩個人並非天作之合註定在一起。妳的戀愛是心理影響生理，在科學上沒有因果關係，完全按照舊時代男人遇見女人的傳統劇情演出。要是我昭告天下那個『發現』DNA配對的女人這麼輕易就上當，妳不只淪為笑柄，公司信譽也完蛋了。」

艾黎緊扣沙發扶手避免情緒失控。「那又如何？去吧，愛告訴誰告訴誰，我並不怎麼擔心。畢竟現實是很多人因為我的研究得到超乎想像、真正的幸福快樂。」

「唉，小艾妳這天真的毛病怎麼救啊，腦筋就是轉不過來。」

她怒目相向，但還沒想通對方這番話。

「我能亂搞的難道只有妳一個人嗎，你們公司好幾百萬用戶的人生都岌岌可危呀。」

「什麼意思？」她很猶豫。

「以為配對錯誤的只有妳和我嗎？當然不只，我重寫了整個編碼系統，過去一年半之內資料庫裡至少兩百萬人被亂點鴛鴦譜。」

艾黎用力吞嚥口水，心臟跳得好快彷彿會震破胸骨。

「而且被我改過的配對完全隨機，所以連我自己都畫不出受影響的範圍到底在哪裡。」馬修解釋。「反正只要那段期間申請帳號然後配對成功都有可能中獎，根據你們公司的成長率判斷，新用戶應該有個兩千五百萬人才對。拜我所賜，這間公司徹底信用破產，是配對成功還是自我催眠已經沒人能分辨。我說過我要毀掉妳對吧？我說到做到。」

86

曼蒂

曼蒂回復意識醒過來其實是因為額頭陣陣劇痛實在受不了。

起初眼睛還沒睜開，她右手慢慢在臉上摸索，摸到一個蛋形柔軟的隆起，而且有縫線固定。試著張開雙眼，卻覺得眼皮好像被上了膠水。想挪動左手，感覺好重，身體擠不出力氣。她索性伸出右手抬左手，這才發覺左手腕到前臂中段裹在石膏內。

意識越來越清楚，但曼蒂還不確定自己身在何處、怎麼空氣中有類似漂白水與漱口水的味道。她猜想或許是浴室，轉頭瞇著眼睛卻能看見窗戶，視線聚焦之後，窗外那些建築物自己是認得的。曼蒂來過這裡，也認得這場景——與前兩次流產同一間醫院。

恐慌乍現並迅速膨脹，她立刻掀開被子撫摸應該隆起的肚子，結果消下去很多。*拜託別是第三次……*她絕望禱告。

「有人在嗎？」喉嚨很乾，聲音很啞，而且房間裡只有自己一個人。她勉強撐起上半身倚著金屬床架，不過馬上有股劇烈疼痛在腹部蔓延，只好咬著牙拍打床側，應該有呼叫按鈕才對。找到之後她用力戳下。

兩三分鐘後綁著馬尾的護理師出現在門口。「啊，妳醒來了，感覺還好嗎？」這人操著外國口音的英語走近。

「孩子，」曼蒂口齒不清還一直想爬下床，「我的孩子呢？」

「我找醫生過來。」護理師又竄出去。

曼蒂張望四周，身子不由自主顫抖。額頭還是陣陣抽痛，腹部與手腕也在疼，加起來逼得她好想吐，還好來得及探身到床邊吐在地板，接著醫生進來了。

「我要見孩子……」她咕噥。

「不行不行，泰勒太太妳不能下床。」醫師回答時護理師幫著曼蒂清潔衣服。她腦袋還一片混亂，壓根兒沒察覺對方稱呼自己為泰勒太太。「小男孩沒事，很健康。」

「小男孩？」她反問，暗忖派嬸還真的說中了。

「是啊，」醫師從病床尾端架子拿出資料查看，「妳五天前早產，生下男孩，體重四磅四盎司（約一九二八公克），不過健康平安，就在這條走廊走到底的地方。」

「我怎麼了？」

「聽妳家屬說是在樓梯摔倒，頭部受傷、手腕骨折，而且腦部還有點腫，也因此陷入休克。這幾天一直用鎮靜劑，為了預防萬一只好替妳做剖腹產。接下來幾天都還要很小心，不好好休養反而沒辦法照顧小孩。」

「我什麼時候可以看他？」

「我請護理師抱過來好了，稍待片刻。」

「謝謝。」

曼蒂靠著枕頭總算鬆一口氣，腦海浮現與派嬸和蔻依對質然後滾下階梯的畫面，其餘記不大清楚。不是寶寶來到世界的理想劇本，但至少生產順利也健健康康。微笑或哭泣都讓她頭更痛，不過曼蒂忍不住又哭又笑。當媽媽這個心願終於實現了。

只可惜那份喜悅很快化作憂慮。過了幾分鐘醫師回來。「抱歉，泰勒太太，妳兒子好像被其他家屬抱走了，應該是帶到外面透透氣吧。」

曼蒂瞪大眼睛。「家屬？」

「嗯，她們這幾天都有來看看妳醒了沒，也常常過去陪孩子。」

「誰？抱走孩子的是誰？」

「應該是妳母親和妹妹，就是她們叫救護車送妳住院的呀。」

疑懼湧上心頭，曼蒂抓住一頭霧水的醫生手臂。

「快報警。」她咆哮。

87

克里斯多弗

她住在一樓，後門很破舊，地板灑滿牆壁落下的灰泥渣，窗框也堆積許多油灰塊。建築物年久失修對克里斯多弗有好處，代表過去二十年裡沒什麼更動改造，以他的老道經驗要打開雙榫嵌鎖相當容易。

咔嚓兩下他就進去了，悄悄闔上身後那扇門，開始確認公寓內部配置。幾星期之前他就來三十號家中拜訪過，看來一點變化也沒有，濕氣味道依舊撲鼻而來，自行組裝的廉價家具浸沐在街燈光線下。

殺死第三十人本來值得慶祝，一度彷彿不可能的偉業眼看即將大功告成。三十具屍體、報章雜誌成千上萬的專文、紀錄片與電視節目偏離事實不知多遠的戲劇呈現都是他的傑作，而且不會有人真正知道凶手身分與心理動機。

然而克里斯多弗無心為自己喝采，也不覺得榮耀，只想趕快殺死最後一人、在外面留下版畫就回家。明天夜裡上了床要緊緊貼著艾宓、摟著艾宓，當作世上只剩彼此存在。

之後可以繼續人生，就像普通情侶。以前克里斯多弗的想像世界充斥殺害陌生女子的場景，現在全部都是與愛人共度週末、在花園和名勝古蹟散步、討論怎樣裝潢合買的房子、一起跑步或依偎在沙發上吃垃圾食物看電影。從前他享受自身人格的獨特，如今絲毫沒了興趣。遇見艾宓之前身為心理變態者無法理解的事情他終於能感受到，可以說因為艾宓他蛻變成正常人了。

克里斯多弗無聲游移於公寓，同時思考未來是否能向艾宓吐露實情，包括自己曾經是什麼樣的人、她出現之後產生什麼變化。不過與她交往之後克里斯多弗也有所領悟：兩人關係並非只能建立在坦誠上，只要一方夠包容那就沒問題。

三十號的臥室門縫隱約傳出收音機聲音。他在走廊就定位，自背包取出陪伴多時的白色撞球與乳酪刀線。最後一次了，但他沒時間也沒心情為此惆悵，迅速將球砸向牆壁、雙手拉開鐵絲，對於即將發生的事情簡直生出罪惡感。

畢竟心思早就不在這計劃上頭，三十號死了他也得不到愉悅。

明明製造了巨響，臥房卻沒有開門。克里斯多弗猜想目標可能睡著了，這倒無妨，十八號也是同樣狀況。正打算拾起白球故技重施，忽然覺得頸後有兩處微微刺痛，雖然立刻轉身，但隨即強烈電流竄入體內，疼得他當場癱軟倒地。

四肢不停抽搐無法動彈，失去意識前看見的竟是艾宓。

88

婕德

蘇珊和婕德都盯著馬克等他進一步解釋。

「什麼叫做你是我的配對？」婕德搖著頭問：「為什麼這樣說？」

「馬克？」蘇珊也一臉茫然。「到底怎麼回事？」

馬克低著頭閉起眼睛，深深吸了氣才再次開口。「小凱和我同時去做配對測試，結果也是同一天出來。那天他才開始化療沒多久，人在醫院裡。」他小聲解釋，「我收信發現自己和妳配對了，婕德。小凱沒找到對象。媽，妳應該還記得診斷出來以後，小凱多希望世界上有個專屬他的女孩子吧？」

蘇珊點點頭。

「我刪了他那邊的郵件，告訴他說他有配對成功，沒有的是我。我只是希望他能開心。後來我付費取得婕德妳的聯絡方式，轉寄到小凱的手機上，一開始的通知簡訊他完全沒看到。妳該看看他聽見自己配對成功以後臉上的表情，他不在乎妳在幾千英里遠的地方。媽，妳也有印象才對，那時候他忽然變回以前的小凱了對吧？還求醫生答應讓他飛去英國見妳一面，但醫生不同意，而且這種支出保險公司也不理賠。」

婕德看見蘇珊猛點頭，一副往事歷歷在目的模樣。

「治療強度越來越高，他頭髮脫落又瘦成皮包骨好可怕，我都不認識自己弟弟了。能在他眼裡找到從前的凱文，看他和妳傳訊息講電話滿臉笑容，我以為自己沒做錯。」

婕德回想收到通知的情況。那天還在上班，午餐休息時跳出訊息，她太興奮了沒多思考直接付費取得聯絡方式，完全忘記看姓名。沒過多久凱文捎來自介，說話方式看上去就是配對對象。婕德很喜歡他的熱情積極，與自己人生、工作、親子關係的挫敗感形成鮮明對比，於是當場陷進去。

「的確，我們直接聊起來，」她自言自語，「根本沒比對過姓名……」

婕德能感覺到蘇珊火氣褪去，但她恰好相反。

「真的很對不起，婕德。」馬克說，「請相信我，我知道這段日子妳過得很辛苦。那天一開門碰面我就感覺到人家說的內心爆炸了，我好恨自己居然親手傷害最愛的女孩。」

「你恐怕不明白自己傷我多深。」婕德語氣冰冷，指甲深深嵌進手掌，否則怒火會壓抑不住。

「我懂，我真的懂……每天晚上聽凱文和妳講電話，看他在客廳陪妳傳訊息聊天笑得幸福洋溢，但心裡知道其實應該是我……然後整天想像你們對話內容是什麼、妳對他會不會有感覺，但我有苦說不出。何況我完全沒料到妳會直接跑來我們家，妳露臉的時候感覺最好和最壞的夢境同時成真。應該和我交往的人站在自家門口，可是妳要見的是我弟弟，他也對妳神魂顛倒。」

婕德覺得眼眶濕了，眨眨眼睛控制情緒忍住淚水。心裡有部分想朝馬克一巴掌搧過去，卻也有一部分想緊緊擁抱可憐的他。「你對我撒謊……也對凱文撒謊。你說你愛我們，卻欺騙我們。怎麼可以？」她問，「這麼久了，我一個人活在惡夢裡，反覆問自己為什麼沒能愛上他，是不是太自私太勢利。然後你明知道我的處境卻袖手旁觀悶不吭聲，甚至沒想過可以暗示一下事情和我想像不同，放著我自己面對。假如你稍微給點提醒，說不定我會自己想通，也能決定要不要配合演出。偏偏你沒有，你奪走我的選擇權。這是利用我，馬克。被利用是最傷人的事情。」

「求求妳，妳應該能諒解我的苦衷。」

「我是可以，所以才沒立刻痛打你一頓。我知道你得考量凱文的心情，可是信任得來不易，無論我的身體對你多有感覺，我的思想和情感怕是再也無法相信你了。」

「拜託別這麼說，」馬克哀求，「再給我們一個機會。」

「抱歉，我不確定自己辦得到。」

婕德匆匆逃離客廳回到農場客屋，甩上房門將配對什麼的全關在門外。

89

尼克

又一夜輾轉反側，夢裡都是亞歷。尼克從客房出來，到廚房給自己泡了咖啡。莎莉坐在早餐吧檯前面，叉子插著沒吃完的巧克力可頌在盤上轉來轉去，T恤下襬已經藏不住隆起的肚子。

「早安。」尼克嘟噥著走向咖啡機。

「嗨。」她微微蹙眉，在椅子上挪動臀部。

「還是不舒服？」他問。

「嗯，」莎莉回答，「一整晚都這樣，不知道嬰兒是壓到膀胱還是直接踢我。」

「頭疼好了沒？」

「沒什麼改善。但我也頂多就是偶爾吞個阿斯匹靈，效果有限。」

「要不要下午問問助產士？」

「沒用吧，她一定又會說是突發或慢性的高血壓，然後叫我要保持心情平靜。問題是腦袋裡有把錘子敲敲打打，誰靜得下來。」

「要不要幫妳弄點喝的？」

「花茶就好。櫃子裡有檸檬草和茉莉花口味的。」

尼克燒了一壺水，之後兩人靜靜坐著，看似盯著前方但眼神落在虛無中，就這麼等著水燒開壺哨響起。

他與亞歷分手過了五個月，當時留了一封信解釋自己還是選擇莎莉與小孩。內容很長很真摯，希望亞歷能理解自己的苦衷。尼克自然明白這對亞歷山大也是很深的傷，而他也只能努力說服自己：換作亞歷與前女友瑪麗遇上同樣情況，應該也是這麼選擇才對吧？可惜這種邏輯不大能減輕罪惡感。

對尼克而言這才是此生最煎熬的一關，比起上次向莎莉坦承自己愛上男人還難以跨越。寶寶還沒出生，也永遠不會知道爸爸留在這裡付出了多大代價。

無可奈何之下他搬回原本公寓，都在客房過夜。本以為直接跟亞歷徹底斷乾淨、不藕斷絲連比較能趕快適應，但終究只是自欺欺人——他時時刻刻惦記逝去的摯愛。

亞歷山大回紐西蘭的前幾天，尼克忍不住過去找他面對面道歉。亞歷一開始很冷淡，指責他軟弱得連親口解釋都不敢。不過那種態度撐不了多久，很快兩人就決定共度最後幾天。

可惜無論去哪兒、做什麼，關係感覺就是不同了。濃情仍在，只是誰都笑不出來，找不到過去的幸福愉悅，取而代之是兩個人常盯著時鐘，計算亞歷永遠從尼克生命消失的時間還剩下幾分幾秒。

該來的終究會來，那天的痛苦超越尼克想像。他堅持要陪亞歷到機場，但最後一刻是亞歷覺得太難熬，回心轉意求他別跟過去。兩人告別的擁抱無聲而漫長，直到再也無法忽視計程車司機的喇叭聲才甘願鬆手。車子轉彎消失，尼克坐在亞歷舊公寓門前階梯啜泣，哭到流不出眼淚了才回家。

尼克取消長假，才一週就進公司正常上班了，同事們並沒察覺他肝腸寸斷，而他也順勢全心投入工作。週末會和莎莉出門採購嬰兒用品，乍看與一般準爸媽沒兩樣。他還陪莎莉參加減痛分娩呼吸法教學班、如果有政府人員做健康訪查會請假在家，莎莉雙腳和腳踝腫起來的話也幫忙按摩。

看在外人眼裡，莎莉和尼克一如既往，彷彿亞歷從未存在過。但實際上那層陰霾永遠籠罩心頭。

「你最近有和蘇梅拉聊聊嗎？」尼克問，「她的雙胞胎怎麼樣了？」

「昨天有傳訊息。」莎莉的語氣聽來似乎不大想聊這個。

「感覺妳們是不是吵架了沒告訴我。她小孩都出生四星期了，妳居然還沒說要過去看。」

「之前說過吧，我和她沒事，只是給她時間先整頓一下。」

「她懷孕之後妳們就幾乎沒再碰頭了，真的沒吵架嗎？」

「尼克，我頭很痛、人也很累，不想談這個。」

水壺冒出蒸氣，兩人被拉回現實。尼克在莎莉的杯裡放茶包、倒滾水，可是廚房內還有別的地方傳來滴答聲。他本能查看壺底有沒有縫隙，聽見急促喘息才猛然抬頭。

「羊水……」莎莉很緊張。「羊水破了。」她睡衣下面濕了一片，滿臉驚恐。

「距離預產期不是還兩週嗎？」尼克問。

「要理論去找寶寶說呀。」

90

艾黎

窒息感籠罩，艾黎覺得彷彿有個人跪在自己胸口，壓得她無法喘息、肺部吸不到新鮮空氣。感覺身體十個脈門[55]像是低頻喇叭強烈振動，可是實際上辦公室裡只有馬修那番話不斷迴蕩。

妳要保持鎮定，艾黎，她心裡對自己說，一定只是嚇唬人。

「發現自己上當的感覺如何？」馬修語調溫柔得像是諮商師面對病人，雙掌合在嘴巴前面更增添一抹虛假的誠懇。「原本是傀儡大師，現在卻被綁上絲線任人擺弄，是什麼滋味呀？」

「我怎麼知道呢。」艾黎回答，「畢竟不是我被纏上線，而是你在胡說八道。」

「妳就這麼有信心？」

「讓公司資訊部證明就好。」她拿出電話卻發現沒有訊號，連室內電話的聽筒也聽不到撥號音，於是轉頭瞪著馬修。「你又要什麼把戲？」

「一臺訊號遮蔽器、兩臺電話干擾裝置。現代版法拉第籠[56]。」

「所以你到底想從我這裡得到什麼？」

「信不信由妳，我什麼也不要。不要一毛錢，也不要聽妳道歉或解釋，只等著看接下來幾天東窗事發，全世界一堆人開始懷疑同床共枕的人究竟是不是命中註定，這樣我就開心了。」

艾黎腦袋裡好像啪嚓一聲什麼地方斷裂了，接著自保本能啟動。多年來在男性霸權的企業界存活，她早就建立強大防衛機制，起身時那股毅然決然連馬修也看了一愣。

「我不承認就好。誰會信你？」艾黎低吼，「公關團隊就是為了危機控管存在，就我們的立場你是個走投無路的二進位系統分析師，來應徵但沒被錄用，接著會挖出關於你的一切讓你的公信力變成零。包括你過世的母親是什麼樣的人、有什麼臭名，以及她的戀童癖男友身家姓名都會被公諸於世。你自己身邊的人也休想逃，比方說星期天那支足球隊？我跟你保證他們下星期就全部都失業。再來你等著吃上一大堆官司，刑事民事加起來你連找地方住的錢都不會有。等會兒你走出這棟大樓的時候，我們絕對也已經找出你自稱的病毒並且徹底封鎖清除，完全沒有證據能證明系統遭到篡改。」

「我可是妳的未婚夫。」馬修一派自信。「光這身分大家就肯聽我講話，更何況這故事的主角是個靠命中註定賺大錢的女人，她居然隱瞞世界上有兩百多萬人被配對錯誤的真相。最少最少，一定會有人發起調查吧。走投無路的人是妳，小艾。」

「沒人會信你。」

「呵，真可惜要讓妳失望嘍，但我覺得會有很多人信的。這段時間做的每件事情我都留了紀錄，存在外接硬碟和記憶卡，藏在倫敦各個角落，只要上傳給維基解密一定會有人大書特書。現

---

55 芳療文化認為人體有十個部位最容易感受到心跳脈搏。

56 利用金屬或良導體製造遮蔽，避免電擊或電波干擾的技術。

代社會最喜歡揭弊不是嗎，大企業犯罪更是熱門話題。」

「別以為我辛苦建立的一切會被你隨隨便便擊垮。」艾黎氣得口沫橫飛。

馬修冷笑起身，拉拉領帶以後朝她眨眼。「那就等著瞧嘍，小艾。妳下半輩子好好吃官司吧，質疑配對結果的、感情失敗怪在妳頭上的人多得能排滿泰晤士河畔才對。妳在乎的、珍惜的全部毀於一旦，到時看看妳會不會明白我媽和無數被妳害慘的人是什麼感受。總而言之，親愛的，妳完蛋了。」

最後那幾個字太清晰太決絕，於是艾黎察覺他所言一切並非無的放矢。瞬間彷彿天翻地覆，一輩子心血化為泡影。熬了十年，忍受謾罵抹黑，犧牲家庭友誼甚至愛情才累積的成就，眼看即將毀在這闖入自己生命的騙子手中。

駱駝也就被最後這根稻草給壓垮了。

馬修朝門口走去時還轉頭看了最後一眼，萬萬沒想到艾黎會是這種反應。

她想也沒想直接抄起桌上的水晶玻璃酒瓶朝馬修砸過去。堅硬沉重的瓶子命中太陽穴，馬修當場跪倒。

他蜷縮在地板上已經無力反擊。艾黎站到旁邊，有那麼一剎那似乎從他眼睛裡找回提姆、找回曾經沉睡在心底的愛。只可惜她學乖了，放任真情自厚繭流出的結果反而曝露弱點。艾黎心底對自己發誓：為了DNA配對失去那麼多絕不能白費，眼前這窩囊廢休想再掠奪一絲一毫。

馬修掙扎時眼珠轉來轉去，接著大驚失色掩住腦門。暈眩不已的他無奈無助望向艾黎，只見她不帶感情拎起酒瓶，以更大力道再度往頭部同一點狠狠敲下去。

酒瓶碎了，艾黎也彷彿感受到頭骨裂開的觸感。玻璃、骨骼與酒濺灑在地上。

她站著不動，眼睜睜看著馬修劇烈抽搐，血液在地毯蔓延，最後眼睛瞪大失去生氣。艾黎的錯誤配對從世間消失。

91

曼蒂

曼蒂站在車道入口，前面就是她與派孋同居長達五個月的屋子。

「門沒鎖，直接進去。」負責此案的警察聯絡官洛琳開口。「慢慢來不必著急。」

她有點猶豫，回頭望向一同乘警車前來的妹妹。本來寶菈說要一起進去，但這地點讓曼蒂想起自己放棄原生家庭投靠陌生人，心裡實在尷尬，於是不希望妹妹在場。

洛琳率先入內，曼蒂戰戰兢兢跟在後頭。兩人先停在走廊，她視線落在五週前自己摔墜的樓梯口。

接著曼蒂望向走廊兩側房門，深呼吸之後手臂環抱著腹部，不久前隆起的孕肚只剩下鬆垮皮膚，每回動作稍大剖腹縫線就扯出一陣痛。即便如此她卻很珍惜比基尼線上那條橫疤，因為事到如今這成了唯一的證據，證明自己真的生了個孩子。曼蒂陷入昏迷，還沒機會親眼見到兒子他就被兩個算不上姻親的瘋女人竊走。後來每天早上淋浴完，曼蒂會抹掉覆蓋鏡面的蒸氣，指尖拂過紅色突起的疤痕組織，心裡想像兒子是什麼模樣。這幾星期很難熬，無法預測孩子何時回來，只能按時擠母乳保持乳腺分泌，哀嘆為何不是寶貝吸吮自己乳頭。母子相處時間一分一秒溜走，曼蒂巴望警方盡快查到兒子下落。

派嬸這屋子將近一個月沒人出入，裡頭已經悶出些許怪味。曼蒂稍微觀察了客廳、廚房、餐廳，然後跟著洛琳上樓。她挺欣賞這位聯絡官，外表散發英氣講話卻很溫柔，如果換個場合或許就會試著撮合她和克絲汀。曼蒂告知醫師兒子是被人擄走，醫院立刻聯絡警方，警方取得搜索令調查派嬸住處，發現嫌犯衣物與購買的兒童用品全數消失，其他東西都還在。蔻依那邊情況差不多，兩人銀行帳戶全領光了，帶著男嬰彷彿從人間蒸發。

家人十分擔心，堅持曼蒂先搬回去住。悲劇化作橋梁，誰也不必道歉，大家言歸於好共度難關。她日夜盼著警察捎來好消息，妹妹和媽媽都一起祈禱，希望派嬸或蔻依良心發現讓母子團圓，可惜一個月過去了音信杳然。曼蒂透過全國大報與電視記者會懇請社會協助，不過至今的目擊通報經過追查都落空。

她情緒波動劇烈：最初歸咎醫院將兒子交給不相關的人，再來因為警察查不到線索而灰心沮喪，最後又埋怨自己手術過後的身體沒辦法更積極參與調查。傷口尚未完全癒合，行動不便造成曼蒂更多時間沉浸在罪惡感中，覺得自己沒盡到一個母親最基本的職責——保護孩子。家人、洛琳和醫師屢屢勸她無須自責，但曼蒂聽不進去，認為事情起於自己追尋不可能——愛上無法回應的男人，奢求得到對等的愛——惡果就是失去親生寶貝。

「我想回去她家找線索。」

曼蒂三思之後通知洛琳，其實自己也不明白原因，但就覺得該過去試試看。洛琳質疑這對曼蒂身心是否會有不良影響，但她十分堅持，表態說洛琳不幫忙也會自己去。

於是此刻她來到派嬸臥室門口，與之前每天所見相差無幾，只是抽屜空了、打開的衣櫃內再沒掛著東西。再走到住過好幾個月的里察房間，就像派嬸那兒一樣，被警察翻箱倒櫃找線索，曼蒂也不禁心頭一酸，曾經心裡的聖域為了犯罪調查遭到褻瀆。

要堅強，她告訴自己，然後握緊拳頭，目光飄到貼滿牆壁的照片。之前每一張都令曼蒂喟嘆為何兩人沒有早點相遇，然而摔倒早產前才見過里察的前女友，據她所言這男人與想像相去甚遠，並非忠貞顧家的類型，甚至沒特別想過結婚生子。人終究是人，既然不是幻想就不會完美無瑕，曼蒂已經認清這點。

眼睛掃視照片時，其中一張引起她注意。照片中的里察和蔻依還小，約莫十歲，單車對他們還顯得太大，背景是遼闊丘陵與樹林間的小屋。

霎時彷彿被甩了個巴掌大夢初醒。

「我知道孩子在哪！」她大叫，直視洛琳雙眼，「我知道要去哪裡找他。」

92

克里斯多弗

他被冰冷液體當頭潑灑猛然驚醒。

眼睛睜開了，但一切模模糊糊，無法分辨身在何處。軀幹左邊電擊探針刺入處還是很痛，全身持續發麻彷彿躺進一大叢蕁麻中。之所以昏迷究竟是顱部重擊地面還是五萬伏特流入體內，他不確定，只知道才醒過來便噁心感狂湧，乾嘔好幾回還停不下來。看見膽汁弄髒毛衣前襟，克里斯多弗趕緊轉頭朝旁邊地板吐了一大口。牆壁上掛著電視，畫面還沒能看清楚，聽聲音似乎是主播正在簡述當天重大新聞。片刻後眼睛終於對焦，察覺熟悉的身影站在前方，也想起昏倒之前的種種。艾宓阻止他殺死三十號，計劃被中斷。

艾宓在場，代表她已經知情。

他低頭一看，雙腕被兩條繩子牢牢捆在椅子扶手。

地點還是三十號家中廚房，腳踝則被手銬銬住。

注意力再回到前方，艾宓站得不遠。克里斯多弗最先看見運動鞋罩著藍色塑膠袋，往上是深色牛仔褲、長袖運動衫，最後才是那張臉。艾宓將巴拉克拉瓦頭套拉到髮際線，換作其他場合看上去只是用來吸汗、這身打扮是要出門慢跑。克里斯多弗無法看穿那副神情代表什麼，只明白絕非正面，脈搏因此加速。

「三十號呢？」他先開口。

「對你而言，就是個編號而已嗎？其實她們都有名字，都是活人。」

「曾經是活人。」克里斯多弗糾正她的說法，長嘆一陣繼續問：「她人呢？」

他能理解艾宓臉上閃過的那抹情緒是羞恥。「在房裡。我趁她應門靠暴力制伏，押進臥室綁起來鎖好門，開了音響不讓她聽見我們講話。」

克里斯多弗嘴角微乎其微揚起，換作平常應該就是個微笑，不過被他壓抑下去。

「那種眼神就省省吧，驚嚇她可不是我的本意，只是不希望她知道房間外面的狀況免得留下一輩子陰影。你造的孽，結果我得背黑鍋。」

「但妳做得很好，我們聯手會很完美。」

「讓她難過一下子，總比讓我看你殺人還袖手旁觀好。」

克里斯多弗聳聳肩。

「要是你有感情的話，我會以為你努力隱藏了失落感。」

「我有感情，對妳有感情。」

艾宓擠出一聲笑。「有才怪！那都是演出來的——雖然你演得非常好，但我自始至終只是你變態遊戲的一顆棋子。」

「妳真的那樣想？」

「不然我該怎麼想？我男朋友是個可怕的連續殺人犯！克里斯，你怎麼可以？為什麼？」

「妳不是棋子。」

「如果不是，我都說了自己是刑警，你大可以找藉口走人不是嗎？你真在意的話就會放手讓我好好過日子吧？在你眼中我只是增加挑戰性的工具，你想知道自己能不能跟一個警察約會同時繼續殺人不被發現。」她很明顯忍著不肯哭。

「一開始或許像妳說的沒錯，但後來不同了。」

「那你打算怎麼收尾？還是沒有結束的一天？要殺到你進棺材嗎？」

「今天就是最後一個，至少原本是這樣子打算。」

艾宓又冷笑。「真巧啊。」

「是真的。我的計劃就是三十人。」

艾宓愣了愣。「為什麼？」

「起初我確實是想挑戰自己。但只有剛開始覺得興奮，後來就無聊了。」

艾宓搖搖頭，抬頭望向天花板，似乎心裡默問上帝自己是否聽錯。「這麼多女孩子……這麼多無辜生命……對你只是有聊無聊而已嗎？工廠作業員、洗車工人還是清道夫嚷嚷活得無聊就算了。克里斯，你殺了二十九個人！」

「什麼時候發現的？」他是真心好奇。

「六天前。如果我沒算錯，那天你應該出門殺了第二十八個受害者。同一天我還去了你家，心血來潮從你書架拿那些講心理學和連續殺人犯的書來看，原本是想瞭解怪物的思考模式，結果卻找到你的相本。」

克里斯多弗緩緩點頭。最後還是與艾宓分享了自己的作品，心裡有種得意。

「剛開始我不懂，」她繼續說，「為什麼我認識的克里斯多弗會有那些照片，怎麼弄到手的？後來我回局裡簡報室和遺體上找到的相片比對，發現幾乎一模一樣——只是幾乎而已。同樣受害者的兩張照片角度有小到不能再小的誤差，代表相本裡的收藏不是翻拍或掃描，去過所有犯罪現場的人才能得到那些相片。當然，看見那個女服務生的鼻環之後也明白不必幫你找什麼藉口了。」

克里斯多弗不打算為自己辯護。艾宓在開放式廚房兼餐廳內來回踱步不停搖頭。

「你能想像我發現以後是什麼感覺嗎？」雖是問句但只是修辭並非真的想得到答案，而且他還聽出來了。克里斯多弗很高興自己終於能理解其中的細微之處。「我把你家翻了一遍，在壞掉的冷凍櫃找到幾十支智慧型手機，每支我都打開來檢查，上頭居然都只安裝了UFlirt那個交友軟體，然後每個受害者都給了你電話號碼。當然，你的電腦不只設密碼還額外對資料加密，查不出更多了。」從語氣判斷，艾宓當下可能根本沒想過要調查電腦。

「的確。」克里斯多弗答得頗為自豪。

「你聽聽自己的聲音，克里斯。」艾宓嚴詞以對，「都這個時候了，你還沾沾自喜嗎？而且你根本沒自己以為的那麼聰明，已經在犯罪現場留下DNA了。」

他搖頭。「不可能，我一向小心確認細節。」

「二十七號。」

「多明妮嘉．柏思科。」

艾宓挑眉。「居然知道人家名字啊？為什麼？因為你連嬰兒也害死的關係？」

克里斯多弗凝視艾宓。對質中她第一次在男友眼裡看見後悔。

「鑑識小組在孩子身上找到一點DNA。」她說，「你回去現場的時候站在受害者身旁哭過，孩子頭上和胸部沾了眼淚。後來我調出你寄送給DNA配對的樣本，付錢找私人實驗室快速比對，報告說百分之九十九點九七機率是同一個人。我倒覺得奇怪，她們倆是怎麼讓你傷心了？」

「是妳的緣故。」克里斯多弗又想起胎兒失去生命的模樣。

「我？」

「我想像到有人那樣對妳，我站在妳的遺體旁邊卻已經失去妳。活這麼大我第一次無法控制情緒掉了眼淚。」

克里斯多弗注意到艾宓手臂和肩膀微微下垂，但過幾秒立刻又回復戒備。

「差點上你的當。不過，知不知道為什麼我絕對不會再相信你講的話？因為我在那些書上看到記號了，你居然逐字逐句拿來當作自己的感受告訴我，你對我說的每句話都只是你認為我想聽見的內容。」

「因為我不懂怎麼表達自己。我沒有這方面的經驗，艾宓。我以前還以為自己這種人根本沒辦法戀愛。」

「你這種人，是說心理變態嗎？」

克里斯多弗點頭。

「我男友，心理變態。你那些書上說得很清楚，心理變態最懂得怎麼操縱別人。」

「沒錯，不過妳除外。我什麼時候操縱過妳？」

「你明知道自己是什麼人格、做了什麼事，還是讓我陷進去。」

「別自欺欺人，我什麼也沒做。我和妳配對成功，我們天生就該在一起。」

「你故意做測試，就是為了遇見我。假如你有正常人性，一開始就會避得遠遠地才對。」

「這我很抱歉，一開始我的確只是好奇什麼樣的人會和自己配對，但實際認識妳之後，確實是前所未有、完全無法理解的經驗。我想瞭解引起我那種反應的人，也想知道為什麼會有那些感覺。之前我特地查過資料，因為我以為自己不可能會……可是我真的愛上妳了。」

艾宓又搖頭。「拜託別再說謊了。」然而聽見艾宓聲音中的動搖，克里斯多弗知道她一點一點越來越相信自己。

「我知道自己是什麼樣的人，艾宓……至少知道之前的我是什麼樣子。我想透過犯罪讓自己成名，從結束別人生命得到無法言喻的快感。我自私，我乖僻，我不在乎任何人事物，我和妳完全相反。但認識妳以後，我……我變得善良了。應該說妳讓我希望自己是善良的人。」

艾宓一邊聽一邊用袖子抹眼睛，接著雖然遲疑還是上前蹲著讓彼此眼睛同高。

「克里斯，你愛我嗎？」她問，「你內心深處真的愛我嗎？」

「嗯。」他態度堅決沒有絲毫猶豫。「我愛妳。」

克里斯多弗第一次讓自己處於弱勢。不是因為被固定在椅子上，也不是因為罪行曝光，他知道艾宓都看在眼裡，也看見他的靈魂就像迷路的小男孩，一輩子無法融入社會、理性上能分辨善惡卻誤入歧途投向了惡。克里斯多弗願意為她改變，而她也明白自己對克里斯多弗發揮多大的正向影響力，願意兩個人一起走下去。

艾宓手探進口袋，掏出手銬鑰匙。

93

婕德

她從廚房櫃子掛鉤取了車鑰匙，鑽進凱文留下的四輪驅動車。

得知與自己DNA配對成功的人根本不是凱文而是馬克，婕德跑回農莊客屋花了一小時在臥房踱來踱去整理紊亂思緒。她氣自己早就察覺不愛凱文卻任由事情失控，也氣馬克居然一路隱瞞至今。要不是馬克，她怎會以為自己愛上不該愛的人，質疑自己人格那麼久？沒了誠實和信任，只是配對成功是否就能長久？

她拿旅行袋塞了些衣服擱在副駕駛座，沿著泥巴路開上公路。廣播傳出麥可．布雷的歌曲，婕德想起之前取笑過凱文的音樂品味像年紀大他一倍的主婦。凱文回答說他無所謂，音樂就是音樂、誰唱的不是重點，找得到共鳴就好。婕德調大音量，歌名是〈得不到愛你一無所有〉。

順著路標來到墨累河畔的埃楚卡莫瑪鎮，一小時後找了家便宜旅館住下。她知道遲早得回去農場面對威廉森一家人，但至少這幾天先避開，尤其不想與馬克接觸。

為了不想他，婕德開始小鎮觀光，搭乘歷史悠久的蒸汽外輪船順著河流看風景，與好幾千個陌生人一起參加年度冬季藍調節欣賞藍調與草根音樂，也繞去周邊其他市鎮、赤桉樹林與濕地看了看。對心情毫無幫助。對馬克的憤慨梗在心上，即使明知道他那麼做並非出於私心。

直到第四夜還是睡不好。一早她被鳥兒叫醒就鑽進車子，按照記憶中的路線行駛，找到落地澳洲第一天凱文帶她看日出的地點，希望新一天的開始帶著寧靜降臨，緩和自己時速一百英里運轉的腦袋。

婕德坐在引擎蓋看太陽慢慢上升，旁邊忽然傳來礫石滾動的聲音。她轉頭一看，居然是蘇珊。「就希望妳會過來，」她主動開口，「不介意我一起吧？」語調比起前幾天誤會發生時溫柔許多。「妳出門以後我就每天早上過來試試看會不會遇見，馬克和凱文還小的時候我常帶他們過來。小凱很喜歡眺望遠方，還說想要環遊世界。」

「他也跟我提過。」婕德低語，「說想跟我一起去。」她閉上眼睛回憶凱文的聲音，離他過世才幾週而已，那音色卻已經在腦海逐漸模糊。縱使對馬克有很多激情，婕德還是很懷念之前與他弟弟每天閒聊互動。

蘇珊伸手摟著她肩膀。「妳明明不愛他，卻還是嫁給他。」

婕德點頭。

「為什麼呢？」

「我知道他會因此很開心。我喜歡他，希望他最後一段日子能過得快樂。」

「妳和馬克都一樣。凱文最後的確很幸福，我真的很感謝。你們都把他看得比自己重要，我也是後來才想通。所以，希望妳別恨馬克。」

「蘇珊，其實我不恨他，但也不能說我這幾天沒氣得快要爆炸。以前我是很果斷的，對方有問題就直接出局。但碰上馬克我卻覺得心思紛亂，不知道究竟怎麼想怎麼感覺才對，只知道來了這裡以後發生太多事情，需要暫時與你們一家人保持距離。如果這句話讓妳不舒服我先道歉。」

「沒事的，別擔心。我不敢假裝自己明白妳經歷的情緒，但姑且聽大嬸一句勸吧：有機會得到幸福，就別輕易錯過。兒子得絕症我起初也怨天尤人，可是憤恨埋在心裡苦的還是自己，一定要想辦法化解。別怪馬克了，我相信凱文也會這樣告訴妳。既然有人愛妳、妳也同樣愛他，那就不要放棄好好把握才對。」

94

尼克

尼克想不通莎莉怎麼排斥止痛藥到這種地步，明明分娩不必這麼辛苦。

整整一個月，她反覆發牢騷說頭疼得想吐，但止痛劑最多只肯用到撲熱息痛（乙醯胺酚），更強的一律不接受。現在進了醫院，醫生開出一堆藥給她，她還是全部拒絕。換作尼克，能迷昏河馬的劑量他也吞了，尤其已經二十小時過去。

看著莎莉身子痛苦抽搐，他不禁懷疑難道是種交換：尼克為她、為寶寶放棄基因指定的對象，於是她便犧牲舒適安寧，透過肉體證明自己也能承擔苦楚？但尼克搖搖頭覺得這念頭太傻——誰那麼無聊要為此活受罪。

「快了，莎莉，」助產士語氣像是為她驕傲，「聽我信號就用力喔。別擔心，妳表現很好。」

「我不行了。」莎莉說完望向尼克，眼裡充滿絕望，他充滿歉意，覺得是自己造成對方這麼痛苦。不過他趕快鎮定下來，緊緊握住莎莉的手，輕輕揉捏她肩膀。

同時尼克也意識到：無論過去發生了什麼、無論自己失去了什麼，此時此刻他在乎的就只有產房內的兩個人。他默默發誓將來一定要好好照顧莎莉與還沒探頭出來的小人兒，即使關係有點異乎尋常。

「妳可以的，寶貝。」他輕聲說，「有我陪著，我不會走了。」

「但如果——」

「沒有如果。」尼克打斷，「我會陪妳到最後，我保證。」

中間稍作休息，助產士建議尼克也出去透透氣。都二十個鐘頭了，他確實應該吃些東西。雖然真正累的是莎莉，但陪在旁邊加油打氣那麼久還是不免想找些甜食補充體力。他拿兩英鎊硬幣買了士力架巧克力棒與全糖可口可樂，希望大量補充糖分能夠提振精神。趁著走廊沒人，尼克偷偷從口袋拿出電子菸吸兩口，之前趁著等計程車到家門前他特地藏好的。既然要放鬆，他就放任心思飄到亞歷身上，不知他回去紐西蘭之後過得如何。分手前雙方說好在Facebook上互相封鎖避免干擾彼此生活，但尼克還是好奇亞歷有沒有新對象、是誰如此幸運——當然也想知道這次是男性還是女性。對他自己而言，失去命定對象以後再談戀愛難以想像：曾經渾身上下每條纖維都與之共鳴，別人想再激起漣漪太難了。

丟了空瓶與包裝紙正要走回去，卻聽見莎莉產房那頭傳出很大的警示音與嗶嗶聲。尼克三步併作兩步跑過去，正好瞧見助產士與兩名護理師將躺在病床的莎莉推出來衝向另一頭，那兒標示是「手術房」。

「小莎？」尼克大叫，但她毫無反應，閉著眼睛躺在床上一動不動。「怎麼回事？」

「尼克，她有分娩併發症。」助產士讓一名勤務員幫忙推床，停下來態度平靜地解釋：「莎莉昏過去了，醫護也叫不醒。」

聽她這番話尼克臉色蒼白雙腿發軟。「小孩呢？」

「第一優先是保住莎莉，不過已經有婦產科醫師趕來，急救莎莉同時會進行緊急剖腹產，團隊都在手術房待命。」

「我能進去嗎？」

「抱歉，這個情況不行。我帶你去等候室，一有消息立刻通知。」

「她頭痛了好幾星期……」

「我們一定會盡力，你就先在外面等。」

玻璃門在身後關閉，尼克六神無主怔怔看著助產士沿走廊疾步自視野消失。

之後他的心彷彿麻痺了，對四周視而不見聽而不聞，在空蕩房間內筆直站著毫無動作，大腦轉個不停試圖理解現在是什麼情況。已經失去亞歷山大，無法想像再失去莎莉和孩子會怎樣。沒了她們，自己豈非一無所有？那樣的他只剩一具空殼。

十五分鐘過後助產士帶著婦產科醫生過來。他們還沒開口，尼克已經從表情猜到結果。

95 艾黎

她站在馬修失去生命的遺體旁，時間彷彿定格在一切改變的瞬間。

手掌開始顫抖，然後掩蓋合不攏的嘴。艾黎忽然意識到這行為多麼嚴重，無法確定自己是否不由自主尖叫了。她東張西望不知該往哪兒逃，尤其顫抖蔓延至腿上，擔心若是這時候想靠坐下來鎮定結果會再也站不起來。好想逃離辦公室，鑽進車子回去德比郡躲在老家，讓馬修一個人躺在幾百英里外。原本或許可以，如果人不是她蓄意殺害的話。

深呼吸好幾次以後她專注在目前有何選擇，意識到能夠幫助自己的人是安德雷，所以摸到警報器便用力按下。不到一分鐘，外頭大理石地板傳來腳步聲咚咚作響，他手持短棍直接將房門撞開，然後看見艾黎與地上躺在血泊裡的馬修。

然而安德雷臉上紋風不動。

「需要你幫忙了。」她壓低聲音但無法掩蓋驚懼。

安德雷掃視周圍，確認沒有其他威脅以後掏出自己手機。

「沒訊號的，」艾黎說，「被他動了手腳。」

「換上乾淨衣服，我們立刻走。」安德雷語氣生硬，伸手指著她衣服沾染的紅點。「我認識人可以打理成什麼事也沒發生過。」

艾黎望著他，既緊張又感激。

「快去換衣服。」他重複一次，語調多了份威嚴。艾黎衝進一旁個人衛浴，裡頭更衣間本來就有準備備用衣物，包括款式完全相同的套裝。將面部與雙手的血跡洗乾淨之後，她凝視鏡中倒影，卻仍無法理解為何陷入這場夢魘。「是他咎由自取，是他不留情面，」艾黎大聲說：「妳是好人，妳對世界有很多貢獻，他卻想奪走妳、奪走所有人的生活。是他自找的，和妳無關……」

辦公室裡傳出重物掉落的聲響。她思緒回到現實，出去一看，安德雷直接用地毯將馬修的屍體裹起來。

「辦公室讓我找的人過來處理，」他解釋之後將馬修拖進浴室藏好。「別讓其他人進來。」

艾黎附和，安德雷護送她出去外頭走廊，這時候烏菈卻衝上來。

「妳怎麼不接電話！」助理十分焦急。

「我現在要先去——」

烏菈竟打斷老闆說：「妳辦公室被直播上網了。」

「啊？」

「聽我說，」烏菈拉著艾黎進自己隔間，「整個網路都能看見聽見妳和提姆吵架，但奇怪的是妳現在人在這兒，為什麼電腦畫面上妳還在裡頭？」

艾黎望向螢幕，確實是自己和馬修正在爭論。她猜到關鍵在於影像釋出與現場相比大約延遲十五分鐘，回想起來約莫是雙方開始辯論、也就是馬修給自己倒第二杯酒為起點。鏡頭裡他提著酒瓶朝沙發走去，艾黎想到這酒瓶後來成為凶器又打了寒顫。

「能看見的有誰？」她回神趕緊追問。

烏菈確認後回答：「看起來應該是透過內部通訊系統自動在所有員工的電腦或平板播放。」

「快點聯絡資訊部叫他們封鎖。」

烏菈拿起電話，艾黎望向安德雷確認自己處理是否得宜。然而受僱以來，他那雙鐵灰色瞳孔首次浮現擔憂。

「那邊說IP位在妳辦公室的桌上電腦，」烏菈回答，「而且即時發送到好幾十個線上影音頻道，包括YouTube、Vimeo、Facebook、Twitter……世界各地只要能上網就能看到，從妳電腦的攝影機發送。」

保鏢回頭跑進辦公室，慌張的艾黎追在後頭。一進去她立刻緊緊掩上門，安德雷轉眼拆了iMac上所有接線，將主機高舉過頭直接朝地板猛砸，再重重補上五、六腳徹底踩爛。

她與保鏢第二次走出辦公室，卻看見一小群祕書聚在烏菈的螢幕前面。發現艾黎露面，所有人尷尬散開。

「還在播，」烏菈說，「抱歉，資訊部門那邊回報影像來源不是這棟大樓裡的伺服器，他們無能為力。」

艾黎呆立。再過大概五分鐘全世界就會聽見馬修聲稱侵入資料庫，導致兩百萬人配對錯亂，然後世界第一女強人親手將手無寸鐵的未婚夫打死。她無力回天。

除了艾黎以外所有人目光集中在螢幕上的轉播。她連續深呼吸幾次，人靠在辦公室牆壁之後越來越孱弱，最後整個背部沿著玻璃帷幕往下滑坐在地板。

安德雷見狀出言吩咐，烏菈將其他人請出去，現場只留下三人。祕書與保鏢視線還是無法從畫面挪開，艾黎也無力阻止，被迫再聽著酒瓶往馬修頭頂砸出一聲悶響、他跪倒在地以後二度遭到致死重擊。

烏菈倒抽一口氣，轉頭朝老闆露出不可置信的神情。

「過來。」安德雷也顯得無奈，往老闆伸出大手。「先帶妳離開大樓。」

艾黎客氣搖搖頭，正色望向二人以後平靜回應：「謝謝你們長久以來的付出，我會確保兩位獲得應有的回報。」她拉好裙子、將頭髮撥到耳後。「烏菈，看過那些，如果妳還願意幫忙，請通知我的律師團隊到董事會會議室集合，麻煩了。我想警察很快就會到，事情落幕之前不必排程了。」

說完以後艾黎抬頭望向辦公室灰色玻璃牆上雕刻的DNA配對商標，腦海浮現牆壁另一頭浴室內地毯裹著再也動不了的馬修。與他談戀愛那段時間確實幸福得超乎想像，此時此刻她赫然驚覺關鍵確實不是DNA，而是自己願意放下心防接受愛這個概念。

她站起來走進辦公室關上門，給自己斟一杯琴通寧以後到辦公桌前坐下，聽見外頭走廊一大排腳步聲自電梯靠近。恐怕之後會絡繹不絕。

拿起iPad，開啟螢幕以後還是習慣性確認待辦事項。從前她怨恨忙不完的工作，此刻畫面一片空白，已經全被烏菈刪光。

96

曼蒂

「留在車上等我確認狀況，答應我不要擅自離開。」並非請求，而是命令。警方聯絡官洛琳非常堅持，沒等曼蒂回應就跳下駕駛座跑向小屋前門。

另外兩輛警車、一輛廂型車與兩輛救護車更早抵達現場，已經停在石子路上。曼蒂從後座探身穿過前座頭靠，屏息引頸想看清楚屋內發生什麼事。非常混亂，便衣刑警來來去去持著無線電和手機不停通話。

曼蒂終究按捺不住，推開車門爬出去。

從埃塞克斯到湖區車程長達五小時，好幾次車身晃動加上精神壓力導致曼蒂極度不適，洛琳只好停在路肩等她在草地嘔吐完再趕路。現在她大腦灌滿腎上腺素，要是嬰兒在裡頭就沒有任何人事物能夠阻擋母子團聚。

看到湖區度假小屋相片時喚起記憶，曼蒂記得派嬸提過里察非常喜歡這兒。刑警火速調查後發現房屋確實登記在派嬸名下，於是立刻進行動員。首先有警官開著無標識警車過來勘察，確認符合蔻依特徵的女子走進屋內後，救援計劃正式展開。

「他在哪裡？」曼蒂走向前門看見洛琳出來便驚慌大叫。

「曼蒂妳得先冷靜，」聯絡官抓著她手臂。「先前已經逮捕蔻依，妳兒子和派嬸在一起，不過現在她把自己和嬰兒鎖在浴室。」

「在裡面幹嘛？」

「目前能確認孩子沒事，派嬸說要和妳談過才會開門。」

「我對她無話可說。我只要孩子回來。」

「警方立場當然希望平安落幕，所以希望妳嘗試看看。別擔心，我會陪在旁邊。」

曼蒂用手背抹抹眼睛，隨洛琳進入狹小草屋，登上一條鋪著地毯的窄樓梯，面前出現一扇木頭鑲板門。旁邊牆壁上掛著里察與家人的裱框相片，不過六個警官堵在走廊上讓她沒法看仔細。其中一人手中拿著黑色金屬破門錘待命，隨時準備破門而入。

「放輕鬆，深呼吸，像沒發生任何事情那樣和派嬸講話，」洛琳指示，「冷靜，溫和，知道嗎？別和她爭辯，也不要對她發脾氣，懂了沒？」

曼蒂點頭，可是不確定如何壓住快爆炸的情緒。大半個月就在等待此時此刻，她倒是很想對孩子的祖母一吐怨氣。

「派嬸，我帶人來跟妳聊了。」洛琳說完朝曼蒂點頭。

曼蒂遲疑，吸了幾次氣才開口：「哈囉派嬸，是我，曼蒂。」

門的另一邊傳來許多動靜，有人走動、翻東西，接著曼蒂初次聽見寶貝兒子的聲音，很微弱的嗚咽。她忍不住閉起眼睛覺得鼻酸——兒子的存在赫然真實起來，只有幾呎厚度的木頭與灰泥分隔兩人。如果可以，曼蒂真想赤手空拳拆了這道門。

「派嬙，孩子安全嗎？至少這個可以告訴我吧？」

「他很好。」派嬙隔著門回答。曼蒂覺得她語氣聽起來很疲憊。

「派嬙，我要見兒子。」

「我知道妳想見他，但是我也還想多看他幾眼。」

「妳看得夠久了，派嬙。我連一眼都還沒見到。」

「他和他爸很像。是不是啊，小不點？眼睛形狀顏色都一樣。」

「我也很想看看他長什麼樣。」

曼蒂望向洛琳，確認自己應對是否得宜。洛琳點點頭，示意她繼續。

「妳為什麼帶走他呢，派嬙？為什麼不辭而別？大家都很擔心。」

「抱歉，但別無選擇，妳不會讓我們見他的。」

曼蒂心裡明白這話說得沒錯。得知派嬙和蔻依隱瞞里察還活著，她當下就決定母子二人與她們離得越遠越好。

「怎麼不會呢，」她撒謊道，「你是孩子的祖母，為什麼不讓妳見？」

「親愛的，這話聽了很難相信吶。可是我們得試試看……」派嬙聲音越來越微弱。

「試試看什麼？」

浴室和走道都陷入沉默。「派嬙，什麼意思？要試什麼？」

「其實我們並不像妳想的那樣，要用這孩子取代里察……」

「那為什麼帶走他？我不懂。」

「蔻依以前讀到一篇文章說如果一個人陷入昏迷，但是與配對成功的人有小孩，那個孩子能夠喚醒父母……所以他是最後的希望。」

曼蒂又望向洛琳，想知道派嬸說的是否屬實，洛琳只是聳聳肩。

「不過里察不是昏迷，他的情況叫做永久植物人，差別很大。」

「我知道。但妳還不明白嗎，我們總得試試看啊。所以帶了他兒子去療養院，坐在他們旁邊好幾個小時。居然什麼反應也沒有，他動都沒動。我兒子連動都不會動……」

曼蒂似乎聽見門內有微弱哭聲。

「那怎麼不把孩子帶回來給我？」

「我也不明白，」派嬸低語，「這我自己也不明白。該休息了，對不起。」

曼蒂心裡越來越緊張。「派嬸，把孩子交給我好嗎？」

沒反應。她重複一次，「派嬸！」提高音量又要求一次。

「我要睡了。」派嬸靜靜回覆，聲音小得快要聽不到。「孫子和我，我們都該睡了。蔻依發現真相的話，代我向她道歉。」

「她在說什麼？」曼蒂問洛琳，洛琳卻轉頭對另一名刑警使眼神。「洛琳！」曼蒂叫道，「怎麼回事？」

但她忽然被人揪住肩膀往後拖，拿著破門錘的警官用力朝門把揮舞，直接敲斷門鎖。三名警官同時衝入浴室，曼蒂連忙跟進去要見孩子。

祖孫二人倒在浴缸旁邊地板上一動也不動，都閉著眼睛，皮膚如雪般蒼白。

97

克里斯多弗

克里斯多弗被捆在椅子上，地點是三十號、也就是原本最後一個殺害目標的住家。艾宓跪在身前，緊握的手裡有把鑰匙，可以打開鎖住他腳踝的手銬。

有一瞬間兩人之間那連結太強烈，克里斯多弗彷彿能讀到她的思緒：剛才他說自己想為艾宓成為善良的人，艾宓接受了他話語裡那份誠懇。克里斯多弗相信即便目睹自己內心的黑暗，她仍舊愛著自己。

「感覺跟惡夢一樣。不幸中的大幸是至少你的陰暗面並非因我而起。」她邊說邊將鑰匙插進鎖孔。「從找到被害人的時間點推敲，你第一次作案比我們認識還早三個星期。」

克里斯多弗點頭。「在我腦袋裡面讓我變成這樣的……東西……和妳無關。剛認識的時候我確實從背著妳幹壞事得到一點刺激，因為妳不只是我女朋友，還是個刑警。可是瞭解妳越多我陷入越深，偷偷摸摸的快感逐漸消失。相信我，我自己感覺得到，兩個人相處越久，我變得越不像從前的自己。」

艾宓鑰匙轉了一點點手卻忽然停下來。「都不刺激了為什麼還繼續殺人？」

「什麼意思？」

「既然我讓你變善良了，你為什麼繼續殺人？」

「因為計劃是殺三十個。」

「所以不是腦袋有個聲音在逼你，而是你自己的選擇、有意識的決定，與人格特質無關？」

「或許。」

「之後呢？你說停就停？」

「嗯。」

「做這種事情有什麼好處？想出名？事情結束你會自首，還是跟我坦白？」

「不會。確定沒人知道我是誰、為什麼我做這種事，連為什麼我忽然收手也想不透就夠了。」

「如果沒殺滿三十個呢？如果你以我們的關係為重，現在就喊停？會怎麼樣？」

「不知道。我想過這問題，可是擔心妳擋在計劃前面的話我會有怨恨，到時候——」

「——連我也殺了？」

克里斯多弗點頭，艾宓眼神驟變，一下子理智起來，沒打開手銬便抽出鑰匙起身。「我有很多事情想問，但還真不知道從哪兒開始好，也不確定是不是真的想聽到答案。」

「試試看？」

「你的情況是天生？」

「對。」

「以前也殺過人？」

「沒有。」

「為什麼恨女人？」

「我不恨女人，只是女人比男人容易制伏。」

「為什麼會開始殺人？」

「想看看能不能不被抓到。」

「為什麼會有這種興趣？你很聰明，頭腦好是我欣賞你的優點之一。怎麼不把心力用在能幫助別人的事情上？」

「我的大腦不是這種邏輯。其他人與我無關，只有妳例外。」

「為什麼特地帶我去穿鼻環那個女服務生工作的餐廳？」

「我也不知道。」

「你心知肚明吧，克里斯。預計殺掉人家還故意讓她招呼我們，這樣可以滿足你的變態欲望。就像貓把老鼠叼到主人腳邊，目的其實是炫耀。」

克里斯多弗別過臉不敢正眼看艾宓。

「你在受害者住家外面用噴漆留下的圖案代表什麼？」

「那是聖人克里斯多弗，會保護出門在外的遊客。他曾經揹著還是小男孩的基督過河。」

「是你對自己的認知嗎？聖克里斯多弗，引領那些女孩從此岸的生命到彼岸的死亡？」

「算是吧。但她們不會真正死去，能隨這個案子得到永生。不被記住才是真正的死亡。」

「別自欺欺人，克里斯，她們都死了。」

「能換我發問嗎？既然發現真相，為什麼不直接聯絡同事？那才是正常反應吧，現在……比較奇怪。」

艾宓搖搖頭，伸手要搔頭。

「住手，」克里斯多弗吩咐，「一根頭髮掉下來都會被查到DNA。」

艾宓不禁感到訝異，他竟然還在意這一點。「號稱男女平等的年代，我確實和男同事有一樣多的機會能升職往上爬，可是一旦我把你的事情告訴同事、告訴朋友家人，甚至不認識的路人以及未來會提到你我的書籍和電視節目，我會一輩子淪為附庸，變成『和全國最凶殘連續殺人魔交往過的女刑警』、『配對對象謀殺了二十九個女人還渾然不覺的女警官』。到時候你毀掉的不只是那些女孩與她們家人，也會毀掉我的生活、我的事業和我從另一個男人身上找到幸福的可能性，因為全天下所有人都知道我有什麼不堪過往。」

聽艾宓說到別的男人，克里斯多弗居然有種類似嫉妒的情緒。他第一次想像假如艾宓與別人交往自己會是什麼感覺。差勁極了。

「放了我，雖然我不完美，但我會繼續陪著妳。」他試著說服艾宓，「給我鬆綁，然後兩個人一起想辦法。我什麼祕密都被妳知道了，最差不過就是現在這樣。妳說妳的生活會被我毀掉，但根本沒必要走到那一步，我會保護好彼此往後的人生。」

「我怎麼能那麼做呢，克里斯。」艾宓嘴上這麼說，語調卻明顯軟化，面部表情相當複雜，看得出她強忍淚水、很想相信男友，明明深愛對方卻因為明辨是非而陷入天人交戰。她又開始在廚房來回踱步，但也很謹慎地與克里斯多弗保持距離。「要是你本性難移，將來又蠢蠢欲動，我該怎麼辦？要是有一天你又追求執行殺人計劃才能得到的快感，覺得從我身上找不到同樣的興奮刺激，我能怎麼辦？原本你有機會的，可是你不夠愛我，所以沒收手。我很想相信你不會再犯，可是那就變成兩個人繼續下去不是基於愛情或DNA，而是我害怕你不知何時又會興起然後濫殺無辜。」

「妳還是不懂，」眼看無法說服對方，克里斯多弗語氣愈發激動。他認為只要兩人相伴，自己再也沒理由犯案。「我愛妳，艾宓。」

艾宓來不及回應，注意力就被壁掛電視的聲音帶走。「接下來關心今晚本臺持續追蹤的熱門話題，」男主播說，「先前網路流傳一段影片，內容是DNA配對公司執行長艾黎．史丹佛疑似與未婚夫口角爭執後殺害對方。現在DNA配對更進一步發布官方聲明，表示針對全球配對結果可能遭人篡改一事，已經立刻著手調查。」

她和克里斯多弗緊盯螢幕，凝神細聽主播每句話。「目前估計兩百萬組配對受到影響，是十年來最嚴重的資安漏洞事件，導致過去一年半之中所有透過配對認識的人無法確認結果真偽。」

克里斯多弗轉頭看艾宓。他眉頭緊皺，還來不及消化新聞內容，但儘管不擅判斷面部表情，艾宓臉上傳達的訊息他倒是全看懂了。

「艾宓，」他開口哀求，見女友走到視線外，聲音開始顫抖。「那不關我們的事，我們註定……」

話沒說完，殺死二十九個人的鐵絲纏上脖子逐漸收緊。克里斯多弗無路可逃，前後左右擺動掙扎，但艾宓完全不鬆手。他知道即便艾宓體能很好，恐怕也得擠出全身力氣到肌肉即將斷裂的程度才能勉強壓制自己。

鐵絲嵌進皮膚之後克里斯多弗突然放棄抵抗。寧靜籠罩肉體和心靈，他頭朝後仰望進艾宓眼底。女友淚珠沿著下巴滴落，與自己的淚水合而為一，萬物沒入黑暗。

98

婕德

住在農莊的最後一天，婕德大半時間為了澳洲東岸戶外行程做準備。她去店裡買些乾糧，回家時蘇珊已經幫忙把衣服洗好、烘乾、熨平，整整齊齊疊好收進行李箱。丹恩對凱文那輛車子進行體檢，確定輪胎充飽、行李箱裡有備胎、油箱水箱副水箱剎車油等等都裝滿，還在車上放了七大瓶兩公升飲用水以及手機充電器以防萬一，又要婕德答應路上定期傳照片報平安。

出發之前她去凱文墳前一趟，坐在臨時的木頭十字架前面，訂製墓碑還沒送來。閉上眼睛，感受周遭，婕德彷彿從微風中感受到凱文陪伴，深呼吸時花香夾雜他的氣味。還有每棵樹木、每天早起看見的日出裡都有他。無論旅行到哪裡，凱文永遠活在心中。

婕德滑動手機螢幕重溫之前超過半年時間裡與他的數百則對話。還沒來到澳洲他們就已經熟悉彼此，無論DNA有沒有配對婕德都很思念他，凱文是世界上最瞭解自己的人。

回到農莊，蘇珊和丹恩把三明治和沙拉用保鮮盒裝好塞進後座擱腳處。

「都準備好了嗎？」蘇珊問。

「好了。」

「我在後面放了地圖，路線都有標出來，要是科技失靈就拿出來看。」丹恩提醒。

「謝謝。」婕德上前抱他。

「要謝謝妳才對，」蘇珊說，「辛苦妳了，尤其最近幾星期。妳願意回來我真的很高興。再幫我個忙好嗎？」

「當然好呀，怎麼了？」

「幫我照顧好這傻小子。」

「媽妳不用擔心我啦。」馬克笑著吻了母親臉頰，然後把帆布包丟進後座。

「妳放心，」婕德回答，「我們兩個都會好好的。」

99

尼克

尼克盯著門口，等殯葬業者來將棺木抬進火葬場。喇叭播放艾美·懷恩豪斯的歌，是他親自選的。柳條編織的靈柩安放會場前方桌面上，主持儀式的女牧師就定位。尼克的父母陪在左右各攬著一隻手臂，三人目送莎莉離開世界。亡故八天以後遺體歸還家屬，死因審理召開又終止，法醫私下告知尼克：原來莎莉腦部有個動脈瘤一直沒被發現。懷孕期間她那些嚴重頭痛恐怕都是因此而起。

尼克的人生因為永遠失去莎莉而再次混亂，但撼動他的不止於此。緊急剖腹成功了，莎莉斷氣前嬰兒保住性命來到世間，問題是男孩皮膚居然和尼克頭髮一樣是深棕色。

「幾次？」

「還好。」

「還好是幾次？」尼克又問一次，語氣更強硬。

「不知道，沒特別去記。可能不算少。」

「只是上床？」

「不只。」

「所以還有什麼？」

「她和我配對成功。」

「啊？」

「測試出來，莎莉是我的DNA配對對象。至少我們當時那麼以為。」

本來在小客廳裡來回踱步的尼克停下來瞪著迪帕克。小迪倫挨著他胸口，頭枕在尼克肩膀披垂著的毛巾。

家人朋友看到迪倫第一眼肯定就會意識到：孩子的膚色那麼深，與白皙的莎莉和尼克大不相同。莎莉撒手人寰是一大打擊，接下來又察覺以為是兒子的兒子根本不是親生兒子，尼克直覺意識到生父就在自己生活周遭。

不久後，剛當上父母的蘇梅拉和迪帕克前去致哀順便看看迪倫，迪帕克臉上的驚慌失措印證尼克的懷疑。夫妻倆稍微說幾句話就走了，尼克後來更留意到兩人連葬禮都沒出席。

於是今天迪帕克坐在尼克家沙發上，模樣十分僵硬，雙眼充血、眼袋發黑。

「所以好幾個月之前，我和莎莉鬧翻那天晚上，我說你和蘇梅拉根本沒配對成功，還真的說中了是吧？」

迪帕克點頭。「結婚以後做了測試，蘇梅拉不好意思讓別人知道。你也明白，沒配對成功的夫妻確實會遇上一些閒言閒語。」

「但為什麼覺得配對對象是莎莉？」

「蘇梅拉和我一兩年前做了測試，結果沒配對成功。但我收到的郵件說對象是她，我是說莎莉。而且她和蘇梅拉是同事──有這麼巧嗎？我想和她見一面，就說動蘇梅拉安排。那次我們是去吃中國菜……」

尼克緩緩點頭。「那天小莎說不舒服，和我先走了。」

「對。」迪帕克雖然笑了，眼裡卻噙著淚。「那天晚上大家都喝很多，你還記得嗎？我灌了一堆啤酒，可是還是有感覺，你懂我在說什麼。好像腦袋裡一大堆電燈泡同時亮了。」

尼克當然懂，但他試著不去回想與亞歷山大的初次接觸。「她也有同樣感覺，是嗎？」

「嗯。」

「然後你們就上床了。」

「沒那麼快，是隔很久以後的事情。一開始只是在Facebook上互動，後來開始傳訊息，偶爾趁午餐或晚餐空檔見面。不過還是忍不住，關係就慢慢加深。」

他和亞歷也是差不多過程，所以尼克明白責怪埋怨莎莉的隱瞞背叛不啻就是批判自己。然而迪帕克這番描述還是聽得很刺耳。

「其實，她原本就想和你提分手，」迪帕克說得很小心，「我也打算和蘇梅拉離婚。兩個人總不想一直偷偷摸摸，也希望能找機會公開。沒想到蘇梅拉懷了雙胞胎，我被潑冷水好好想了遍，覺得不可能就那樣拋妻棄子，所以和莎莉斷了關係。莎莉當然不願意，但我是認真要留在蘇梅拉身邊，也解釋了自己的決定。之後她訂了去布魯日的車票，目的是為了和你重修舊好。」

果然如尼克所料，莎莉那時候忽然想同行出遊目的並不單純。「然後呢？」他問迪帕克。

「莎莉發現自己懷孕以後很慌張，她不知道父親是誰，但擔心全盤托出的話你完全不想留下來，會毅然決然跟亞歷山大遠走高飛。她非常擔心會變成單親媽媽。」

「所以利用我。」

「可以這麼說吧。」

聽到這兒，尼克還是有個環節想不通。「你選擇留在蘇梅拉身邊，莎莉也是寧願耍手段要留我下來。但這太莫名其妙了，你們為什麼可以忍受自己不和配對對象在一起？那種感受明明強烈得……」和亞歷六個月沒見，尼克難受得簡直要窒息。

「我猜，其實我和她沒有真的配對成功。」迪帕克終於招認。「按照報紙報導，我和她可能就在配對資料被搞亂的那批。其實也是事後回想我才發現的。頭幾個月覺得刺激，但快感慢慢消失，之後根本和其他背著另一半偷吃的人沒兩樣。就連第一次見面那些內心『爆炸』之類的感覺恐怕也是喝醉酒放縱想像力的緣故。真的很對不起，兄弟。」

迪帕克是真心道歉，不過要尼克一時半刻消化未免強人所難。

「我和她心裡都明白，但就拿著配對當藉口，說服自己兩個人註定相愛。最後看來其實只是外遇一場。」

「還有個地方我不懂，」尼克打斷，「要是莎莉都覺得自己就是和你配對了，為什麼後來堅持要我們兩個也做測試？」

「我個人猜測是要給你『退場機制』……讓你找到配對對象主動離開，就不是她當壞人拋棄你、傷你的心，反而讓自己看起來像是受害者。不過會和男人配對成功不只你自己訝異，我們也一樣，更沒想到你還真的願意去見上一面。居然能夠說動你，莎莉很吃驚。」

「唔，她千方百計想甩掉我，而且真的成功了。」尼克諷刺道。

「別這樣說呀，兄弟，你現在人不也好好的嗎？」

如果未婚妻死了、孩子不是自己的、靈魂伴侶在地球另一邊都不當回事，那他的確人還好好的。尼克心裡一陣苦澀。

迪帕克低頭盯著地板，看來他也察覺自己說的話多蠢。

對尼克而言，莎莉機關算盡實在太出人意表，忍不住喃喃嘆道：「從來不知道她心機這麼深。不過蘇梅拉對自己老公和閨蜜生了個孩子又是什麼想法？你老婆對什麼都能說上幾句的吧。」

「她氣炸了。是沒把我趕出家門，但也不希望我與莎莉的小孩接觸。」

「你自己呢？對這孩子的未來有什麼想法？」監護權目前在尼克手上，他也依舊視如己出，不過難免懷疑讓迪倫認祖歸宗會否更好些。

迪帕克沉默一陣別過臉，但尼克不為所動，盡可能掩飾心裡對答案的焦慮。正常來說非親生的孩子男人大半不想要，但尼克已經為迪倫犧牲太多。男嬰在他懷裡睡得安穩而脆弱，才出生就沒了母親，尼克實在不願這孩子再失去願意好好當父親的男人。越是思考下去，他越發現自己對兒子的愛深不見底。

「我不覺得和這孩子有未來可言。」迪帕克很久以後才回應。

「你不覺得，還是你已經肯定了？」

「肯定。」

「對他沒有感情嗎？」

「沒有，而且我不是昧著良心說的，坐在這兒看他也真的沒什麼特別情緒，滿腦子只想到會鬧得天下大亂，不像在家裡會想去抱抱兩個女兒那樣子想要抱他。就算蘇梅拉不排斥，我自己也覺得能免則免。」

尼克聽了簡直作嘔。「你和莎莉比你描述的更登對吧，都只考慮自己的立場。」

「假如你想留他，需要簽什麼文件避免法律問題我全部都配合。」撂下話以後迪帕克起身走向正門。「另外，尼克，」他沒回頭，「我是真心為這些日子的事情感到抱歉，希望你能相信。」

尼克沒回話。門關上之後，他抱緊兒子，在迪倫額頭輕而長地留下一個吻。

100

曼蒂

「我們不認為這是派嬸第一次帶走別人的小孩。」洛琳解釋，「事實上里察和蔻依的DNA鑑定結果不是姊弟、與派嬸不是親子，三人之間沒有血緣關係。」

「會不會是收養？」

「查過歐洲和美國的資料庫，目前找不到證據，所以轉向符合里察和蔻依年齡的失蹤兒童懸案調查。」

「我的天！」曼蒂搖頭大感不可置信。若自己沒從里察房間的照片察覺派嬸躲在湖區度假小屋，後果真是不堪設想。她將孩子抱緊些，覺得里察和蔻依的親生父母這麼多年不知道兒女下落實在可憐。

「蔻依會怎麼樣？」她又問。洛琳坐在對面，嬰兒獲救又過了一週兩人才再度會晤。

「因為誘拐兒童遭到起訴。基於沒有前科，目前已經交保候傳。我們猜測辯護律師會主張精神失常，不過別擔心，禁制令已經下來了，她不能靠近妳或妳居住的地方。派嬸用藥過量處理好之後送到精神科病房，但要問清楚來龍去脈恐怕會花不少時間。」

對曼蒂而言，看見兒子的第一眼畫面很難磨滅。包裹著毛巾的嬰兒讓失去意識的派蟜輕輕抱著，周圍散落一地空了的藥丸包裝。洛琳拉住她，現場彷彿進入慢動作。曼蒂雙手朝著嬰兒亂揮，但最後是急救員一把撈起帶到外頭地板安置，為他解開毛巾檢查是否受傷，確定無恙之後才讓曼蒂第一次抱到兒子。

抱到兒子的瞬間曼蒂整個人跪下。她先嗅嗅那顆小腦袋、指尖滑過嬰兒嬌嫩胸口，接著仔細摟緊，希望母親的心跳會傳達到孩子的肌膚。

所以曼蒂沒留意急救員也跑向派蟜，將人翻到側面放管子進喉嚨催吐。有人對曼蒂說話，但她聽而不聞，只有兒子輕輕呼吸的聲音能傳進耳朵。

「有件事情本來不該說，不過我覺得讓妳知道比較好。」洛琳繼續，「調查派蟜的病歷發現她確實有精神疾病，負責診治的醫師推斷原因是她之前多次流產和至少兩次死胎。症狀後來消失了，時間點正好是里察與蔻依進入她生活那個階段。」

如此說來派蟜多年前也煎熬過，這麼一想曼蒂多了份同情，畢竟自己明白流產之苦足以扭曲心靈。縱使後來的行為不能藉此開脫，至少算是有個解釋。

走出療養院的私人會談室之前曼蒂與洛琳擁抱，感激她近日各種協助支持，接著抱起兒子前往里察的病房。曼蒂等情緒鎮定才進去，緩緩推開房門之後看見臥床的里察，距離初次見面有一個半月了，但他的姿勢似乎絲毫未變。

「嗨，里察，」曼蒂輕聲叫喚，拉一張椅子坐到床邊。「今天帶了人來見你。這是你的兒子，叫做湯瑪斯，名字是繼承我爸爸，他幾年前已經過世了，希望你不會介意。我知道之前你母親帶他來過，但我覺得能夠爸媽與小孩三個人相處也很好。」

她看看里察又看看兒子，暗忖派嬸說得沒錯，兩個人真的很像，除了瞳色、髮色，連臉頰上酒窩的位置也一樣。

據說DNA配對把很多人的結果弄混。開車前來療養院途中廣播新聞以頭條報導這樁大醜聞。但就算自己和里察是錯誤配對，曼蒂也覺得無所謂。關係已經開花結果，嬰兒座上的可愛孩子就是愛的結晶。她曾經擔憂：若非配對的孩子，自己能夠付出所有母愛嗎？現在她才明白一切都是瞎操心。

病房內瀰漫濃濃消毒水氣味，曼蒂鼻子發癢打了兩次噴嚏，湯瑪斯看得咯咯笑。她起身將嬰兒放在床邊，靠著安全護欄與里察直直擺在身側的前臂，自己則伸手進口袋找面紙。

抬頭要將兒子抱起來時曼蒂察覺異樣。里察的手臂從軀幹旁邊挪開，掌心向上被嬰兒小手按住。

她倒抽一口氣，雖是親眼所見仍舊難以置信：里察的手緩緩動了，有意識地與兒子五指交纏。

101

艾宓

艾宓不忍心直視那張空洞凝滯的面孔。愛過的男人竟被自己了結性命。

被她綁在椅子上的克里斯多弗身體癱軟頭朝後仰，眼角充血、淚水清晰可見。艾宓好希望心愛的男人復活，但即使真有起死回生的辦法又如何，倘若他沒擺脫那份偏執依舊不能縱放。

為了其他女性也為了自己，艾宓只能這麼做。這個受折磨的靈魂必須由她親手釋放。「要堅強。」她對自己說完握緊拳頭，儘管肢體依舊顫抖也不肯輸給傷痛。振作起身之後，她搜查克里斯多弗的背包，取出工具清理自己在公寓留下的痕跡。住這兒的女子還被綁在臥室萬分驚恐，卻對房門外的變故一無所知。

她思緒飄回幾天前發現摯愛竟是殺人魔的時刻。在克里斯多弗面前只能堅強偽裝，心裡默默哀悼即將失去的幸福。

察覺克里斯多弗準備對最後一個目標下手，經過長考和自省，艾宓決定親手為他生命畫下句點。

之後某一天，克里斯多弗駕車前往伊斯林頓自治市某處僻靜住宅區。艾宓尾隨，保持安全距離觀察，發現男友下車步行四處張望，顯然是要記住路燈與某棟公寓一樓後門的相對位置，或許已經開始思考事後逃離的路線。她伸手掩住嘴，免得啜泣聲傳出車外被聽見。

如果整理的案發時間沒出錯，她推論克里斯多弗會在接下來四十八小時內動手。兩人原本約好見面被他取消，藉口是某雜誌截稿太趕，不過艾宓早就知道他要去什麼地方，提早一步到達。

躲在屋內，艾宓心驚膽顫看著男友露出真面目，原來他是個冷血無情手段俐落的心理變態，全身上下為殺人做足準備。她潛伏在角落耐心等待，克里斯多弗就定位之後將背包放在腳邊，拿出乳酪刀線與一顆撞球。撞球用來砸牆壁吸引三十號目標注意，但他不知道艾宓站在自己背後、手裡持著電擊槍，彷彿嗅得到他滿身腎上腺素氣味並為此作嘔。

清理現場之後艾宓又搜了男友口袋，只找到兩支手機，一支是平常用的，另一支則是專門追蹤三十號所在位置的拋棄式。兩支手機裡面都沒存放使用者資料，不過她還是取走。站到克里斯多弗前方，艾宓深呼吸，然後使出渾身解數連人帶椅一吋一吋拖出廚房，穿過被他解鎖的後門到外頭院子，接著自己回到屋內從客房拿出一條被子，將遺體從頭到腳裹起來。她以公寓裡的電話報警，打通後刻意壓低聲音說了句「救命」就把話筒擺在流理臺，通常這樣子員警會在一小時內趕來，三十號便能脫困。

再走進院子，她從自己帶來的東西翻出兩個寶特瓶，將裡頭滿滿的揮發油灑上裹屍布。稍待片刻，被子徹底吸附液體，艾宓退開點火柴扔過去。克里斯多弗被火焰吞噬時她已掉頭遠去——終究愛過，艾宓不想看他一塊塊肉燒融後自骨頭剝落的慘狀。

剛才電視新聞說很多配對出錯。他是那個對的人嗎？或許妳愛的不是他，而是配對成功的歸屬感？她忽然捫心自問。回頭想想，像妳這樣想服務社會的女性，有什麼理由會被上帝配給他那種男性？一定是配對結果被駭，加上妳意亂情迷。

艾宓對自己點點頭，認為這是唯一合乎邏輯的解釋，縱使內心深處並不完全肯定。愛上連續殺人魔若是出於自由意志可以當作識人不清，總比刻在DNA上好太多了，兩害相權取其輕答案很明顯，時間久了她相信自己會釋懷。艾宓在三十號住處外面留下噴漆版畫，暗忖要從克里斯多弗的遺體辨識出身分得花上好幾個月。駕車到他家、用他的鑰匙開門進去，艾宓開始規劃之後一星期時間如何大掃除，得盡量清掉自己的DNA才行。至於克里斯多弗的車就放在倫敦南部犯罪猖獗的地段，鑰匙不拔下來很快就會有人代為處理。

即使警方查出他身分，也沒理由串連到艾宓這兒來。克里斯多弗出門總是付現，沒有信用卡交易紀錄能看到兩人一同用餐或造訪的地點。電腦不僅設有重重保護，而且艾宓拿鐵鎚敲壞扔掉，毫無威脅可言。既然雙方沒見過彼此親友和同事，根本沒人知道他們曾經交往——DNA配對資料庫或許是唯一例外，然而無法據此證實兩人更進一步，就連最初隔空自介的文字訊息也只存在他預付卡手機內，如法炮製敲碎即可。

往後幾個月裡，艾宓的同事們依舊想不通。神祕莫測的連續殺人案最後一名死者為何成了男性？為何被選上？為何遭焚屍？故事再添曲折，艾宓相信前男友會讚賞她的自保技術夠高明。

而且克里斯多弗的計劃終究成功了。真相如他所料永不見光，差別在於第三十號目標由他本人出演。只有一個地方不圓滿：克里斯多弗對自己沒得到外號耿耿於懷。艾宓腦海靈光乍現。

明天上班我去說一聲，就叫你「聖克里斯多弗殺人魔」吧。前男友容貌浮現心中，面帶微笑凝視艾宓。死者三十人，也有了外號……你是否如願以償？

102

尼克

雖然在Google街景先看過，這兒的壯闊美麗還是超過尼克預期。

天氣暖和彷彿地中海沿岸，所以他穿上工裝短褲、T恤和拖鞋散步。街道乾淨整齊，多數建築物是西班牙傳教士殖民風格。他在公車站的木長凳坐下，享受十二月早晨的陽光。對街一排商店井然有序，貨量之大看來確實足夠應付小鎮的七萬三千居民。

迪倫三不五時在娃娃車裡咯咯笑。爸爸給他套上五顏六色的農場動物手環，每次揮手還會叮噹作響，所以男孩很興奮開心。明明才四個月大，二十三小時航程倒是處之泰然，只有真的遇上強勁亂流才稍稍哭鬧。

入住民宿以後，尼克覺得還滿有精神並不想睡，就帶著兒子出去玩。第一站是附近公園，進入溫室瞧瞧、又去水邊餵鴨，接著在小咖啡館買了點心，移動到羅素街上，往前走三戶就是目的地了。飛越一萬兩千英里為的是見那屋裡的人。

紐西蘭海斯汀鎮的街道在午餐時間也很熱鬧，商家員工出來找東西吃、和朋友在餐館聊天。尼克耐著性子努力鎮定，其實很想衝到店門口直接大叫。

才接近入口，大門還沒打開，尼克卻已經感受到他的存在，身體裡忽然冒出千萬隻蝴蝶翩翩飛舞。看見他的時候，尼克簡直忘記要呼吸。

亞歷山大站在那兒好一會兒沒察覺外面有人。尼克注意到他微鬈的頭髮跟九個月前相比剪短不少，鬍碴剃乾淨了更顯出臉型稜角。亞歷忽然神色一變，似乎覺得哪兒不對勁，但找不到原因。

但尼克因此確認了：他還是感覺得到。

兩人視線交會。亞歷大吃一驚踉蹌倒退，尼克猜想娃娃車扮演了關鍵角色。

「哈囉，我們認識吧。」他先開口並主動靠近。

亞歷還沒回神，說不出話。

「給你介紹，這寶寶叫迪倫。迪倫，跟亞歷打招呼喲。」

亞歷不可置信的目光從他臉上轉向迪倫，顯然也察覺孩子膚色太深，於是朝尼克投以疑惑眼神。

「這故事有點複雜，」尼克繼續解釋，「不過醜話說在前頭——他和我是套餐，不拆開賣。但如果你願意接手，免費送給你嘍。」

亞歷想伸手摀住嘴巴，但來不及遮掩一口白牙的燦爛笑容，更止不住沿著臉龐滾落的淚水。

他直接給了尼克朝思暮想、刻骨銘心的擁抱，尼克覺得這應該是答應了吧。

103

艾黎

隔著辦公桌，她凝視一年又五個月前未婚夫被自己擊斃的位置。

耳語她不是沒聽說。留下的員工有人不解：發生那種慘事，艾黎怎麼不換一間？她拒絕更換辦公室的消息傳到媒體，被貼上驚悚恐怖的標籤。然而艾黎不打算被任何人逼走，倫敦最高建築物的七十一樓屬於她。馬修死了，但她不會輕易放棄犧牲一切換來的成就。死是他自找的，艾黎也從未有過一秒鐘後悔。即使只有自己在房裡，高出所有人一等是她努力掙來的資格。

從那天起，艾黎徹底抹煞關於「提姆」的記憶。數百萬人看過影片覺得她兇殘冷血，律師團努力想呈現她身為人那一面扭轉形象，但她即使上法庭證人席接受交叉質詢，依舊不肯鉅細靡遺交代私生活點點滴滴。過去的艾黎心靈脆弱、自欺欺人愛上原本不該愛的男人，親手導演自己的悲劇。現在的艾黎對過去沒興趣也不留戀，一週七天待在這裡上班，若真有冤魂徘徊反倒是最好的告誡。

短暫休息，她留意到外面走廊與別間辦公室悄然無聲。之前一度非常熱鬧，烏菈與其他助理忙著過濾來電和閒話家常。如今公司業績走下坡，三分之一員工離職也不再遞補，這層樓變得冷冷清清。艾黎自己的辦公室也一樣，電腦沒開、電話線拔了、手機轉為飛航模式。

視線飄向房間一角，玻璃咖啡桌上堆放一週的報紙雜誌。反正媒體對她被捕遭起訴的反應打從第一天就不出所料，尤其沒品小報毫不意外展開人格謀殺，為求聳動吸睛已經好幾次跨線做出違法報導。

改變她人生的二十分鐘影片在新聞台或網際網路重複多次深植人心，但如同奪走數千性命的雙子星崩塌或斯里蘭卡海嘯一樣，註定會令人視覺疲乏，何況觀眾遲早會意識到這兒死的人就一個而已。其實輿論逐漸對艾黎有利，越來越多人反過來覺得馬修才是罪魁禍首。

後來名嘴和心理學家詳細分析影像內容，針對馬修的人格、肢體語言、謊言與動機等等進行推論，認為他相當符合心理變態者特徵。Twitter、Facebook等等社交平台推波助瀾，艾黎搖身一變，開始代言精神與情緒虐待的受害者。說來可笑，十多年前成名時，被大批媒體人說是沒心沒肺踩著屍體往上爬，如今他們反過來將艾黎形容為一介平凡女子、遭人陷害嫁禍楚楚可憐。或許該說天價聘用的公關公司手段著實高明。儘管她不樂見自己又多一種形象，但龐大律師團反覆勸告：結果比過程重要，躲過牢獄之災才是首要之務。

可惜艾黎形象提升同時，大眾對DNA配對的信心降到歷史新低。過了這麼久，也嘗試許多行銷策略，可是畢竟馬修造成兩百萬組配對錯誤，這陰影太大也太難收拾。事發第一個月試劑包申請量直接砍了九成四，即便後來緩慢回升，但市場風向一去不返，潛在客戶不敢再信任有過污點的公司。

訴訟來得又快又多，全球電視頻道都能看到投機律師的廣告，宣稱官司沒贏不收費，只要認為自己是兩百萬錯誤配對之一就協助提告。承保DNA配對的保險公司也出言威脅，表示輸了官司代表業者自身疏於管理、網路安全不夠嚴密才被馬修有機可乘，所以不打算理賠。失去保險公司作後盾，DNA配對破產只是時間問題。

艾黎看看手錶，已經下午兩點。她起身重新搽好唇膏戴起墨鏡，手提包掛上肩膀走出辦公室。搭電梯降至碎片塔有六間餐館的樓層，身邊多出前陣子新僱用的三名保鏢。艾黎不禁想起前任保全主任安德雷，就他的立場確實別繼續待在自己身邊比較好，否則勢必得面對協助棄屍的刑事起訴。猜想他應該回去東歐故鄉了才對，資遣費多得夠他好幾年不工作無妨。艾黎在熱鬧餐廳間穿梭，態度從容自信。周圍交頭接耳議論紛紛，但她早已不在乎旁人眼光，形象的事情就交給公關團隊處理。事實上她連自家人怎麼想也無所謂了，馬修死後就沒再回去，只透過烏菈偶爾聯繫。得知老家被記者包圍艾黎心裡多少有點歉疚，但若非家人那麼熱切把提姆拉進生活圈，自己又怎會輕易放下心防踏進他的連環計？在艾黎記憶裡提姆早就與家人串在一起無法分割，為了揮別過去只好連家人也保持距離。

她沒摘墨鏡，隨侍者走向角落能夠眺望泰晤士河的位子，如往常點了亨利爵士琴通寧。年輕侍者為她倒氣泡水時緊張得手微微發抖，她輕聲道謝，接著烏菈人未到香水味先飄了過來。

「抱歉打擾，律師團剛才來過電話，」烏菈藏不住語氣裡的憂慮，「陪審團做出判決了。」

艾黎點點頭，喝一口酒之後隨烏菈和保鏢搭電梯下去。座車停在後門，目的地是老貝利街法院，為了馬修謀殺案已經連續四個月每天過去報到。她以神智失常減責為由聲請無罪。

「重測部分妳決定如何？要不要對懷疑配對錯誤的人提供重測機會？」

「我想不必，」艾黎淡淡回答，「那段期間配對的人無論對錯都只能相信直覺。有時候得不到的未必美好，已經擁有的值得珍惜。也有時候我們只能賭一把，盡人事然後聽天命。」

「要是判決對妳不利呢？」烏菈問，「下一步是？」

「妳知道該怎麼做。」艾黎回答，「然後，人類自己看著辦。」

matchyourdna.com

抱歉！

404 頁面不存在

抱歉，由於發生錯誤，無法造訪您指定的頁面。

致謝

首先是John Russell，感謝你帶Oscar遛狗的時候和我交換那麼多點子，還提供了獨創的轉折。雖然你不大愛看書，但想法與建議都很棒！也謝謝你耐性十足，我躲在兩人辦公室的時候還不忘送吃的喝的。

再來感謝我媽Pamela Marrs培養我對書本的熱愛並一路支持。同樣深切感激Facebook上「The Book Club」的女王陛下Tracy Fenton恩威並施，無論資深資淺對所有作家而言妳都是恩典。也藉此機會向上述「The Book Club」的所有成員致謝。這是人數最多規模最大的線上讀者團體，其他網路討論區難以望其項背，裡面好幾千人曾經下載我的作品，十分感謝各位抬愛。

要特別感激的是文法女教官Kath Middleton與Randileigh Kennedy（兩位本身就是傑出作家），以及眼睛如老鷹般銳利的Anne Lynes和風格獨特的Samantha Clarke。此外也謝謝初稿讀者兼自稱的粉絲團，包括Alex Iveson、Susan Wallace、Janette Hail、地理專家Michelle Nicholls、Janice Leibowitz、Ruth Davey、Laura Pontin、Elaine Binder、Rebecca Burntin以及Deborah Dobrin。另外我兩位朋友Rhian Molloy和Mandie Brown也參與試讀。

要獻上謝意的作家同行有Andrew Webber（你的熱情惠我良多）、James Ryan。有關DNA和遺傳學部分要謝謝Peter Sterk的提醒、Angela Holden Hunt；醫學及澳洲俗諺得力於Chloe Cope Neppe。最後是Julie McGukian提供了清理犯罪現場的知識——要是少了妳，克里斯多弗一下就被抓了吧。

感謝thedesigngent.co.uk的好友Adam Smalley，那個假網頁我還真的信了呢。此外描寫克里斯多弗的內心時，我從psychopathyawareness.wordpress.com得到很多有用的資料。

本書幕後一大功臣是Ebury出版社我的責任編輯Emily Yau。每天線上冒出好幾百本新書，妳卻選中我的作品下載。我的人生因妳改變，這份恩情沒齒難忘。

最後也謝謝你。無論你叫什麼名字，感謝你百忙中抽空讀了這本書，對作者而言這是世界上最有意義的事情。

Storytella 105

命定之人
The One

命定之人 / 約翰．馬爾斯作 ; 陳岳辰譯. -- 初版. -- 臺北市 :
春天出版國際, 2021.01
面； 公分. -- (Storytella ; 105)
譯自 : The One
ISBN 978-957-741-319-2(平裝)

873.57 109019671

ISBN 978-957-741-319-2
Printed in Taiwan

作　者　約翰．馬爾斯
譯　者　陳岳辰
總編輯　莊宜勳
主　編　鍾靈

出版者　春天出版國際文化有限公司
地　址　台北市大安區忠孝東路四段303號4樓之1
電　話　02-7733-4070
傳　眞　02-7733-4069
E－mail　frank.spring@msa.hinet.net
網　址　http://www.bookspring.com.tw
部落格　http://blog.pixnet.net/bookspring
郵政帳號　19705538
戶　名　春天出版國際文化有限公司
法律顧問　蕭顯忠律師事務所
出版日期　二〇二一年一月初版

定　價　420元

總經銷　楨德圖書事業有限公司
地　址　新北市新店區中興路二段196號8樓
電　話　02-8919-3186
傳　眞　02-8914-5524
香港總代理　一代匯集
地　址　九龍旺角塘尾道64號 龍駒企業大廈10 B&D室
電　話　852-2783-8102
傳　眞　852-2396-0050